Karen Pflücker

Paradies Paris

KAREN PFLÜCKER

Paradies Paris

Bibliografische Information der Deutschen Nationalbibliothek:
Die Deutsche Nationalbibliothek verzeichnet diese Publikation
in der Deutschen Nationalbibliografie; detaillierte bibliografische
Daten sind im Internet über http://dnb.dnb.de abrufbar.

© 2016 Karen Pflücker
Umschlagbild: Zeichnung von Geneviève Daru (1998)
Satz, Umschlaggestaltung, Herstellung und Verlag:
BoD – Books on Demand

ISBN: 978-3-7412-0046-5

Genuss ist ein Lied der Freiheit
Aber nicht die Freiheit selbst
Khalil Gibran

1

Mut

Das Telefon schrillt heute bissiger als sonst. Gérard, der es satt hat, immer wieder die Eisen aus dem Feuer zu holen, fordert seinen Chef schroff auf:
– Pierre, wenn Sie nicht sofort in die Galerie kommen, kündige ich.
– Ist etwas passiert? fragt eine müde Stimme.
– Kommen Sie her und überzeugen Sie sich!
Ohne eine Antwort abzuwarten, knallt Gérard entgegen seiner sonstigen Gewohnheit den Hörer wütend auf die Gabel, als würde ein trotziges Kind aufstampfen. Trotz passt nicht zu Gérard, dem immer Ruhe bewahrenden Mann. Was ist nur in ihn gefahren? Ist er etwa krank oder nur überarbeitet?

Der Knall am anderen Ende der Leitung hat den verschlafenen Galeristen wachgerüttelt. Er glaubt sogar, im Hintergrund aufgeregte Stimmen gehört zu haben. Ohne besondere Eile, als hätte er alle Zeit der Welt, sucht er in seinem viel zu großen Kleiderschrank, der das halbe Zimmer einnimmt und bis zur Decke reicht, ein geeignetes Kleidungsstück. Nacheinander zieht er drei Anzüge heraus, schaut sie kopfschüttelnd an und lässt sie auf den Boden gleiten. Sie hätten längst zur Reinigung gemusst.
Als Pierre in der belebten Rue de Rivoli aus dem Taxi steigt, stolpert er über eine Absperrung, die den Eingang seiner Galerie blockiert. Drei Polizisten, einer von ihnen blutjung und besonders eifrig gestikulierend – vielleicht das erste Mal im Einsatz – bücken sich und untersuchen mit geschultem Auge das beschädigte Schaufenster. Auf der rechten Seite der Scheibe

ist im unteren Bereich ein Loch zu sehen, um das sich eine hübsche Splitterrosette gebildet hat. Einer der drei Polizisten wendet sich mit einem stechenden Blick an Pierre. Eine lästige Fragerei beginnt:
– Name?
– Pierre Costa.
– Beruf?
– Galerist.
– Wann haben Sie gestern Abend die Galerie verlassen?
– Weiß nicht so genau.
– Es war exakt um fünf Uhr nachmittags. Aber das habe ich Ihnen doch alles schon beantwortet, protestiert Gérard entnervt.
– Lassen Sie uns unsere Arbeit machen, ja? antwortet einer der Polizisten etwas ungehalten.

Obwohl Gérard eine Antwort fast von der Zunge springt, entfernt er sich widerspruchslos in den Verkaufsraum. Er prüft weiter, ob etwas fehlt. Soweit er auf den ersten Blick erkennen kann, steht alles an Ort und Stelle. Die Schaufensterscheibe wurde gerade erst vor einigen Wochen von halbhoch auf bodentief geändert und hatte schon verkaufswirksam Kunden angezogen. Vermutlich ist die Scheibe mit einem spitzen Gegenstand eingeschlagen worden. Das entstandene Loch eignete sich aber nicht zum Einsteigen. Es ist zu klein.

Als die pflichteifrigen Polizisten mit routinierter Perfektion ihre Arbeit beendet und sich verabschiedet haben, nimmt Gérard seinen ganzen Mut zusammen und stellt seinen Patron zur Rede, wie eine Mutter, die ihr Kind regelmäßig ermahnen muss.

– Pierre, so kann es nicht weitergehen!
– Ich war gestern nur aus und bin spät heimgekommen, verteidigt er sich.
– Ja, ich weiß, aber Sie haben wieder verschlafen.

– Ich werde mich bessern, beschwört er seinen Mitarbeiter, der in schwierigen Lebensphasen für Pierre wie ein Vater war.
– Das haben Sie schon so oft versprochen. Ich arbeite gern für Sie, Pierre, aber Sie müssen regelmäßiger in der Galerie sein. Ich schaffe die Arbeit nicht mehr allein. Langsam werde ich zu alt dafür.

Schon lange war es Gérard eine Herzensangelegenheit, mit Pierre darüber zu sprechen. Oft fühlt er sich abgespannt und hätte gern ein paar Stunden mehr für sich. Die Tage in der Galerie empfindet er als ermüdend lang, was noch vor einigen Wochen nicht der Fall war. Und heute scheint ihm der Moment geeignet, um endlich Klartext zu reden.
Pierre lässt die Schelte regungslos über sich ergehen. Gérards Aussage, er werde langsam zu alt für die Arbeit in der Galerie, beunruhigt den Galeristen. Mit leicht erhobenem Kopf und gerunzelter Stirn geht er ein paar Schritte auf Gérard zu. Pierre schaut ihm sorgenvoll in die Augen. Sein unverzichtbarer Mitarbeiter, denkt Pierre, sieht tatsächlich müde aus.
Doch der redet weiter auf seinen Chef ein. Gérard beendet seinen Wortschwall mit der Frage:
– Pierre, vielleicht sollten Sie eine Therapie ins Auge fassen?

Schockartig erstarrt rührt sich der Galerist nicht von der Stelle. Oft genug hat er gelesen, dass Menschen durch eine Therapie noch kränker werden, fast verrückt. Der Therapeut schürft schmerzlich in der Vergangenheit seiner Patienten und fördert die letzte Zerrissenheit aus ihren Seelen zu Tage. Schon allein das Wort »Therapie« ruft in Pierre Erinnerungen an Ereignisse hervor, die er am liebsten aus seinem Gedächtnis streichen würde. Gekränkt verlässt er wortlos die Galerie.
Gérard ist wieder einmal mit den Geschäften allein gelassen. Er macht ein besorgtes Gesicht und schaut seinem Zögling

traurig hinterher. Der zieht die Tür ruckartig mit einem nicht zu überhörenden Geräusch hinter sich zu.

Als Pierre fünfzehn Jahre alt war, musste er einen schweren Schicksalsschlag hinnehmen. Der hat ihn aus der Bahn geworfen und holt ihn in regelmäßigen Abständen immer wieder ein. Um seine Einsamkeit zu überwinden, versucht er seit jener Zeit, Freundschaften zu schließen, was ihm aber nicht so recht gelingen will.

2

Taschentuch

Es ist ein heißer Sommerabend. In den Straßencafés sind alle verfügbaren Sonnenschirme aufgespannt, Schattenspender für Flaneure und Touristen, die das unverwechselbare Flair des Pariser Lebens genießen.

Pierre steuert gezielt auf den Eingang des weltberühmten Lidos zu und greift nach seinem eleganten Einstecktuch aus Seide. Er führt seine rechte Hand zur Stirn, wo viele kleine Schweißperlen darauf warten, getrocknet zu werden. Im allerletzten Moment bemerkt er seinen Irrtum und tauscht das Einstecktuch aus gegen ein ebenso elegantes Taschentuch aus weißem Batist. Der Griff in die Innentasche seines Jacketts erlaubt einen Sekundenblick auf das tiefrote Seidenfutter seines eleganten Maßanzugs.

Just in diesem Moment wird Pierre von einem Passanten am Ellenbogen gestoßen. Fast wäre durch diese Rempelei seine kostbare Hornbrille von der Nase gefallen. Aber er ist reaktionsschnell. Blitzschnell streckt er seine rechte Hand nach ihr aus und fängt sie auf. Dabei verliert er sein Taschentuch. Seine Designerbrille, die er erst seit Kurzem besitzt, hat Priorität. Leicht verärgert erreicht er den Eingang des Clubs, nachdem er sich durch den Touristenstrom gekämpft hat.

An der weit geöffneten Tür erwartet ihn ein lächelnder Portier. Die Begrüßung ist herzlich, denn Pierre, wohlgenährter und unverheirateter Besitzer einer florierenden Galerie, ist hier ein beliebter Stammgast. Seine Trinkgelder können sich sehen lassen.

Der überschwänglich gestikulierende Ober führt den verärgerten Gast an seinen Tisch. Pierre stolpert über eine Teppichkante und schaut sich sofort um, ob jemand diese kleine Peinlichkeit gesehen hat. Schnell nimmt er seinen reservierten Platz ein.

3

Besitzerwechsel

Ein vorbeiziehender Clochard hat die unschöne Rempelei auf dem Boulevard des Champs Elysées beobachtet und das heruntergefallene Taschentuch aufgehoben. Er bemerkt sofort dessen Eleganz und freut sich jetzt schon auf den Erlös, den er erzielen kann, wenn er es verhökern wird. Aber es ist bereits von einigen Fußspuren unansehnlich verschmutzt. Der bettelarme Mann betrachtet das elegante Taschentuch genauer von allen Seiten und denkt:

Einmal in ein solches Tuch rotzen!

Nach kurzer Überlegung schnaubt er kräftig hinein. Seine Hand wird ganz warm. Aber er findet keinen Gefallen daran und weiß nicht, wohin mit dem Taschentuch. Er kann sich nicht erklären, warum die Reichen so vornehme Stofffetzen benötigen, nur um sich den Rotz von der Nase zu wischen. Dafür genügt ihm kräftiges Schnauben mit Griff von Daumen und Zeigefinger an die Nasenflügel und anschließendes schnelles Wegschnipsen der schleimigen Masse auf die Straße.

Der Clochard schwingt das Taschentuch durch die Luft und schlendert zufrieden den langen Weg zur Seine hinunter durch den Jardin des Tuileries. An der Pont des Arts, unter dem Brückenbogen, wäscht er seinen kostbaren Fund im trüben Wasser der Seine und breitet ihn auf einem von der Abendsonne noch warmen Mauerstein zum Trocknen aus. Erst jetzt entdeckt er das Monogramm. Er lächelt, denn das erhöht seinen möglichen Erlös ganz sicher.

4

Zweifel

Es ist heiß im Club. Pierre fingert in seinem Jackett nach einem Taschentuch. Sollte er es ausgerechnet heute Abend verloren haben? Er schaut sich unsicher im Raum um, greift dann nach der Serviette, die sorgsam gefaltet vor ihm auf dem Tisch liegt, und fährt damit entgegen jeglicher Etikette über seine Stirn. Er tupft die vielen Schweißperlen ab. Erschrocken blickt er auf das feuchtfleckige Tuch und steckt es klammheimlich ein.

Pierre fiebert seiner Verabredung entgegen. Er ist ganz bewusst eine halbe Stunde früher in den Lido gekommen, will sich intensiv auf diesen besonderen Abend einstimmen. Was ihn erwartet, weiß er nicht. Aber er ist in Hochstimmung. Eine Stunde ist jetzt vergangen. Noch sitzt er allein am Tisch. Langsam kommen ihm Zweifel. Ist seine Einladung zu aufdringlich gewesen? Hat er sie richtig verstanden an jenem Abend in seiner Galerie? Sie war allein dorthin gekommen und hatte seine Bilder so eingehend betrachtet, dass er den Eindruck gewann, vor sich eine Kennerin der Kunstszene zu haben. Als er sie ansprach, entwickelte sich spontan ein interessantes Gespräch über die Kunst und andere Dinge des Lebens, z.B. über Armut und Reichtum. Zwischen arm und reich machte sie keinen Unterschied. Sie sprach selbstbewusst, zeigte eine natürliche Reflexion auf diesen Gegensatz. Ein Reicher kann arm sein und ein Armer kann reich sein. Es komme auf die Sichtweise an. Er nickte ihr zu und teilte ihre Ansicht, man könne sein Glück auch ohne Besitztümer finden. Das hatte Pierre gefallen und ihn ermutigt, die bescheidene Unbekannte für heute Abend einzuladen. Er hofft, die junge Philosophin nun näher kennenzulernen.

Durch die lange Wartezeit im Lido droht Pierres Stimmung umzuschlagen. Doch in dieser Sekunde hört er den Portier sagen:
– Ja, Mademoiselle, er erwartet Sie schon.

Endlich, da ist sie! Gertenschlank und fünf Zentimeter größer als er. Distanziert aber freundlich streckt sie ihm ihre zarte, feingliederige Hand zur Begrüßung entgegen, kein Wort der Entschuldigung für die Verspätung. Lächelnd mit einem Hauch Verlegenheit steht sie aufrecht vor ihm in ihrem schlichten Kleid, schwarz aus einfacher Baumwolle, kein Schmuck an Hals und Händen. Pierre heißt sie mit einem galanten Handkuss willkommen und rückt ihren Sessel zum Platz nehmen bereit. All seine Zweifel sind im Nu verflogen.

Pierre und die junge Frau schauen sich verlegen und abwartend an. Pierre, weil er von Haus aus ein schüchterner Mensch ist und nicht oft derartigen Umgang hat, und Nadine, weil sie jetzt schon erkennt, dass dieser nette Herr viel zu alt für sie ist. Sie hat es gewusst und ist trotzdem gekommen. Sollte sie ein schlechtes Gewissen haben, dass sie diese Einladung angenommen hat?

Nadines Gedankengang wird unterbrochen, als der Ober die Karte bringt. Sie erhält eine Damenkarte und liest: Austern aus der Normandie, Tournedos Rossini, Canard à l'Orange, Pfirsich Melba. Sie ist verwirrt und hat Mühe, ihre Wahl zu treffen. Schließlich überlässt sie die ihrem Gastgeber.
Beeindruckt und doch unsicher schaut sich die junge Frau um. Am Nebentisch unterhält sich ein älteres Paar, vielleicht um die fünfzig. Es nimmt keine Notiz von ihr und ihrem Begleiter. Das beruhigt sie, und sie flüchtet sich wieder in die Anonymität der Zweisamkeit.

Kurz darauf ertönt laute Musik. Gott sei Dank! Denn bis zu diesem Moment haben sie noch kein Wort miteinander gesprochen. Nadine besucht zum ersten Mal einen derartig eleganten Club. Da, wo sie herkommt, gibt es nur einfache Kneipen, wo häufig über den Durst getrunken wird, um den Frust des spartanischen, öden Landlebens hinunterzuspülen.

Als der schwere Samtvorhang sich öffnet, reißt Nadine ihre Augen auf wie ein Kind, das zum ersten Mal ein Puppentheater bestaunt. Gebannt schaut sie auf die Bühne, wo Kleinkunst vom Feinsten geboten wird. Ein Zauberer lässt Menschen auf der Bühne verschwinden, und das Publikum bricht in heiteres Gelächter aus, als der Bauchredner ein Streitgespräch zwischen Mann und Frau zum Besten gibt. Seiltänzerinnen in duftigen

Tüllröckchen gleiten über den Draht, als gingen sie sicher auf einer ganz normalen Straße spazieren. Pierre gefallen besonders die attraktiven Kessler-Zwillinge, die mit ihrem Gastspiel ganz Frankreich begeistern, wenn sie auf der Bühne tanzen und singen.

Solche Momente machen die Menschen glücklich und lassen für kurze Zeit ihren oft schwer zu bewältigenden Alltag vergessen, außer Acht lassend, welch hartes Training für die Akteure damit einhergeht. Nadine fühlt sich versetzt in eine neue, schwerelose Welt.

Pierre beobachtet die junge Frau von der Seite. Sie bemerkt seine Blicke nicht. Gebannt schaut sie auf die Bühne. Ihre Augen tänzeln von rechts nach links wie die Akteure, die ihre einstudierte Choreographie mit schnell wechselnden Schritten perfekt darbieten. Er ist gerührt von Nadines Faszination. Beglückt lächelt er und freut sich einem kleinen Jungen gleich, dem ein lang ersehnter Wunsch endlich in Erfüllung gegangen ist.

Als die Vorstellung zu Ende ist und der schwere Vorhang fällt, bleiben beide stumm. Benommen von der grandiosen Revue starrt Nadine weiter mit halb geöffnetem Mund auf den roten Samt, kann kaum glauben, was sie da gerade gesehen hat, wie die Tänzer leichtfüßig über die Bühnenbretter huschten. Pierre bleibt hingerissen von ihr und ihrer Reaktion, sein Blick klebt an ihr wie Honig an einem Löffel. Er spürt Herzensfreude. Aber diese Freude hält nicht lange an. Denn abrupt richtet sie ihren Blick mit erschreckender Kälte auf ihn und sagt:

– Danke, Monsieur, für diesen schönen Abend. Aber jetzt muss ich gehen.

Wie paralysiert stammelt Pierre:

– Aber wir haben ja noch gar nicht gegessen! Der Ober serviert gleich!

Sie bleibt unbeeindruckt und antwortet nicht.
– Und wir konnten uns noch gar nicht unterhalten!
Sie schaut ihn weiter frostig an.
– Der Abend fängt doch erst an!

Seine Stimme wird lauter und überschlägt sich fast. Aber Nadine, jetzt ganz freundlich, erhebt sich und antwortet mit weicher Stimme:
– Adieu, und vielen Dank! Vielleicht bald mal wieder in Ihrer Galerie?

Ohne Zögern wendet sie sich ab und geht gezielt zum Ausgang. Der Portier hält ihr mit einer ausholenden Handbewegung die Tür auf und verabschiedet sie mit einem breiten Lächeln. Ihr dankendes Nicken füllt nicht die diskret hingestreckte Trinkgeldhand des Obers. Diese Gepflogenheit ist ihr noch fremd.

Erschüttert sackt Pierre im Sessel zusammen. Seine Manieren lassen ihn im Stich. Er konnte sich nicht einmal erheben und ihr ein »Auf Wiedersehen« zunicken. Er ordert einen Whisky und stürzt ihn mit zittriger Hand hinunter. Einer reicht nicht, es sind am Ende fünf, die helfen, seine Enttäuschung zu mildern. Schließlich bringt ein Taxi ihn nach Hause, zum Place Victor Hugo. Müde und entmutigt quält er sich aus dem Auto und erreicht wie ein begossener Pudel mit hängendem Kopf den Hauseingang.

Wie so viele Rendezvous zuvor endet auch dieses in einer herben Enttäuschung.

Nach solchen Abenden stellt sich Pierre zum x-ten Mal die Frage, warum seine Kontaktversuche immer wieder scheitern. In der Galerie hat er mit seinen Kunden keine Probleme, ins Gespräch zu kommen und eine spannende, knisternde Unterhaltung zu führen. Im Gegenteil, dort entwickeln sich häufig erhellende Gespräche, die ihn weit in den Abend hinein noch beschäftigen. Aber es sind eben nur Gespräche, an die er keinerlei Erwartungen knüpft.

Sein Leben braucht eine Wendung!

5

Glück

Am Seineufer ist das Taschentuch trocken. Der leichte Wind löst es an einer Ecke vom Stein, es droht davonzufliegen. Der Clochard wäscht sich geschwind die Hände im Fluss und streift sie an seinen Hosenbeinen ab. Dann rettet er seine Beute, nimmt das Taschentuch an zwei Ecken behutsam auf und faltet es sorgfältig. Auf der Oberseite sind jetzt ganz deutlich die Initialen P. C. zu sehen, in glänzendem Weiß auf Batist gestickt.

Beflügelt zieht er damit von dannen zum Place du Pont Neuf, wo sich unterhalb der Mauer auf dem Square du Vert Galant des Nachts eine Art Schwarzmarkt für Clochards entwickelt hat. Sein Schritt ist beschwingt, fast tänzelt er. Summend betrachtet er sein Schattenbild, das die Abendsonne ihm als Begleiter zur Seite stellt.

Kurz nach Einbruch der Dunkelheit sieht er von weitem eine junge Frau kommen, den Blick auf die Straße vor sich gerichtet. Sie scheint über etwas zu grübeln. Ihr Schritt verlangsamt sich, als sie ihn bemerkt. Er streckt ihr wortlos das Fundstück zum Kauf entgegen. Die junge Frau erkennt sofort, dass es kein einfaches, dünnes Baumwolltaschentuch ist. Nach kurzer Überlegung sagt sie zu ihm:

– Das ist aber ein wertvolles Taschentuch. Was möchten sie dafür haben?

Dem Clochard ist es beim Anblick dieser schönen, jungen Frau unangenehm zu feilschen. Er bleibt stumm und zieht nur die Schultern hoch.

Schließlich gibt sie ihm fünf Francs, mehr, als er je erwartet hätte. Er wundert sich, dass jemand bereit ist, für ein unnützes Stück Stoff so viel Geld zu verplempern.

Zufrieden steckt er das Geldstück in seine Hosentasche und fühlt sich wie Hans im Glück!

6

Neuanfang

Ein einziges Möbelstück steht in dem ungastlichen Raum. Es besteht aus einem dicken Holzbrett auf vier Metallfüßen. Eine schäbige Matratze liegt darauf. Passende Kartons, die Nadine in den Hohlraum unter das Bett schiebt, dienen als Wäsche- und Kleiderschrank. Ihr neues Zuhause ist eine kleine Kammer direkt unter dem Dach eines sechsstöckigen Mietshauses. Ein käfigartiger Eisenaufzug endet im fünften Stock. Der weitere Aufstieg zu Fuß ist mühevoll, besonders mit dicken Einkaufstaschen. Die stark gewundenen Stufen hinauf unters Dach sind viel schmaler als die im Treppenhaus.

Diese einfachen Kammern, die von Studenten äußerst begehrt sind, waren die früheren Pariser Dienstmädchenzimmer, chambres de bonne. Über eine Kleinanzeige an der Sorbonne ist Nadine darauf aufmerksam geworden und hat später erfahren, dass das vierzehnte Arrondissement, wo sie ihre Dachkammer bezogen hat, das Nobel-Viertel in Paris ist.

In dem Dachgeschoss dieses sechsstöckigen Miethauses befinden sich noch sieben weitere Zimmer. Sie ist die einzige Frau auf dem Flur. Für alle gibt es nur eine Toilette, eine typisch französische *toilette à la turque* am Ende des Ganges, die man nicht zusperren kann. Nie ist sicher, ob der Benutzer von dort trockenen Fußes wieder herauskommt. Jedes Mal, wenn nachts einer der anderen Bewohner das Hock-Klo benutzt hat, wird Nadine von diesen Geräuschen aus dem Schlaf gerissen, denn ihre Kammer liegt direkt neben dem besagten Örtchen. Aber das macht ihr nichts aus. Sie ist ganz und gar nicht verwöhnt und mit ihrer preiswerten Unterkunft, in der es keine Heizung gibt, mehr als zufrieden.

Nadine hat ihr bretonisches Dorf in der Nähe von Ploumanach schon Anfang Mai verlassen, um ihrer häuslichen Knechtung, unter der sie fast zerbrochen wäre, zu entfliehen und die unerträgliche Provinzialität, in der sie intellektuell zu verkümmern drohte, abzuschütteln. Die internationale Kultur- und Kunstszene hat sie in die Großstadt Paris gelockt. In ihrem Heimatdorf fehlte Nadine das Salz in der Suppe, kurz alles, was ein interessantes Leben ausmacht: anregende Gespräche, Bücher, Kunst, Mode, eben Kultur.

Manchmal fand sie ein Buch am Strand, das Touristen vergessen oder einfach nur achtlos liegengelassen hatten. Heimlich stahl sie sich Zeit, vernachlässigte für einige Minuten ihre Hausarbeit, stillte ihre Begierde nach mehr Wissen. Beißender Brandgeruch holte sie schnell zurück in die Wirklichkeit. Der Reis war übergekocht. Im Nu hatte die zu groß eingestellte Gasflamme den weißen Emailtopf zu einem stinkenden braunen Etwas verwandelt. Die Beschimpfungen der Mutter und das Einziehen des Buches waren unerträglicher, als eine saftige

Ohrfeige zu kassieren. Schlagen war nicht in der Natur der Mutter. Sie strafte mit Schweigen und Nichtachtung.

Nadine ist jetzt Mitte zwanzig, aber die frühe und harte Arbeit in ihrer Familie lässt sie älter und reifer erscheinen. Das Einseifen und Waschen der groben Hosen ihres Vaters, die erbärmlich vom Fischfang stanken, empfand sie als Tortur. Auch seine Hemden rubbelte sie mühevoll auf dem Waschbrett mit einfacher Kernseife. Das tägliche Gemüseputzen, wobei sie sich öfter in die Finger schnitt, und die schmutzige Gartenarbeit, die sie hasste und liebte, ließen ihre Hände faltig und rissig werden. An die begehrte Pflegecreme in der handlichen blauen Dose mit weißem Schriftzug und wunderbarem Duft, die die Touristen am Strand benutzen, war überhaupt nicht zu denken. Auch die Aufsichtspflicht für ihre drei viel jüngeren Geschwister und die Sorge, sie könnten davonlaufen und sich verletzen, was ihr viel Schelte der Mutter eingebracht hätte, haben auf ihrem noch jungen Gesicht deutliche Sorgenfalten hinterlassen. Und abends, wenn die Kleinen schliefen und der Vater in seine Kneipe verschwand, angeblich um neue Fangmöglichkeiten zu sondieren, flickte sie mit ihrer Mutter in der dürftig beleuchteten Bauernstube die zerrissenen Hosen und stopfte die Strümpfe für alle. Dabei sprachen Mutter und Tochter kein Wort miteinander. Die Dunkelheit in der Bauernstube brachte in solchen Augenblicken ihre unliebsame Armut unweigerlich ans Licht.

Nadine erkannte irgendwann ihre trostlose Situation: sie war abhängig und der Arbeit ausgeliefert. Sie fühlte sich um ihre Jugend betrogen. Oft weinte sie nachts leise in ihr Kissen, damit es ja niemand höre! Am liebsten wäre sie davongelaufen, aber wie und wohin? Ihre missliche Lage schien ausweglos. Aber eines Tages würde es so weit sein, würde sich ihr Leben ändern, daran glaubte sie ganz fest. In ihren nächtlichen Phantasien entwendete sie darum heimlich mal aus Vaters Hosentasche mal aus Mutters Haushaltstopf einige Centime und versteckte sie in einer Bonbondose, die sie unter ihrem Bett verschwinden ließ. Als stille Reserve für den Tag, an dem die Zeit reif für ihre Befreiung sein würde. Sie träumte von einem Leben ohne Kinder, ohne Verantwortung für andere, nur sie selbst soll im Mittelpunkt stehen, tun und lassen können, was gefällt, ausschlafen dürfen, nachts heim kommen, ohne kontrolliert zu werden, oder erst dann essen müssen, wenn der Hunger an die Magenwände klopft. Frei und unabhängig sein, einfach nur leben! Solche Phantasien gaben Halt, und sie schlief dann schnell ein.

Ihr Vater ist Fischer, ein rauer aber herzlicher Mensch, ihre Mutter dagegen devot und gefühlskalt. Nadine ist die Älteste von vier Kindern. Wie viele Male hat sie ihren Geschwistern die Rotznasen putzen müssen! Meist mit dem Geschirrtuch, das sie gerade in der Hand hielt, dünn gewaschen, mit einigen Löchern. Taschentücher waren in ihrer Familie ein überflüssiger Luxus.

Sie war bereits vierzehn Jahre alt, als die Geburten ihres Bruders Paul und ihrer beiden Schwestern Marie und Madeleine die Familie vergrößert hatten. Bis zu diesem Zeitpunkt war sie der absolute Liebling ihres Vaters, der ihr seine ganze Zuwendung schenkte. Dieses kleine Mädchen von damals hatte viel Spaß mit dem rauen Seebären. Stets fieberte sie seiner Rückkehr von See entgegen, um mit ihm draußen zu tollen und zu lachen und sich auf der Wiese im Gras zu wälzen und zusammen die Anhöhe herunterzurollen. Er vergötterte seine kleine Tochter, auf die er nach vielen kinderlosen Ehejahren lange hatte warten müssen. Er nahm sie, wann immer es ging, überall mit hin, sogar auf Fischfang. Mit Schwimmweste gesichert und an die

Reling gekettet konnte sie alles beobachten. So manches Mal wurde ihr schlecht, wenn sie sah, wie die Fische getötet wurden und blutverschmiert in einer großen Kühlkiste landeten. Er machte auch nicht Halt davor, seine kleine Tochter in seine Stammkneipe zu schleppen. Das führte immer wieder zu heftigen Streitereien zwischen den Eheleuten.

Aber die Fröhlichkeit mit dem Vater hatte ein jähes Ende gefunden. Dieser heiß geliebte Mann veränderte sich ihr gegenüber von einem Tag auf den anderen. In seinem Blick und Handeln war etwas, das jedes junge Mädchen das Fürchten lehrt.

Von da an mied sie ihren Vater.

Direkt nach Abschluss der Grundschule wurde Nadine in den Haushalt eingespannt und musste die sehr viel jüngeren Geschwister mit groß ziehen. Man hatte sie nicht gefragt, ob sie das wollte. Ihre Mutter, die zäh und keineswegs kränklich war, sah es für selbstverständlich an, dass die *große* Tochter half, dass ein junges Mädchen von vierzehn Jahren zupackte. Die drei Geschwisterkinder verursachten mühevolle Arbeit, an eine Magd war nicht zu denken. Die Mutter, die selbst schon nach vier Grundschuljahren keinerlei Weiterbildung genoss, heiratete sehr jung, versorgte fortan ihren Ehemann und kümmerte sich um den Haushalt – wie es sich gehörte. Deshalb kam es ihr überhaupt nicht in den Sinn, dass ihre vierzehnjährige Tochter einen anderen Weg hätte wählen wollen.

Nadine fügte sich anfänglich widerstandslos in ihr Schicksal. In ihrem Dorf gab es keine Ausbildungsstellen für Mädchen außer, als Magd in einer Familie unterzukommen oder sich schnell zu verheiraten. Aber eine Heirat, es ihrer Mutter gleichzutun, kam für sie nicht infrage.

Seit langem hegte Nadine einen großen Wunsch, der ihr aber unerreichbar schien. Mit aufgerissenen Augen lag sie oft abends auf ihrem Bett, hellwach und gleichzeitig todmüde von der Tagesarbeit. Sie träumte von Pinseln und Farben. Sie träumte von Aquarellmalerei, wenn sie mit Pinsel und Farbe etwas auf eine jungfräuliche Fläche zauberte. Sie liebte den Blick auf das weiße sich wölbende Papier, nass durch das Aqua dieser Maltechnik. Ihre Augen verfolgten dann die bunte Pigmentierung, wie sie eigenständig verlief, sich in den kleinen Vertiefungen auf dem welligen Papier sammelte und dort ihre ganze Intensität entfaltete. Viele kleine unvorhersehbare Veränderungen, einem Menschenleben gleich, entstanden auf diese Art und Weise. Das Unvorhersehbare ist es, das sie besonders liebt. In solchen Momenten konnte sie ihre erstickte Phantasie freisetzen und vergaß alles um sich herum. Dann war sie glücklich!

Eines Tages zog ein Werbeblatt beim Kaufmann ihre ganze Aufmerksamkeit auf sich. Heißes Blut schoss ihr durch die Adern. Aufmerksam las sie das Angebot. Ihr Herz schlug höher, ihr Puls pochte rhythmisch am Hals, und sie hörte ihn bei jedem Schlag eindringlich flüstern:
 Wag es, tu es, wag es, tu es!
 Schließlich besiegte ein starker Wille ihr Zögern. Entschlossen füllte sie das Anmeldeformular aus und besuchte von nun an einen Abendkurs für Malerei. Ihre häusliche Situation wurde dadurch erträglicher. Ihr Lächeln, das sie fast verloren hatte, kehrte langsam zurück. Sie malte mit großer Freude. Sie malte nicht gegenständlich, sondern liebte Verschwommenes, Geheimnisvolles, etwas, was der Betrachter erahnen sollte. Nie zeigte sie ihre Bilder zu Hause. Sie wurden in einer Mappe gesammelt und im Werkschrank sicher verwahrt.

Die Kosten für den Abendkurs konnte Nadine durch gelegentliches Kellnern, was ihr sogar großen Spaß machte, selbst bestreiten. Nur der Weg dorthin war nicht ganz ungefährlich.

Die Strecke führte sie sechs Kilometer lang über freie Felder und durch ein kleines Waldstück. Einen anderen Radweg hatte sie bisher nicht ausfindig machen können. Auf dem bewaldeten Teil der Strecke packte sie so manches Mal höllische Angst, sie fühlte sich verfolgt. Etwa von ihrem Vater? Noch nie hat sie ihn auf einem Fahrrad gesehen. Den Blick zurück wagte sie nicht, wollte es nicht wissen. Mit zunehmender Dämmerung stieg ihre Angst. Dann trat sie kraftvoll in die Pedale und radelte nach Hause, wo sie schweißgebadet ankam.

In ihrem Dorf leben die Menschen vorwiegend vom Fischfang und vom Tourismus. Nadine nennt es Nomadentourismus. Die Menschen kommen und gehen wieder. Mit ihnen ist es schwer, Kontakte zu knüpfen, erst recht Freundschaften zu schließen. Und die Dorfbewohner sind ihr zu grob und zu schlicht, mit ihren geschundenen Händen und ihrem kleinen Geist. Sie ist auf der Suche nach etwas Besonderem. Sie stellt andere Ansprüche an das Leben als ihre Eltern, will heraus aus der Armut. Obwohl sie nur die Grundschule absolvierte, verfügt Nadine doch über einen messerscharfen Verstand und hat einen sicheren Instinkt, sich wie Tiere in der Natur aus Gefahren herauszuhalten. Ohne arrogant oder verletzend zu wirken, geht sie Problemen meisterhaft aus dem Weg.

Als die Mutter von ihrem Entschluss nach Paris zu gehen erfuhr, ließ sie sie nur zu gern ziehen, denn auf diese Art und Weise endete endlich die Verantwortung für ihr erwachsenes Kind. Eine andere Möglichkeit, sich ihre widerspenstige Tochter endlich vom Hals zu schaffen, hatte sie nicht, zumal Nadine alle Heiratswilligen in die Flucht geschlagen hatte.

Inzwischen waren Paul, Marie und Madeleine elf, zehn und acht Jahre alt und längst aus dem Gröbsten heraus. Auch sie wurden von der Mutter gnadenlos in den Haushalt eingespannt, so dass Nadines Weggang keine Lücke riss. Ihr Vater war kaum noch zu Hause. Die Fischbestände waren rückläufig, und seinen Frust darüber spülte er in der Dorfkneipe hinunter. Gott sei Dank half der Familie ihr Potager, der kleine Gemüsegarten hinter dem Haus, autark zu leben.

In Paris angekommen findet Nadine schnell Arbeit als Packerin in der Drogerieabteilung einer kleinen Filiale der Kaufhauskette Prixunic. Ihr Verdienst reicht gerade für die sehr günstige Miete ihrer Dachkammer im sechsten Stock und einige Kinogänge oder Museumsbesuche. Ihr Kunstwissen steht noch am Anfang, deshalb nimmt sie jede Gelegenheit wahr, aktuelle Ausstellungen zu besuchen, sofern ihr Geldbeutel es zulässt.

Nadine, eine sympathische junge Frau, hat sich gleich nach ihrer Ankunft in Paris mit einem frechen Kurzhaarschnitt einen Großstadtlook zugelegt. Trotzdem wirft sie noch immer ab und an ihren Kopf kompromisslos nach hinten, so, als müsse sie ihre ehemals langen roten Haare, die ihr fast bis zu den Hüften reichten, weiterhin bändigen,. Diese Mähne war ihr schon lange lästig, aber sie wagte den Befreiungsschlag erst, als sie sich – von der Not getrieben – auch aus ihrem häuslichen Zwinger befreit hatte und in Paris einen Neuanfang fand.

Ihre ozeangrünen Augen, in denen der beste Schwimmer ertrinkt, haben die jungen Männer so manches Mal in Unruhe versetzt. Ihre hohe Stirn, ihre schmale lange Nase, übersät von winzig zarten kaum sichtbaren Sommersprossen, und ihr schmaler Mund vervollkommnen ihre attraktive Erscheinung. Sie ist zwar Französin, aber dieses sommersprossige Gesicht und die leuchtend roten Haare lassen eher einen irischen Einschlag vermuten. Vielleicht ist sie eine gute Mischung aus beidem.

Nadine weiß um ihre Ausstrahlung, denn entsprechende Komplimente hörte sie oft genug in ihrem Heimatdorf. Deshalb wunderten sich auch alle, warum sie die zahlreichen Bewerber immer wieder abgewiesen hatte. Andere Mädchen wären über so viel Aufmerksamkeit glücklich gewesen. Ihre Abweisung geschah nicht aus Arroganz, sondern aus dem tiefen Wunsch nach Selbstbestimmung.

Der Abend im Lido war für sie nur ein Intermezzo, eine engere Beziehung mit Pierre strebt sie nicht an. Sie fühlt ganz deutlich, dass die Zeit dafür nicht reif ist. Vielleicht wird sie es nie sein, denn sie träumt ihren Traum von Freiheit und Malerei. Sie träumt davon, eine Künstlerin zu werden und vielleicht irgendwann ihre Bilder in einer Galerie ausstellen zu können.

Mittlerweile tut es ihr fast ein bisschen Leid, dass sie den freundlichen Galeristen mit ihrem abrupten Weggang vor den Kopf gestoßen hat. Dieses Verhalten ist sonst nicht ihre Art, aber sie konnte nicht anders. Denn sie spürte seinen Wunsch nach Nähe und Geborgenheit. Ihre gerade gewonnene Freiheit wollte sie unter keinen Umständen wieder einbüßen.

Aber sie stellt sich die Frage: Habe ich etwa nur aus Rücksicht auf seine Freundlichkeit und Höflichkeit, ja sogar Schüchternheit, die spontane Einladung in den Lido angenommen? Er wirkte so hilflos, als er sie aussprach. Oder war es einfach nur Kalkül? Ja. ich bin neugierig und hungrig auf alles, will alles kennen lernen, was sich mir bietet, aber nicht zu jedem Preis. Und den berühmten Lido kannte ich bis zu diesem Abend noch nicht. Außerdem ist es meine erste Einladung gewesen, seit ich in Paris angekommen bin. Nur deswegen gab ich ihm meine Zusage.

Jede Einladung ist ein Geschenk und immerhin auch eine Entlastung meines schmalen Geldbeutels.

7

Pärchen-Bild

Träge erhebt sich Pierre aus seinem breiten Bett, tritt ans Fenster und sieht hinaus. Der Himmel ist trüb, genau wie seine Stimmung. Er hat Kopfschmerzen und schlecht geschlafen, wieder einmal haben ihn Albträume geplagt:
Er hört lautes Krachen, sieht Feuer, kann nicht helfen.

Kurz schüttelt er den Kopf, als müsse er seine Gedanken ordnen, in die richtige Schublade sortieren. Dann schlüpft er ohne besondere Eile in seine Kleider. Ohne Rasur und Morgentoilette verlässt er das Haus, umläuft den verkehrsreichen Plaçe Victor Hugo und betritt das Straßencafé gegenüber seiner Wohnung.

Der Ober sieht ihn schon durch die großen Fensterscheiben kommen und stellt – wie jeden Morgen – Kaffee und Croissant auf Pierres Stammplatz bereit. Pierre nickt dem Ober einen flüchtigen Gruß zu und greift die aktuelle Zeitung vom Haken. Sie ist in einem eleganten Zeitungshalter aus glänzendem Buchenholz eingeklemmt und hängt immer am selben Platz, direkt neben Pierres Stammplatz. Er liebt diese kleine Aufmerksamkeit, denn Pierre ist fest davon überzeugt, dass er es diesem freundlichen Ober zu verdanken hat, jeden Morgen die frisch gedruckte Zeitung als Erster lesen zu dürfen. Gleich auf der Titelseite spricht ihn ein bewegendes Foto an. Ein junges Paar hält sich fest umschlungen, es sieht glücklich aus.

Glück, was ist das?
Pierre hat das nie wirklich kennen gelernt. Als Jugendlicher mit fünfzehn Jahren wurde er von einem sehr reichen, kinder-

losen Ehepaar aus einem Waisenhaus in dessen Villa geholt. Paul und Claire Costa empfingen ihr neues Familienmitglied herzlich und haben schnell seine Zuneigung gewonnen. Beide hatten unbedingt Pierre haben wollen, keinen anderen Jungen. Eine ganz bewusste Entscheidung, hinter der sich ein Geheimnis verbarg, das Pierre erst lange nach dem Tod von Paul und Claire erfahren hat. Und sie hatten sich ihn unter all den Waisenhauskindern auch deswegen ausgesucht, weil er von der Heimleitung als ein unauffälliger und freundlicher Junge beschrieben worden war. Das ist er noch immer, unauffällig und freundlich.

Paul und Claire, beide schon weit über vierzig Jahre alt und ohne Hoffnung auf eigene Kinder, wollten einen Jungen, der einmal ihre florierende Galerie übernehmen sollte. Pierre lernte viel in seinem neuen kultivierten Umfeld und entdeckte, dass ihn die Kunst wirklich interessierte. Er hatte schon früh ein feines Gespür für gut oder weniger gut. Er hatte ein Gespür dafür, Kunden erfolgreich zum Kauf zubewegen.

Das erkannten Paul und Claire schon nach einigen Monaten und führten ihn ohne Winkelzüge rasch in die Geschäfte der Galerie ein. Jede Handlung wurde minuziös durchdacht und vorbereitet, im Geschäftsleben wie auch privat. Ihr Umgangston war überaus höflich, und sie hörten Pierres Erzählungen gerne zu – was allerdings selten vorkam –, wenn er von seiner Waisenhauszeit berichtete. Pierre war durch diese neue Erfahrung manchmal irritiert. Im Waisenhaus herrschte eine eher ruppige Atmosphäre, die Ansprache war meistens unterkühlt, und über die wenigen privaten Dinge wurde nicht gesprochen. Mit den pubertären Schwierigkeiten und Emotionen hatte jeder für sich allein fertig werden müssen.

Fehlende Schulbildung konnte Pierre schnell nachholen und war früher als erwartet gerüstet, schon bei kleineren Verhandlungen in der Galerie mitzuwirken. Oft stand er mit gespitz-

ten Ohren neben Paul, seinem Ziehvater, wenn der mit einem Kunden verhandelte. Geduldig und konzentriert hörte Pierre einfach nur zu und stellte dann dem Kunden in einem passenden Moment – er fiel nie jemandem ins Wort – die entscheidende Frage:
– Wo werden Sie dieses wunderbare Bild aufhängen?
In seiner Stimme klang ein Begehren, als wollte er dieses wunderbare Bild unbedingt selbst besitzen, was den noch unschlüssigen Kunden zum schnellen Kauf bewegte.

Pierre lebte erst ein halbes Jahr in der Costa-Familie, als Paul und seine Frau sich entschlossen, ein großes Gartenfest zu veranstalten. Geschäftsfreunde wurden eingeladen, Girlanden und Luftballons aufgehängt, wie zu einem Kindergeburtstag. Die Gäste plauderten lautstark und standen gut gelaunt mit gefüllten Gläsern an kleinen Partytischen, die mit weißen Tüchern bedeckt waren und im leichten Wind flatterten.
Der Hausherr, ein sympathischer aber sonst kühler Geschäftsmann, hielt eine emotionale Begrüßungsrede. Die Gäste waren überrascht, und ihre Blicke richteten sich wie auf Kommando gleichzeitig auf ihn, der seine Gäste nun überaus herzlich mit einem zufriedenen Lächeln willkommen hieß. Er wünschte ihnen einen schönen Abend und beendete seine Rede mit den Worten:
– Zum Schluss möchten meine Frau und ich noch eine erfreuliche Nachricht bekannt geben. Wir haben in Pierre einen freundlichen Jungen im Haus, der schon erfolgreich in der Galerie mitarbeitet. Wir sind darüber unsäglich glücklich und möchten dir sagen, lieber Pierre – er geht ein paar Schritte auf Pierre zu und hebt ihm sein Glas entgegen –, dass wir uns entschlossen haben, dich zu adoptieren.
Zum ersten Mal umarmte Paul seinen Zögling und schob Pierre sachte Claire entgegen, damit auch sie ihn beglückwün-

schen konnte. Die Gäste brachen in Jubel aus, klatschten lange und prosteten einander zu. Ahnungslos und völlig überrascht von der Aktion konnte Pierre nicht anders reagieren, als es den Gästen gleichzutun. Er lächelte und stieß mit ihnen auf die Adoption an. Aber er bekam keine Gelegenheit etwas zu sagen, nämlich, dass auch er sich darüber freute.

Paul hatte einen vier Jahre älteren Bruder. Als der auf Umwegen von der Adoption erfuhr, war er wütend. Durch seinen ausschweifenden Lebenswandel hatte Richard immer wieder Geldschwierigkeiten. Auch war er als Anwalt beruflich nicht so erfolgreich wie sein Bruder Paul mit der Galerie. Es wurmte Richard, dass Pierre durch die Adoption einmal alles erben sollte. Er hätte das Erbe lieber seinen eigenen beiden Söhnen gesichert. Doch Richard und Paul pflegten keinen brüderlichen Kontakt. Richard war schwierig und streitsüchtig, verprellte viele Menschen um sich herum. Seine Ehe stand auf wackeligen Füßen, und seine beiden noch jungen und unterschiedlichen Söhne wandten sich mehr und mehr von ihm ab. Claire hatte keine Geschwister, die hätten erben können.

Pierre hängt die Zeitung mit dem glücklichen Paar auf der Titelseite zurück an den Haken. Beim Verlassen des Cafés, in dem er Kredit hat, nickt er erneut dem Ober kurz zu und läuft ein paar Schritte durch die feuchte Sommerluft. Es sieht nach Regen aus. Das ist ihm recht. Das trübe Wetter entspricht seiner augenblicklichen Stimmung. Heute hat er wieder einmal keine Lust, in die Galerie zu fahren. Sein zuverlässiger Geschäftsführer wird es schon richten, wie so oft, wenn es ihm nicht gut geht und er der Galerie fernbleibt. Ihm vertraut Pierre hundertprozentig. Gérard war dort schon angestellt, als er, Pierre, in die Costa-Familie aufgenommen wurde. Die Enttäuschung des gestrigen Abends im Lido quält ihn noch zu stark – sie schmerzt.

Erst jetzt fällt ihm auf, dass er noch nicht einmal den Namen seiner Verabredung kennt. Sie bleibt die Unbekannte.

Doch gerade ein Tag nach seiner missglückten Verabredung, ein Tag der Unlust, hatte das Telefon bissiger als sonst geschrillt – in einem übel machenden Ton. Pierre war in die Galerie zitiert worden, musste der Polizei wegen des versuchten Einbruchs einige Fragen beantworten.

Danach – wieder in seiner Wohnung – will er keine Unterbrechung mehr und sich der Enttäuschung des gestrigen Abends hingeben. Aber es kommt anders.

In der Galerie begrüßt Gérard einen gepflegten Herrn, der den Inhaber sofort zu sprechen wünscht. Vor einigen Tagen sei er schon einmal da gewesen, erklärt er, und habe sich mit ihm sehr eingehend über eine bestimmte Zeichnung unterhalten. Jetzt wünsche er, die Diskussion fortzusetzen.

Auf der Zeichnung sitzt erwartungsvoll ein Mann auf dem Boden, fast nackt mit angewinkelten Beinen, seine Arme umfassen die Knie, sein Rücken ist dem Betrachter zugewandt und sein Blick richtet sich nach oben. Vor ihm steht eine nur in Konturen angedeutete nackte Frau, die die Arme verschränkt vor ihre Brüste hält. Verschüchtert steht sie vor ihm und schämt sich, vielleicht weil sie rundliche Formen hat und nicht gewohnt ist, sich so schutzlos zu zeigen? Ihre Blicke treffen sich. Hier spüren zwei Menschen ihre Anziehungskraft, zögern aber noch, sich anzunähern. Dennoch strahlt das Bild eine tiefe Vertrautheit aus und lässt eine entstehende Intimität ahnen.

Der ungeduldige Kunde drängt darauf, den Galeristen sprechen zu wollen. Gérard, ruhig und immer gleichbleibend verständnisvoll, hat einen beinah animalischen Instinkt für potentielle Geschäfte. Er entschließt sich sofort, Pierre ein zweites Mal zu stören. Er weiß genau, dass der in sehr schlechter Verfassung sein muss, wenn er der Galerie fernbleibt, aber Gérard wagt trotzdem diesen ungelegenen Anruf. Denn er kennt Pierres Einstellung: Geschäfte gehen vor. Diesen Leitsatz hat er von seinen Adoptiveltern übernommen. Deshalb fordert Gérard seinen Chef am Telefon auf:

– Bitte, Pierre, kommen Sie noch einmal in die Galerie, der verlegene Kunde von letzter Woche, Sie wissen schon, möchte Sie dringend sprechen.

Pierre erinnert sich sofort an diesen Kunden, der so unschlüssig aufgetreten war und eine leicht diffuse Diskussion über das Pärchen-Bild mit ihm geführt hatte. Pierre weiß, dass er jetzt dringend gebraucht wird. Er wechselt schnell seinen Anzug und macht sich kurz frisch. Ein Taxi bringt ihn in die Galerie. Pierre besitzt keinen Führerschein, denn alle Wege wurden in der Costa-Familie mit dem eigenen Fahrzeug und Chauffeur erledigt. Aber Pierre hat sich von Auto und Chauffeur schon lange getrennt.

In der Galerie begrüßt Pierre den Kunden gewohnt höflich und hört ihm interessiert zu.

– Haben Sie über unser Gespräch von letzter Woche nachgedacht?

Pierre antwortet nicht. Ruhig mustert er den Kunden und denkt noch darüber nach, warum er das hätte tun sollen.

– Aber, habe ich mich denn so missverständlich ausgedrückt?

Kopfschüttelnd erwidert Pierre:
– Ich verstehe nicht, warum es für Sie so bedeutungsvoll ist.
– Aber haben Sie denn nicht … ?

– Bitte entschuldigen Sie die Unterbrechung, sagt Pierre, ich habe einfach nicht die Wichtigkeit erkannt.
– Warum haben Sie mich nicht verstanden?
Seine kindliche Mimik verwandelt den Kunden bei dieser Frage in einen enttäuschten kleinen Jungen.
– Kommen Sie doch bitte in mein Büro, dort können wir uns ungestört weiter unterhalten, lenkt Pierre ein. Er empfindet sogar ein wenig Mitleid mit ihm und erkennt, dass sein potentieller Kunde ein Problem hat und für die weitere Diskussion eine »entre nous-Atmosphäre« von Vorteil wäre.

Der missverstandene und leicht überreizte Kunde nimmt diesen Vorschlag sofort an und folgt Pierre in die hinteren Räume. Auf dem Weg in das elegante Arbeitszimmer wächst spürbar Vertrauen. Der Kunde atmet erleichtert durch, und mit einem geräuschvollen Seufzer sinkt er in den von starker Benutzung gezeichneten Besuchersessel. Seit dem frühen Tod seiner Adoptiveltern hat Pierre das Arbeitszimmer, das ausschließlich mit antiken Möbeln ausgestattet ist, nicht verändert. Er beobachtet den potentiellen Kunden und glaubt zu erkennen, dass es dem möglicherweise heute genauso schlecht geht wie ihm selbst. Beide quälen sich mit ungelösten Fragen.

Nachdem der Kunde seine Ruhelosigkeit völlig abgelegt hat, nimmt er mit der ihm eigenen Gelassenheit das Gespräch wieder auf:
– Es ist mir wirklich peinlich, es anzusprechen, aber, Sie wissen schon, das besagte Bild gefällt mir außerordentlich gut.
– Wo liegt das Problem?
– Ich möchte es am liebsten kaufen.
– Was hindert Sie daran?
– Erinnern Sie sich nicht, dass ich gewisse Zweifel hege?

Pierre, nun etwas verlegen, weil er sich an diese Zweifel nicht erinnern kann, antwortet gedehnt:
– Nuuun, iiiich glaube, Sie haaaben….
Der Kunde unterbricht ihn:
– Ich möchte es kaufen, weiß aber nicht, ob ich damit meine Gäste verschrecke.
– Ich verstehe nicht. Dieses wunderbare Bild strahlt doch eine positive Stimmung aus.
– Ja, aber ich möchte es gern in meinem Schlafzimmer über dem Bett aufhängen.
– Ja und? Das Bild ist wunderschön und zeigt tiefe Vertrautheit!
– Das ist es ja gerade!
– Die Vertrautheit, sagt Pierre, ein so wichtiger Aspekt im Leben, kann doch kein Hinderungsgrund sein.
– Nun ja, für Sie vielleicht nicht. Aber es gibt doch auch Menschen, die empfindlich auf solche Darstellungen reagieren.
– Können Sie bitte etwas genauer werden?
– Die Nacktheit – es ist die Nacktheit.
Pierre mustert sein Gegenüber und sagt verwundert:
– Ich jedenfalls gehe nackt schlafen. Das ist das Natürlichste auf der Welt.
Pierre ist erschrocken, dass er diese Intimität einem Fremden gegenüber so unbedenklich preisgibt.
– Aber, protestiert der Kunde, es sind ein Mann und eine Frau darauf zu sehen!
– Ja und? Das ist auch das Natürlichste auf der Welt. Ein Mann begehrt eine Frau.
Der Kunde senkt die Augenlider und spricht jetzt mit der Befangenheit eines pubertierenden Jungen:
– Ja, das ist richtig für *Sie*, aber nicht für *mich*.

Pierre benötigt einige Zeit, um zu begreifen, was sein Gegenüber ihm gerade zu verstehen gibt. Er ist doch hoffentlich kein perverser Exzentriker?! Ein Kloß im Hals hindert Pierre weiterzusprechen. Aber er möchte es genauer wissen, hüstelt ein wenig und fragt dann vorsichtig:
– Haben Sie viele Gäste?
– Darf ich vertraulich mit Ihnen sprechen, bleibt das unter uns?
– Selbstverständlich.
Pierre ist verschwiegen wie ein Grab und kann Zugetragenes für sich behalten. Das spürt sein Gegenüber.
– Nun ja, leider bleiben meine Partner nie lange bei mir.

Pierre ist erleichtert. Sein anfänglicher Verdacht bestätigt sich glücklicherweise nicht. Homosexualität muss in den sechziger Jahren noch im Verborgenen gelebt werden, deshalb fällt es dem Kunden schwer, sich zu offenbaren. Aber Pierre kann damit gut umgehen und versteht diesen rätselhaften Mann. Auch er fragt sich immer wieder, warum seine Beziehungen nicht länger als einige Wochen halten.
Als Pierre nicht gleich reagiert, fragt der Kunde bedrückt:
– Erschreckt Sie das? Sind Sie jetzt enttäuscht von mir?
– Oh nein, ganz und gar nicht. Ich verstehe Sie sehr gut.

Und dann, mit dem Vertrauen eines Kindes, erzählt Pierre dem Unbekannten von einigen seiner früheren Beziehungen zu Frauen, die nicht zum gewünschten Erfolg geführt haben. Entweder waren sie zu jung, zu ungebildet oder nur auf sein Vermögen aus. Eine Frau hatte sogar Geld – viel Geld – von ihm geliehen. Angeblich brauchte sie diese kleine Hilfe für den Zeitraum von nur vier Wochen. Aber Pierre hat weder diese Frau noch sein Geld je wieder gesehen. Sein Vertrauen war erschüttert. Seitdem ist er sehr vorsichtig im Umgang mit Frauen und immer auf der Hut.

Eine bedrückende Pause entsteht. Beide schweigen. Pierre läuft unruhig ein paar Schritte in seinem Arbeitszimmer hin und her und blickt dabei zu Boden. Der Kunde sitzt derweil völlig gelassen im Sessel, lässig zurückgelehnt, die Beine übergeschlagen, und beobachtet Pierre. Schließlich stellt der Kunde eine Frage, die bei dem Galeristen Entsetzen auslöst.
– Entschuldigen Sie bitte, wir sprechen schon eine Weile so vertraut miteinander, ich möchte Sie etwas fragen.
– Ja? Was denn?
– Ich möchte Sie aber nicht verletzen, und trotzdem drängt sich mir diese eine Frage auf.
– Ja bitte, ich höre.
– Sind Sie sicher, dass es wirklich nur daran gelegen hat, dass diese Frauen zu jung, zu ungebildet waren und es auf Ihr Geld abgesehen hatten? Kennen Sie keinen anderen Grund dafür, dass Sie keine Beziehung zu einer Frau halten können?
Pierre – starr vor Schreck – kann nicht antworten. Glaubt der Kunde von ihm, zu sein wie er, der nun bequem und selbstsicher vor ihm in *seinem* Sessel sitzt, die Oberhand gewinnt, und mit ihm plaudert, als wäre er schon sein bester Freund oder sogar sein Therapeut? Soll Gérard Recht behalten? Braucht er eine Therapie?
Eine unsichtbare Hand spürt Pierre an seiner Kehle, sie drückt ihm den Atem ab. Sprachlos tritt er ans Fenster, öffnet es und zieht die frische Luft tief ein. Wie gelähmt steht er am Fenster und weiß nicht, warum ihn diese Frage so trifft. Lange bleibt er dort stehen und meidet den Blickkontakt. Schließlich, als er seine Sprache wiedergefunden hat, antwortet er einlenkend:
– Möglich, vielleicht gibt es einen anderen Grund. Ich kenne ihn nicht.
– Ich möchte Ihnen einen Vorschlag machen.
– Ja, bitte.

– Wie ich aus unserer offenen Unterhaltung entnehme, haben wir beide dasselbe Problem.

Pierre ist erschrocken, wendet sich ihm zu und herrscht ihn an:

– Das glauben Sie doch nicht wirklich?

– Doch. Ich bin ganz sicher.

Pierre fragt jetzt ängstlich und gleichzeitig ärgerlich:

– Wie kommen Sie auf diese absurde Idee?

– Ja, wir möchten beide in einer harmonischen Beziehung leben und schaffen es nicht.

Pierre blickt verlegen zu Boden und wagt immer noch nicht, dem Mann, der sich so dreist in sein Innenleben einschleicht, in die Augen zu schauen. Aber sein Gefühl gibt ihm Recht, alles ist gut. Schließlich gibt er erleichtert zu:

– Ja, Sie haben Recht. Das stimmt. Das wünsche ich mir schon lange.

Pierre ist erschrocken über sich selbst. Noch nie in seinem Leben hat er sich einem Menschen anvertraut. Bisher hat er es für sich abgelehnt, bei Fremden Rat zu holen. Er ist von früher Kindheit an gewöhnt, alle Probleme mit sich selbst auszumachen. Dieser einfühlsame Kunde hat es geschafft, in ihm etwas zu wecken, dessen er sich nicht bewusst war. Warum gerade er, ein Fremder? Warum nicht der alte Gérard, Gérard Foulon, sein engster Mitarbeiter, der ohne Zweifel über eine lange Lebenserfahrung verfügt und ihn gut kennt?

Inzwischen hat sich Pierre vom Fenster wegbewegt und seine Selbstbeherrschung wiedergefunden. Jetzt schaut er dem Kunden direkt in seine strahlend blaue Augen und sagt:

– Ich höre. Was möchten Sie mir vorschlagen?

– Dass wir uns gegenseitig helfen.

– Wieso sollte *ich* das können?

– Es ist ganz einfach.

– Hm?

Pierre neigt seinen Kopf nach rechts in leichte Schiefstellung und richtet einen fragenden Blick auf den rätselhaften Kunden.
– Genau so, wie ich *Ihnen* helfen kann. Sie sagen mir unumwunden und mit schonungsloser Offenheit, was Sie denken und was Sie bedrückt, und ich tue das Gleiche Ihnen gegenüber.
– Das klingt einfach, meint Pierre.
– Das ist es auch.
– Wie kommen Sie darauf?
– Probleme sind meistens hausgemacht, nur können wir, die darin stecken, sie nicht lösen. Von außen betrachtet ist ein Fremder eher in der Lage, die Dinge zu analysieren und mögliche Lösungen zu erkennen.
– Hm.
Der Kunde beobachtet Pierre aus zusammengekniffenen Augen. Wie ein Kind beide Hände zum Gebet gefaltet, springt er unerwartet auf und fleht Pierre an:
– Bitte, lassen Sie es uns versuchen.
Zögernd und einen Schritt zurückweichend fragt Pierre:
– Haben Sie diese Methode schon einmal ausprobiert?
– Nein, es ist eine spontane Eingebung. Bei Ihnen habe ich das sichere Gefühl, als würden wir uns schon sehr lange kennen. Sie sind mir irgendwie vertraut, vom ersten Moment an. Nun, was sagen Sie?
Unruhig schreitet Pierre wieder durch den Raum. Tausend Fragen schießen ihm durch den Kopf. Zögernd bittet er um drei Tage Bedenkzeit.
– Das verstehe ich. Also dann in drei Tagen.
Der Kunde wirkt, als sei er von einem enormen Druck befreit. Er reicht Pierre die Hand und verabschiedet sich mit den Worten:
– Ich heiße übrigens Albert, Albert Costalette.
– Pierre, Pierre Costa.
– Ah, nicht Pierre Cordon, wie der Name der Galerie?

Als Pierres Adoptionsvater Paul Costa die Galerie übernahm, hielt er es nicht für sinnvoll, den gut eingeführten Namen zu ändern, zumal seine Initialen dieselben bleiben konnten.

Pierre begleitet den Kunden an die Tür. Erleichtert eilt er in sein Büro zurück und denkt über die Worte des rätselhaften Mannes nach. Da gibt es jemand, der in sein Innerstes schauen kann. Was hat ihn verraten? Durch welche Tür hat sich dieser Fremde Eintritt in seine Gefühlswelt verschafft? Und wieso kann dieser Fremde sein tiefstes Vertrauen gewinnen? Noch nie im Leben ist ihm so etwas passiert. Aus einer leichten Unsicherheit wird auf einmal Unbehagen – etwas in ihm wehrt sich.

– Nein, schreit er unkontrolliert in den Raum, ich will keinen Pakt mit diesem Unbekannten schließen. Ich will mein Leben weiter führen wie bisher!

Aber das stimmt nicht. Pierre möchte eine Veränderung, wünscht sich eine feste Beziehung, einen Menschen, der abends auf ihn wartet. Mit ihm könnte er alles bereden, geheime Gedanken und Wünsche austauschen und Erlebnisse teilen. Plötzlich zweifelt er daran. Seine Beobachtungen zeigen immer wieder, dass Paare, die zusammen alt geworden sind, viel streiten oder in Cafés schweigend sich gegenübersitzen und gelangweilt die Gäste um sie herum beäugen. Jeder ist mit seinen eigenen Gedanken beschäftigt, lebt in seiner eigenen kleinen Welt. Sie haben sich nichts zu sagen.

Pierre quält sich mit der Frage: Was soll das bringen, mit einem Fremden über seine Beziehungsprobleme zu reden und dann sich sagen lassen zu müssen, was sein Zuhörer an ihm kritisiert oder gutheißt? Diese Gedanken haben sein Seelenleben so durcheinander gewirbelt, dass er nicht mehr in der Lage ist, in der Galerie zu bleiben. Wieder einmal bittet er Gérard, für den Rest des Tages die Geschäfte zu übernehmen und dieses vom Kunden so begehrte Pärchen-Bild vorerst nicht zu verkaufen.

8
Schutzhöhle

Der Wecker klingelt laut und eindringlich. Nadine zieht sich die Decke über den Kopf und genießt noch kurz die wohlige Bettwärme. Es ist sieben Uhr dreißig. Zeit, zur Arbeit zu gehen. Dann reckt und streckt sie sich wie eine Katze nach ausgiebigem Schlaf. Mit einem Satz springt sie aus ihrem harten Bett und tritt an die Dachluke. Nur auf Zehenspitzen stehend kann sie hinausgucken. Der Sommerhimmel ist trüb, aber ihre Stimmung gut.

Sie hatte gestern Abend vor dem Einschlafen noch kurz an den Besuch im Lido gedacht und war zufrieden in tiefen Schlaf gefallen. In dieser Nacht hat sie die sonst so lästigen Spülgeräusche kaum wahrgenommen. Noch im Nachthemd zapft Nadine in einen großen Krug kaltes Wasser im Flur, direkt neben dem Hock-Klo, und schleppt ihn in ihr Zimmer. Einen Teil des Wassers, der für die morgendliche Toilette bestimmt ist, gießt sie in eine altmodische, ovale Porzellanschüssel mit Blümchenrand. Ein Sprung, schon bräunlich verfärbt, durchzieht die Schüssel vom Rand bis hin zur Mitte. Aber sie hält. Den Rest des Wassers gießt sie in einen leicht verbeulten Aluminiumtopf. Auf einem Camping-Gaskocher, ihre einzige Kochgelegenheit und vielleicht auch Wärmequelle, wenn der Winter zu hart werden sollte und er als Heizung dienen müsste, wird das Kaffeewasser erhitzt. Ihren Trinkbecher hat sie für fünfzig Centime auf dem größten und beliebtesten Flohmarkt in Saint Quen im Norden von Paris erstanden. Aus einem Karton, den sie aus ihrer Filiale mitgebracht hat und der als Schrank herhalten muss, greift sie ein Schraubglas, öffnet es und schüttet vorsichtig etwa die Menge von zwei Teelöffeln löslichem Kaffeepulver in den großen Becher und gießt das inzwischen zischend kochende Wasser darüber. Ein trockenes Knäckebrot dazu, und schon ist das Frühstück perfekt. Ein Blick auf das zerkratzte, blind gewordene Glas ihrer Armbanduhr mahnt sie zum Aufbruch.

Nadine hat keine Ausgaben für Metro und Bus. Es sind nur fünf Gehminuten bis zur Rue Saint Didier, wo sie arbeitet. Dabei begegnet sie schon den ersten Hausfrauen mit großen Einkaufstaschen. Rechts, in ihre Zielstraße einbiegend, betritt sie gut gelaunt das kleine Kaufhaus Prixunic und begrüßt freundlich ihre Kolleginnen. Durch ihre liebenswürdige Art hat Nadine sich Sympathien erworben. Ihr Chef bevorzugt sie nicht nur wegen ihres guten Aussehens, sondern auch wegen ihrer Hilfsbereitschaft im Umgang mit Kunden. Deshalb lässt er sie schon bald höher qualifizierte Arbeiten verrichten. Ohne eine Ausbildung genossen zu haben, darf Nadine – außer Regale auffüllen – jetzt auch Kunden beraten und bedienen. Die Kosmetikartikel sind ihr anfangs so fremd und neu, dass sie sich besonders intensiv damit beschäftigt, was diese vielen Fläschchen und Döschen und Päckchen beinhalten. Ein Töpfchen Schönheitscreme für Madame hier und ein Rasierwässerchen für Monsieur dort. Sie taucht ein in eine neue, ihr völlig fremde Welt. Bci ihr zu Hause, auf dem Land in Ploumanach, bestand die Körperpflege für alle nur aus einem großen Stück Kernseife, manchmal sogar nur aus kaltem Wasser.

Die Kolleginnen beneiden Nadine und stiften Unfrieden. Sie fangen an, die erfolgreiche junge Frau zu schneiden und hinter ihrem Rücken zu tuscheln. Vielleicht habe sie ja etwas mit dem Filialleiter? Was die Klatschbasen nicht wissen ist, dass Nadine für diese qualifiziertere Arbeit leider keinen Centime mehr verdient. All das macht ihr überhaupt nichts aus. Sie ist nur daran interessiert, ihren Lebensunterhalt zu bestreiten, und geht sonst ihrer Wege. Auch diese Haltung nehmen die Kolleginnen ihr übel, denn sie würden Nadine gern näher kennen lernen oder sogar Freundschaft mit dieser geheimnisvollen Kollegin schließen wollen.

Nach Dienstschluss macht Nadine noch schnell einen Abstecher um die Ecke, in die belebte Rue des Belles Feuilles. Sie liebt diese wirbelige Straße. Wie eine Perlenkette reiht sich hier ein kleiner Laden an den anderen. Die Vielfältigkeit der Gemüsesorten fasziniert sie immer wieder aufs Neue. In ihrer Heimat gab es nur Erdbeeren in Hülle und Fülle, vor allem zur Erntezeit; darüber hinaus vorwiegend Artischocken oder Auberginen oder Fenchel. Diese Ladenzeile in der Rue des Belles Feuilles übersteigt all ihre Erwartungen. Hier gibt es alles, wonach ihr gelüstet, unabhängig von der Erntesaison. Besonders gefällt Nadine die liebevolle Präsentation der Waren. Sorgfältig geschichtete rote Paprikaschoten mit ihren kleinen, grünen Stängeln leuchten schon von weitem; daneben liegen Berge von dunkelgrünen Gurken, streng in Reih und Glied; gelbe Zitronen formen eine unsichere Pyramide, die jeden Moment ins Rutschen geraten kann; lilafarbene Auberginen, eng gedrängt, bilden ein gleichmäßiges, plastisches Muster, das durch die grünen Farbtupfer ihrer kurzen Stiele noch verstärkt wird; auch hellgrüner Mangold mit seinen fleischigen, weißen Stielenden ist dabei, jung und frisch geerntet.

Hier in der Rue des Belles Feuilles wird das Gemüse in herrlichen Farbkombinationen präsentiert. Nadine ist außer sich bei diesem berauschenden Anblick. Sie bleibt stehen und kneift die Augen fest zusammen, um diese Farbenpracht intensiver in sich aufzusaugen. Vor ihren Augen entsteht ein lebhaftes Stillleben, was sie später malen möchte.

Aber Stehenbleiben in Paris geht nicht. Die Menschen haben keine Zeit. Sie hetzen von Laden zu Laden und kaufen hastig ein. Wie in einem Fußballstadion wird geschubst und laut gerufen. Nadine wird von der dichten Menschenmenge weiter zum nächsten Gemüsestand geschoben. Ihr missfällt das, und sie kauft nun auch hastig zwei reife Tomaten und beim Boulanger um die Ecke eine Baguette für ihr Abendbrot. Zu trinken holt sie sich aus dem Wasserhahn auf ihrem Flur in der Dienstmädchen-Etage. Das genügt ihr. Aber heute Abend geht sie mit den reifen Tomaten und der Baguette nicht nach Hause in ihre Dachkammer, sondern spaziert die Rue des Belles Feuilles hinauf bis zum Plaçe de Mexico, wo sternförmig mehrere kleinere Straßen münden und einen Kreisverkehr bilden. Hier brennt keine ewige Flamme zu Ehren der gefallenen Soldaten aus dem ersten Weltkrieg wie unter dem beeindruckenden Triumphbogen am Plaçe d'Etoile, der heute Plaçe Charles de Gaulle heißt, und unzählige Touristen Jahr für Jahr anzieht. Der Menschenmenge entronnen schlendert Nadine leichtfüßig weiter die Avenue d'Eylau entlang, wo keine Geschäfte mehr sind, sondern nur große, anonyme, wenig einladende Wohnhäuser. Am Trocadéro überquert sie schnellen Schrittes den von zwei mächtigen Gebäuden eingerahmten Platz, links das Palais de Chaillot, das ein Theater beherbergt. Im rechten Teil befinden sich Museen.

Nadine läuft die Treppen hinunter zu den Grünanlagen, wo Bänke stehen. Aber vorher bleibt sie noch auf der oberen Plattform einen Moment an der Balustrade stehen und hält den Atem an. Denn von hier erschließt sich ihr ein atemberaubender Blick auf den 324 Meter hohen Eiffelturm. Er war bis 1930 der höchste Turm der Welt, seitdem überragt ihn das Chrysler Building in New York.

Das Wetter hat sich erholt seit heute Morgen, nun scheint warm die Sonne. Nadine steuert zielgerichtet eine Bank an und gönnt sich dort eine Pause. Mit wachem Blick betrachtet sie die vorbeiziehenden Menschen. Die meisten sind Touristen aus aller Herren Länder. Wäre nicht die traditionelle Kleidung ein kulturelles Markenzeichen, oft in fröhlichen bunten Farben, hätte sie noch Mühe, Nationalitäten zu unterscheiden.

Herzhaft beißt sie nun in eine der beiden Tomaten, und es kommt, wie es kommen muss. Sie bekleckert sich mit dem Saft der reifen Tomate, der auf ihrem weißen Sommerrock im Nu einen runden Fleck bildet. Er gleicht einem Gemälde der japanischen Sonne, denkt sie. Ein älterer Herr humpelt eilig auf sie zu und reicht ihr sein Taschentuch.
– Bitte, bedienen Sie sich.
Instinktiv greift sie danach und reibt sich den roten Saft vom Rock. Erst dann blickt sie dem Mann flüchtig in die Augen.
– Danke, das ist nett von Ihnen.
– Darf ich mich zu Ihnen setzen?
Nadine rückt ein Stück zur Seite als Zeichen ihrer Zustimmung.
– Nun habe ich Ihr Taschentuch verdorben. Wird das wieder sauber?
– Ja natürlich, jede Wäscherei kriegt das hin.
– Oh, sagt Nadine und umschließt das Taschentuch in ihrer Hand instinktiv fester. Bei ihr zu Hause in der Bretagne wird noch selbst gewaschen und sonnengebleicht und gebügelt. Jeden Tag ein großer Topf voll Wäsche. In Paris gibt man also die Wäsche weg?

Beide plaudern eine Weile ganz zwanglos miteinander. Dann erhebt sich der Herr, greift seinen Stock und wünscht Nadine einen schönen Abend. Ja, den hat sie. Nadine geht trotz ihres beschmutzten Rocks in das Musée de l'Homme, gleich oberhalb des Parkgeländes. Der Eintritt ist frei. Dort erläutern

Schautafeln die Entstehung der Menschheit. Interessiert liest sie die Texte. Besonders gefällt ihr eine schematische Darstellung über die rasante Zunahme der Population in den größten Städten der Welt bis über das Jahr 2040 hinaus. Auf einmal ängstigt sie diese Vorstellung. Sie hasst große Menschenansammlungen und meidet sie. Sie engen sie ein, machen sie ohnmächtig. Sofort erinnert sie sich an ihr Zuhause in der Bretagne. Dort reichten ihre fünf Familienmitglieder schon aus, bedrückende Enge zu erzeugen, die sie für viele Jahre lähmte. Die Erinnerung daran lässt ihre Stimmung augenblicklich umschlagen.

Schnell eilt sie nach Hause, in ihr Zuhause in Paris, in ihre Schutzhöhle, in ihre kleine unwirtliche Dachkammer oberhalb des fünften Stockwerks, wo sie sich geborgen fühlt.

9

Ein Freund

Albert Costalette verlässt beschwingt und voll neuer Hoffnung die Galerie Cordon. An der nächsten Ampel überquert er die stark befahrene Rue de Rivoli mit ihren unzähligen Geschäften, lässt den Louvre hinter sich und macht es sich in dem fünfzehn Hektar großen Jardin des Tuileries gemütlich. In diesem wunderschönen mit berühmten Statuen verzierten Schlossgarten zieht er einen der schweren gusseisernen Stühle durch den Kies näher zu sich heran. Ein Wärter treibt für diese unbequemen Stühle Geld ein, sobald jemand darin Platz genommen hat. Albert ist groß, sehr groß für einen Franzosen. Die Menschen schauen ihm nach, wenn er vorübergeht. Nicht nur seine Körpergröße zieht ihre Blicke an, sondern auch seine gute Kleidung, ihr Schnitt und ihre Untadeligkeit. Seine eleganten Schuhe, die er in Italien anfertigen lässt, sind immer wieder ein Hingucker. Und er trägt Hut. Seine Sonnenbräune, die er sich bei den täglichen Spaziergängen holt, lässt seine strahlend blauen Augen in seinem schmalen Gesicht leicht verblassen.

Albert genießt in dem starren Stuhl seine neue Situation. Seine langen Beine von sich gestreckt überdenkt er das Gespräch mit Pierre vor einigen Minuten in der Galerie Cordon. Lange war er nicht so glücklich wie nach dieser Begegnung. Ein zufriedenes Lächeln huscht über sein sonst eher ernstes Gesicht. Albert bleibt nicht lange, zufrieden und noch beschwingter als er gekommen ist, macht er sich auf den Heimweg.

Im sechzehnten Arrondissement, in der Rue de la Pompe, reicht ihm die Concierge, noch bevor er den Fahrstuhl erreicht hat, die Post. Die Pariser Portierfrauen sind äußerst neugierig und registrieren hinter ihren Scheiben – durch dünne Voilegardinen vor unliebsamen Blicken geschützt – jeden, der das Haus betritt oder verlässt. Den Bewohnern vermittelt dieses beobachtet werden ein hohes Sicherheitsgefühl.

Obwohl Alberts Wohnung im ersten Stockwerk liegt, fährt er mit dem Aufzug nach oben. Einer, wie sie noch in älteren Gebäuden zu finden sind: typisch für Paris, hoch und eng, aber mit kunstvollen Eisengittern verziert. Während der Fahrt nach oben blättert er die Post flüchtig durch.

Er schließt seine Wohnungstür auf, wirft den Schlüssel in eine Silberschale auf dem verschnörkelten Tischchen gleich neben der Tür, hängt seinen Hut an den Haken und geht in den Salon, um seine Post zu lesen.

Zuerst schaut er nur auf die Absender, sortiert sie nach Wichtigkeit. Der letzte Brief macht ihn stutzig. Er schaut zweimal genauer hin und dreht ihn um. Die Handschrift kommt ihm bekannt vor, aber die Absenderadresse ist ihm fremd. Langsam – wie in Trance – legt er nun alle anderen Briefe auf seinen mit unübersichtlichem Papierkram überfüllten Schreibtisch, wo eine gewisse Ordnung nicht sofort erkennbar ist. Er setzt sich in seinen geliebten Ohrensessel, der ihm jetzt unbequem vorkommt. Immer wieder schaut er ungläubig auf diesen einen Brief, auf den Brief mit der bekannten Handschrift, und kann nicht fassen, dass nach dreißig Jahren seine Familie, nein schlimmer, sein Vater ihm eine Nachricht schickt. Albert glaubte, schon lange mit ihm abgeschlossen zu haben. Aber angesichts dieses Briefes befällt ihn eine unangenehme durch alle Adern strömende Hitze. Er fängt an zu zittern.

Albert war knapp sechzehn Jahre alt, als er sich mit seinem Vater entzweite. Dessen Weibergeschichten ekelten ihn an. Die häufige Abwesenheit seines Vaters von der Familie konnte er nie begreifen, sie stimmte ihn traurig. Albert war der intellektuelle Typ, der sich immer öfter mit Büchern in sein Zimmer zurückzog, was den Vater einerseits freute, aber andererseits missfiel. Er wollte seinen Sohn zu einem richtigen Mann machen. Albert sieht noch genau die Szene vor sich – sein letzter heftiger Streit mit seinem Vater –, weil er ihn zum gemeinsamen Betrachten eines ‚schmutzigen Weiberheftes' zwingen wollte. Dieser Auftritt fachte Alberts Kampfgeist an. Er fasste Mut und verließ das Elternhaus, um fortan sein eigenes Leben zu führen. Seine partysüchtige Mutter ging gerade eine neue Beziehung mit einem Theaterregisseur ein und interessierte sich wenig für ihre damals sechzehn und zwanzig Jahre alten Söhne. Sie hielt es nicht für nötig, auf die ohnehin fast erwachsenen Kinder Rücksicht zu nehmen, als sie sich ziemlich schnell wieder verheiratete. Guillaume, Alberts vier Jahre älterer Bruder, tat es mit seinem Mädchenverschleiß und fehlender häuslicher Anwesenheit seinem Vater gleich.

Albert hat sich nach dem Abitur in Vielem versucht. Da er von einem Helfersyndrom besessen war, wollte er unbedingt Arzt werden. Deshalb studierte er Medizin. Aber als er nach vier Semestern die Famulatur im Hospital Hôtel-Dieu in Paris angetreten hatte, erkannte er seine Abscheu gegenüber Medikamenten, Spritzen und operativem Herumschneiden am Patienten. Seine Ansätze zur Gesundung eines Menschen lagen mehr in der Homöopathie. Er brach das Medizinstudium ab und widmete sich der Biochemie. Aber ohne ausreichende Grundkenntnisse war der Druck, alles in kürzester Zeit nachholen zu müssen, zu groß. Er hatte miterlebt, wie zwei seiner Kommilitonen sich das Leben genommen hatten. Immer häufiger kam es vor, dass labile Studenten den Zugang zu den Giftschränken nur zu gern missbrauchten. Aber er, Albert, er wollte leben! So kam es, dass er sich für ein Studium der Pädagogik entschied. Er wurde ein erfolgreicher Lehrer an einer Privatschule für Sprösslinge reicher und anspruchsvoller Eltern. Er verdiente dort mehr als an einer öffentlichen Schule und war zufrieden. Von da an sparte er jeden Centime, der am Ende des Monats übrig war, und setzte dieses Geld ab einer gewissen Summe an der Börse ein, handelte stets auf Sicherheit, niemals spekulativ. So vermehrte sich sein Einkommen zu einer komfortablen Summe, und er konnte schon nach zehn Jahren seine Berufstätigkeit an den Nagel hängen. Diese neue Situation eröffnete ihm ein angenehmeres, ruhigeres Leben.

Albert hat einen großen Vorteil. Durch seine tadellose Attitüde im täglichen Leben kann er seine Homosexualität vortrefflich verbergen. Und trotzdem sitzt ihm täglich die pure Angst im Nacken, entdeckt zu werden, wenn er gerade eine Beziehung lebt. In den sechziger Jahren ist in Frankreich Homosexualität zwar nicht unter Strafe gestellt wie in Deutschland durch den § 175, aber die Gesellschaft reagiert darauf nicht gerade positiv.

Sie meidet diese Menschen und isoliert sie gern. Das fürchtet auch Albert, aber er lebt vorsichtig und diskret und verbirgt seine kurzen Tête-à-têtes vorzüglich vor öffentlichen Blicken. Aber das Versteckspiel während seiner Berufstätigkeit belastete ihn stark. Es kostete ihn tagaus, tagein viel Energie, seinen Schülern unbefangen zu begegnen. Jeden Morgen, wenn er die Klasse betrat und die jungen Hoffnungsträger der Nation ihn im Chor begrüßten, neigte er seinen Kopf mit Blick nach unten auf das Lehrerpult, bis alle ‚Glockentöne' verstummt waren, und mit dem Unterricht begonnen werden konnte. Für ihn war dieses Wegschauen ein probater Selbstschutz. Er wollte nicht in die hübschen, engelsgleich-unschuldigen Gesichter sehen und ins Träumen verfallen. Sein Respekt anderen gegenüber verbot ihm, eine gewisse Grenze zu überschreiten. Mit viel innerer Stärke gelang es ihm vortrefflich, seine Phantasien zu unterdrücken. Trotz seiner Zurückhaltung, oder gerade deswegen, war er in allen Klassen ein beliebter Lehrer, und die Schulleitung hat es sehr bedauert, als er seine Tätigkeit dort aufgab.

Aber jetzt, nach dreißig Jahren, hält Albert einen Brief von seinem Vater in Händen. Er muss schon sehr alt sein, fährt es ihm durch den Kopf, aber er verweigert die Rechenaufgabe. Plötzlich spürt er Fingerstarre, er kann den Brief nicht öffnen. Er will es auch nicht. Es ist ihm gleichgültig, warum dieser fremdgewordene Mann ihm gerade jetzt schreibt. Albert hat seine Familie nicht vermisst und hat sich im Leben ohne sie komfortabel eingerichtet.

Die Erinnerung an all die unschönen Dispute mit seinem Vater drängt sich ihm wieder auf. Albert spürt erneut den erdrückenden Kampf von damals, als sein Vater ihn gezwungen hatte, mit Klassenkameradinnen auf einen Schulball zu gehen. Es fallen ihm unzählige solcher Situationen ein. Sein Körper wird geschüttelt, geschüttelt von Unbehagen und Ekel bei der

Vorstellung, sich mit einem weiblichen Körper verschmelzen zu sollen.

Die Finger seiner linken Hand umschließen krampfhaft den ungeöffneten Brief, als hielte er eine Handgranate, die darauf wartet, ihrem Zweck zugeführt zu werden. Er verspannt sich immer mehr und wird steif, hart wie Stein. Er ist zu nichts anderem fähig, als die Augen zu schließen. Nur so kann er seine tiefe Traurigkeit ertragen. Seine Augen werden feucht, seine Wangen heiß. Bestimmt zum hundertsten Mal stellt er sich die Frage:

Warum nur hat mein Vater mich, sein eigenes Kind, nicht annehmen können, wie ich bin? Ich hätte seine Liebe, seine Akzeptanz so sehr gebraucht. Was ist verkehrt an meinen Gefühlen für das eigene Geschlecht? Ich bin doch auch nur ein Mensch wie jeder andere, möchte lieben und geliebt werden.

Albert stellt sich plötzlich vor, selbst Vater zu sein. Er würde die Erziehung seiner Kinder mit Freude verfolgen, mit höchster Sensibilität und Toleranz ihre Nöte sicher und früh erkennen, ihre kleinen und großen Probleme im Gespräch gemeinsam mit ihnen lösen. Diese Gedanken machen ihn für einen kurzen Moment nachgiebig.

Aber er spürt, wie seine Brust eng wird, als hätte sich gerade eine Schlinge um sie gelegt, die wie von Geisterhand triumphierend und ganz langsam enger zugezogen wird, bis seine Lungen schmerzen und er kaum noch atmen kann. Albert schnappt geräuschvoll nach Luft wie ein Ertrinkender, stöhnt und würgt, fast muss er sich übergeben. Tränen benetzen seine erhitzten Wangen, sein Oberkörper neigt sich schwerfällig nach vorn auf seine Knie. Schluchzend hält er beide Hände vor sein Gesicht, als müsse er sich schämen. Aber wofür? Weinkrämpfe schütteln ihn. Unbemerkt verliert er sein Gleichgewicht und gleitet vom Sessel auf den flauschigen Berberteppich. Dort bleibt er liegen und überlässt sich den Tränen wie ein Kind.

Als er nach einer Weile seine Augen öffnet, fällt sein verwässerter Blick auf den weichen Teppich und auf ein Stück Papier. Zögernd streckt er seinen Arm nach dem zerknüllten Umschlag aus und überlegt nur einen Wimpernschlag lang, ob er ihn doch öffnen solle.

Nein, er verspürt kein Verlangen zu wissen, was ihm der fremd gewordene Mann nach so vielen Jahren sagen will. Nein, er öffnet den Brief nicht und schiebt ihn auf seinem Schreibtisch weit nach hinten unter einen dicken Stapel Papiere.

Viele Jahre hat Albert gebraucht, seine schmerzlichen Erinnerungen zu überwinden. Er ist noch nie so zufrieden gewesen wie gerade jetzt. Und heute hat er einen Freund gewonnen: Pierre Costa.

10

Zufallsbegegnung

Place du Trocadéro. Nadine hat ihn zu ihrem Lieblingsplatz erkoren. Sie liebt den atemberaubenden Blick von dort auf den mächtigen Eiffelturm, diesen einmaligen Fachwerkturm aus Eisen, dessen Höhe sie immer wieder aufs Neue beeindruckt. Manchmal macht sie auf dem Weg zu ihrem Lieblingsplatz einen kleinen Umweg, obwohl dieser Schlenker mehr Zeit kostet. Dann hält sie genau in der Mitte unter dem Turm inne, schaut mit ins Genick gedrücktem Kopf hinauf, bis ihr schwindelig wird und sie sich um sich selbst drehen muss. Sie hat nicht gewusst, dass von diesem Turm aus im Jahr 1921 das erste öffentliche Radioprogramm in Europa ausgestrahlt wurde.

Heute, an einem sonnigen Herbsttag, setzt sich Nadine am Trocadéro direkt ins gleichnamige Café in die äußerste Ecke, aus der sie eine gute Übersicht auf die Welt da draußen hat. Viele Tische sind besetzt mit Gästen, die eine Tasse Kaffee oder ein Glas Wein genießen und angeregt miteinander plaudern. Manche Männer lesen Zeitung, vielleicht Familienväter, die vor dem Heimkommen noch eine kleine Verschnaufpause einlegen, bevor sie von ihren Frauen und Kindern mit deren Sorgen überfallen werden.

Nadine schüttelt sich, ihr wird übel bei dem Gedanken an Familie und Kinder. Nein, nicht noch einmal will sie diese Mühsal auf sich nehmen!

Nadine bestellt ausnahmsweise einen Martini rot. Normalerweise trinkt sie keinen Alkohol. Nur selten gibt es da Ausnahmen. Aber jetzt will sie sich belohnen.

In ihrer Filiale hat sie heute früh einen noch unschlüssigen Mann mit ihrem Rat zum schnellen Kauf bewegt. An der Kasse hatte sich eine Schlange gebildet, er musste warten. Man sah ihm seine Zufriedenheit an. Als er endlich an der Reihe war, überreichte er lächelnd der Kassiererin seinen Geldschein. Dabei hatte er sogar einen kleinen Scherz auf den Lippen, so dass die Kassiererin lachen musste. Nadines Chef hat es beobachtet und sie dafür gelobt.

Lob kommt in ihrem Leben nicht oft vor, was ihr aber durchaus gefallen hat.

Am Tisch neben ihr sitzt Händchen haltend ein verliebtes Pärchen. Nadine versteht kein Wort von deren Unterhaltung. Die harten Rachenlaute schmerzen in ihren Ohren. Für einen kurzen Moment hält sie sich beide Ohren zu und schließt die Augen. Sie sieht vor ihrem inneren Auge einen Haufen willkürlich zusammengewürfelter, schwatzender Puzzleteile unterschiedlicher Sprachen, die einfach nicht zusammenpassen wollen. Schier unmöglich, aus diesem Wirrwarr verständliche Wörter zu bilden. Aus welchem Land kommt das Pärchen wohl? Es ist schwer für Nadine wegzuhören, denn es plaudert mit kräftiger Stimme.

Immer wieder hört sie aufmerksam hin, versucht, einen Zusammenhang zu ihrer französischen Sprache herzustellen. Aber es gelingt ihr nicht. Eigentlich schade, denkt sie. Die Laute werden unweigerlich vom Gehör aufgenommen, aber vom Gehirn nicht übersetzt. Das menschliche Gehirn hat zehn Milliarden Nervenzellen und ist nicht in der Lage, selbständig eine Übersetzung zu liefern. Das wäre doch eine gute Lösung, die Verständigung auf unserer Welt zu vereinfachen.

Als Nadine noch dabei ist, diesen Gedanken zu vertiefen, steht das Pärchen auf, der Tisch neben ihr wird frei. Ein Herr mit einer Zeitung in der Hand bemerkt die Lücke, schlängelt sich hastig durch die engen Reihen und sichert sich den Platz. Sofort schlägt er seine Zeitung auf und fängt an, darin zu lesen. Als der Ober ihn nach der Bestellung fragt, fühlt er sich gestört. Er verzieht sein Gesicht und ordert mürrisch ein Glas Rotwein. Immer wieder schaut er auf seine Armbanduhr. Sicher ist er verabredet, denkt Nadine. Sie erkennt ihn jetzt, es ist der Kunde von heute Morgen. In diesem Augenblick wendet er seinen Kopf in ihre Richtung und entdeckt sie.

– Hallo, das ist ja ein Zufall. Wohnen Sie hier in der Nähe?
Nadine tut überrascht:
– Ach, Sie sind es! Ich komme oft hierher. Mir gefällt die schöne Aussicht auf den Eiffelturm.
– Hm, mir auch. Übrigens, Sie haben mir heute früh sehr geholfen, danke nochmals. Leider habe ich jetzt keine Zeit, aber wenn Sie wollen, könnten wir uns morgen nach der Arbeit hier wieder treffen und zusammen etwas trinken?
– Warum nicht? erwidert sie gelangweilt.

– Gut, dann bis morgen. Auf Wiedersehen.

Der attraktive Mann hat noch nicht einmal seinen Wein ausgetrunken, als er fortgeht. Und er hat sich nicht mehr nach ihr umgedreht. Das ärgert Nadine, die gewohnt ist, mehr beachtet zu werden.

11

Verlust

Nach drei Tagen erscheint Albert in der Galerie Cordon. Gérard begrüßt ihn wie einen guten alten Kunden, obwohl er hier noch kein Bild gekauft hat. So entsteht sofort eine angenehm vertraute Atmosphäre. Das ist Gérards Stärke!
– Ist Monsieur Costa da?
– Nein, aber er kommt gleich zurück.
Als Albert hört, dass Pierre nicht in der Galerie ist, dreht er sich enttäuscht um und will gehen.
– Aber nein! Bleiben Sie doch. Er ist in Kürze wieder hier.
Kaum ausgesprochen, erscheint Pierre in der Tür und freut sich sichtlich über Alberts Besuch. Zusammen gehen sie sofort ins Arbeitszimmer.
– Es freut mich, dass Sie gekommen sind.
– Danke. Ich möchte mir eine Antwort abholen.
– Nun ja, murmelt Pierre und zögert noch weiterzusprechen.
– Wie haben Sie sich entschieden, Monsieur Costa?
– Ich habe lange darüber nachgedacht.
Die richtigen Worte suchend geht Pierre einige Schritte durch den Raum. Am Fenster, den Rücken Albert zugewandt, bleibt

er stehen und schweigt. Es sind nur einige Sekunden, bis Pierre seine Entscheidung kundtut, aber Albert empfindet sie als eine Ewigkeit. Ungeduldig fixiert er den Galeristen.
– Ja, ich glaube, dass wir es versuchen sollten.
Albert ist nicht zu halten. Er springt sofort auf und umarmt Pierre. Mit seinen gepflegten Händen umschließt er einen langen Moment Pierres Schultern, schaut ihm direkt in das rundliche Gesicht mit den gutmütigen Augen und fragt:
– Wie wollen wir vorgehen, Pierre? Ist Pierre in Ordnung? Wollen wir uns regelmäßig treffen? Und wo?
Das sind vier Fragen auf einmal. Überrascht und gleichzeitig erfreut über Alberts spontane Umarmung rückt Pierre ganz vorsichtig von ihm ab und erklärt, dass er damit einverstanden ist, sich mit Vornamen anzusprechen. Es ist zwar für französische Verhältnisse ungewöhnlich für die Kürze der Zeit, die sie sich kennen, aber es schafft eine Vertrautheit, die beide bereits spüren.
– Regelmäßige Treffen wären schön, antwortet Pierre. Ich denke, ein ruhiges Restaurant wäre ein guter Ort zum Sprechen. Zum Beispiel beim gemeinsamen Dîner?
– Ausgezeichnet! Pierre, wann fangen wir an?
– Von mir aus schon morgen?
– Hervorragend! sagt Albert und klopft Pierre vertrauensvoll auf die Schulter.
Höchstzufrieden verabreden sie Ort und Zeit für den morgigen Abend.
– Was ist mit dem Bild, Albert? Ich kann Ihnen dafür nur noch eine Woche die Option halten. Es gibt noch andere Interessenten.
Pierre sagt es mit einer gewohnten Selbstverständlichkeit, obwohl es geflunkert ist. Noch hat sich kein anderer Kunde dafür interessiert. Aber diese Taktik hat sich schon sehr oft bezahlt gemacht.

– Ich nehme es, antwortet Albert, und er schaut dabei seinen neuen Freund erwartungsvoll an.

Als Pierre das Bild aus dem Schaufenster, das inzwischen repariert wurde, holen will, kann er es nicht finden.

– Gérard, haben Sie das Pärchen-Bild woanders hingestellt?
– Nein, warum?
– Es ist nicht mehr im Fenster.

Gérard kommt näher und schaut selber nach. Tatsächlich, er findet es auch nicht und meint:

– Somit war es also nicht nur versuchter Einbruch, sondern auch Diebstahl.

Gérard greift zum Hörer und will die Polizei benachrichtigen. Aber sowohl er als auch Pierre schätzen die Lage als chancenlos ein, ihr vertrautes Bild je wiederzubekommen.

Wider Erwarten geht Albert mit dem Verlust verständnisvoll um. Den Blick auf Pierre gerichtet sagt er:

– Schade, es hätte mir so gut gefallen, dieses besondere Bild zu besitzen.

12

Unentbehrlich

Das war in dieser Ausstellungsperiode mein Lieblingsbild, ruft Gérard in den leeren Verkaufsraum, nachdem Albert zusammen mit Pierre die Galerie verlassen hat. Gérards Reaktion ist ungewöhnlich, denn er zeigt selten Emotionen.

Gérard Foulon lebt allein in einer kleinen Wohnung direkt neben der Galerie im fünften Stock, über den Dächern von Paris. Wenn er sich aus seinem Fenster weit hinauslehnt, hat er auf der linken Seite einen schmalen Blick auf den Louvre. Er benutzt den Eingang Richelieu, wenn er das längste Museumsgebäude der Welt besucht. Die gläserne Eingangspyramide, die gegen große Widerstände in der französischen Bevölkerung 1985 bis 1989 von dem chinesisch-amerikanischen Architekten Ieoh Ming Pei erbaut wurde, gibt es noch nicht. Gérard geht oft in den Louvre, nur für eine Stunde, und sieht sich immer wieder gern die Gemäldesammlungen an.

Marie, Gérards Frau, ist schon mehr als fünfzehn Jahre tot. Sie blieben kinderlos und haben sehr darunter gelitten, genauso wie Pierres Adoptiveltern. Deswegen entwickelten Marie und Claire Costa eine innige Freundschaft, wenn sie sich in so manch trauriger Stunde gegenseitig trösteten. Auch für Marie brach die Welt zusammen, als Claire und Paul diesen schrecklichen Autounfall hatten, der Pierres und Gérards Leben von einer Sekunde auf die andere auf den Kopf stellte.

Gérard geht ganz in seiner Arbeit in der Galerie auf und klagt nie. Er ist Pierre sogar in gewisser Weise dankbar, wenn dieser ab und an nicht in die Galerie kommt. Dann kann er sein profundes Fachwissen an den Mann bringen, und die Kunden danken es ihm mit interessanten Gesprächen. In diesen Momenten fühlt Gérard, als wäre er selbst der Galerist. Seine detaillierten Ausführungen beeindrucken besonders die ältere Kundschaft, Pierre punktet dagegen eher bei der jüngeren Klientel. Die beiden Männer ergänzen sich in einer Weise, die nicht mit Gold aufzuwiegen ist.

Die Galerie Cordon in der Rue de Rivoli lebt vorwiegend von Laufkundschaft. Die meisten Kunden sind Touristen aller Nationalitäten. Den ausländischen Kunden, besonders den Amerikanern, ist es gleichgültig, ob sie ein Bild von Pierre oder Gérard kaufen. Hauptsache, es stammt aus Paris. Nur für

Kenner macht es einen Unterschied, denn in der Diskussion über Kunst reicht Gérard nicht an Pierre heran, obwohl der im Gegensatz zu Gérard kein Kunststudium absolviert hat. Aber Erfolg haben sie trotzdem beide gleichermaßen.

Gérard ist ein äußerst gepflegter älterer Herr. Sein aufrechter Gang und sein fester Schritt machen die Schätzung seines Alters fast unmöglich. Vielleicht zwischen sechzig und achtzig? Gérard ist bei guten Kräften, von schlanker Statur, und sein Erscheinungsbild höchst ansprechend. Seine Hosen sehen aus, als kämen sie direkt aus der Reinigung, so exakt sitzen die Bügelfalten, tagein, tagaus. Er muss ein Geheimnis haben, wie er das hinkriegt. Auch sein hellblaues Hemd und das gut sitzende dunkelblaue Jackett sehen immer frisch gereinigt aus.

Pierre und Gérard ergänzen sich gut, und Gérard hat großes Verständnis, wenn sein Patron eine schwere Krise durchmacht. Er bedrängt Pierre nie und stellt ihm keine unangenehmen Fragen. Umgekehrt genauso. Das schätzen sie beide aneinander. Dieser betagte Mann stand in der Zeit, als Pierre um seine Adoptiveltern trauerte, immer an seiner Seite, hat ihn in der Galerie unterstützt und oft den noch jungen Mann, der zum zweiten Mal verwaiste, in die Arme geschlossen und mit ihm geweint! Diese Vertrautheit half auch Gérard, über den plötzlichen und viel zu frühen Tod von Claire und Paul, seinem wohlwollenden Arbeitgeber, schneller hinwegzukommen.

Gérard ist unentbehrlich!

13

Lieblingsskulptur

Während Nadine lustlos die Regale auffüllt, macht sich in ihr eine gewisse Unzufriedenheit breit. Die Arbeit ist langweilig geworden, und sie hatte in den letzten Tagen auch keine Ablenkung, die ihr gefallen hätte. Ein Gedanke an den Galeristen veranlasst sie, kurz zu überlegen, ob sie sich bei ihm für ihr schlechtes Verhalten an dem Abend im Lido entschuldigen sollte. Ein Gespräch mit ihm über die Kunst wäre auch schön. Aber wozu? Wohin würde das führen? Schnell verwirft sie diese Überlegung wieder und füllt weiter die Regale auf.

Einige Male hatte sich Nadine auf den Versuch eingelassen, mit ihren Kolleginnen etwas zu unternehmen. Sie gingen zusammen ins Kino und danach etwas trinken. Aber es waren letztlich langweilige Begegnungen. Die Gespräche bezogen sich immer wieder nur auf die Arbeit, und die Kolleginnen verbreiteten das Gerücht, der Filialleiter hätte ein Auge auf Nadine geworfen, was ihr ganz und gar nicht gefiel. Außerdem haben die Plaudertaschen auch versucht, Nadine zu überreden, eine andere Arbeitsmoral an den Tag zu legen. Sie solle doch nicht so schnell arbeiten und nicht immer so hilfsbereit den Kunden gegenüber sein, die könnten auch allein nach den Produkten in den Regalen suchen. Sie solle lieber in der Pause mit ihnen tratschen und eine Zigarette rauchen. Aber Nadine hasst Rauchen, noch nie hat sie an einer Zigarette gezogen, und kann dieser Art Versammlung so gar nichts abgewinnen. Ihr auffälliger Arbeitseifer liegt ihr im Blut, oder ist sie ihr anerzogen worden? In ihr steckt ein Automatismus, gegen den sie nicht ankämpfen kann. Ein zwanghafter Zeittakt prägt ihr Leben, der keine Pausen zulässt und verhindert, sich die gewisse Leichtigkeit des Pariser Lebens anzueignen. Selbst wenn sie es ändern wollte, ginge es nicht.

Dann erinnert sich wieder an den sympathischen Mann aus dem Café Trocadéro. Vielleicht hätte ich doch nach der Arbeit zu der losen Verabredung gehen sollen, denkt sie, es wäre keine optimale aber zumindest eine Alternative zu den langweiligen Begegnungen mit ihren Kolleginnen. Während sie ihren Abend gedanklich vorbereitet und dabei weiter die Regale auffüllt, steht dieser gut aussehende Mann, der auf den ersten Blick jünger wirkt, plötzlich vor dem Karton, den sie gerade geleert hat und wegtragen will.

– Hallo, warum sind Sie denn nicht zu unserer Verabredung gekommen?
– Ach, war das eine feste Verabredung? Das war mir nicht bewusst, antwortet sie schnippisch.

Das ist gelogen. Nadine hat oft an diesen sympathischen Mann gedacht, schon deswegen, weil er sich nicht noch einmal nach ihr umgeschaut hatte, als er fortging. Sie hätte diese Verabredung schon gewollt, aber ihr Stolz war stärker als ihr Wunsch, ihn wiederzusehen, und so nahm sie diesen Verlust in Kauf. Nun steht er mir nichts dir nichts vor ihr, und sie freut sich sogar darüber. Aber sie ist eine Meisterin darin, Gefühle mit Schweigen zu übergehen. Deshalb geht sie seelenruhig ihrer Tätigkeit weiter nach und ignoriert ihn völlig, als wäre er nur irgendein beliebiger Kunde, der sich die Ware im Vorbeigehen anschaut. Ihre Haltung reizt ihn, und er sagt mit Nachdruck:
– Ich würde Sie gern wiedersehen. Heute Abend im Café Trocadéro, um dieselbe Zeit wie neulich.
– Ich weiß nicht, vielleicht.
– Ich warte dort auf Sie. Also bis heute Abend.

Mit diesen entschlossenen Worten ist er genauso schnell verschwunden, wie er gekommen war.

Nach Dienstschluss trödelt Nadine versonnen die Straßen entlang zum Trocadéro. Durch die großen Glasscheiben, die fast bis zum Boden reichen, versucht sie den sympathischen Kunden im Café zu entdecken. Sie hasst es, zu früh zu einer Verabredung zu erscheinen. Aber sie sieht ihn nicht. Unauffällig, in leicht gebückter Haltung und mit eingezogenem Kopf schleicht sie noch einmal um das Café herum, er ist nicht da. Nadine hat keine Erklärung dafür und ärgert sich. Instinktiv schaut sie auf ihre Armbanduhr und bemerkt, dass sie eine halbe Stunde früher hätte hier sein müssen. Ihr wird sofort klar, dass sie sich verbummelt hat und ihn verstimmt haben muss. Nun verstärkt sich ihr Ärger, denn ihre wenigen Verabredungen haben bis jetzt immer auf sie gewartet.

Entschlossen nutzt Nadine ihre gewonnene Zeit, läuft in Richtung Eiffelturm und durchquert schnellen Schrittes den Champ de Mars. Dort auf den Rasenflächen, wohin die Abendsonne ihre letzten Strahlen auswirft, liegen noch viele Pärchen. Sie genießen den faszinierenden Blick auf das höchste Bauwerk von Paris, das nationale Lieblingssymbol der Franzosen, das aus der Wurmperspektive noch höher und mächtiger zu sein scheint. Nach ein paar Minuten erreicht Nadine das Musée Rodin in der Rue de Varenne. Die wunderschönen Skulpturen dieses großen Künstlers haben es ihr angetan. Wenn sie dann im Museum ihre Rundgänge macht, zieht eine magische Kraft sie immer wieder zu einer bestimmten Skulptur. Mehrfach schleicht sie dann um sie herum. Jede Furche, jede Falte, jede Unebenheit auf dem Stein möchte sie sich einprägen, denn abends vor dem Einschlafen liegt sie nach solchen Besuchen gern mit geschlossenen Augen im Bett und sieht ihre Lieblingsskulptur vor sich, träumt vom Hämmern auf dem Beitel, um sie noch perfekter zu gestalten. Aber sie ist schon perfekt. Es ist La Pensée – Der Gedanke. Es handelt sich bei diesem

Kunstwerk um ein Portrait von Camille Claudel. Sie war die anspruchsvolle und streitbare Geliebte von Rodin, dem berühmtesten Bildhauer seiner Zeit. Das Portrait zeigt ein zartes nachdenkliches Gesicht mit Haube, kaum Hals, positioniert auf einem mächtigen Block aus Stein. Die Skulptur erinnert Nadine an sie selbst, tief in Gedanken verloren und nicht frei, fest verankert auf einem massiven Block, einem massiven Block aus Stein, hart und kalt wie ihre Familie, von der sich zu lösen ein Meisterstück war.

Als Nadine am Eingang von einem freundlichen Wärter aufgeklärt wird, dass das Museum in fünf Minuten schließen wird und es für einen Besuch zu spät ist, geht sie maßlos enttäuscht auf die Straße zurück und bleibt einfach stehen. Zum zweiten Mal gewinnt sie Zeit. Was nun? Sie hasst es, wenn kostbare Zeit vergeudet wird. So ist sie erzogen worden, keine Zeit zu vergeuden. In Ploumanach war jeder Tag, jede Minute ausgefüllt mit harter Arbeit in Haus und Garten, nur die Essenszeiten galten als willkommene Unterbrechung.

Ein Mann, der das Museum gerade verlassen und die Situation beobachtet hat, geht behutsam auf Nadine zu und spricht sie an:

– Bonsoir, Mademoiselle, kann ich Ihnen helfen?

Er erhält keine Antwort.

– Sie wollten wohl noch das Museum besuchen und stehen vor verschlossener Tür? Ich habe Ihre Enttäuschung bemerkt.

Nadine, ihren Blick gedankenlos in die Ferne gerichtet, antwortet schleppend:

– Jaaaa, das ist seeehr schaaade.

– Darf ich Ihnen einen Vorschlag machen? Ich lade Sie zum Essen ein. Wir könnten dann beide über Rodin und seine Arbeiten sprechen?

Der Fremde schaut sie erwartungsvoll an und hofft auf ihre

Zustimmung. Nur langsam richtet Nadine ihren Blick auf diesen freundlichen Mann, der schätzungsweise zwanzig Jahre älter ist als sie, was sie heute gern übersieht. Seine guten Manieren, sein gütiger Blick und seine gepflegte Erscheinung wecken sofort ihr Vertrauen. Doch sie wartet noch einen kleinen Moment mit ihrer Antwort, sie will nicht zu vertrauenswillig wirken.

– Danke, das ist nett von Ihnen. Haben Sie denn nichts anderes vor?

– Das geht schon in Ordnung, antwortet er und vergisst dabei völlig, dass er versprochen hat, seinem neuen Freund einen Besuch abzustatten.

Der freundliche Mann führt Nadine nicht weit vom Museum entfernt in ein typisch französisches Restaurant mit eng aneinander gestellten Tischen. Sie sind eingedeckt und zu dieser Uhrzeit schon gut besetzt. (Die französischen Küchen sind oft klein und eng. Das ist vielleicht ein Grund von vielen dafür, dass die Franzosen gern auswärts essen gehen.)

In der äußersten Ecke entdecken sie zwei freie Plätze, wo es sich ungestörter reden lässt, weit genug entfernt von der Eingangstür. Bis zu diesem Zeitpunkt haben sie kaum miteinander gesprochen.

Der Ober begrüßt die neuen Gäste höflich und reicht ihnen die Speisenkarte. Aber am Eingang haben beide auf einer schwarzen Tafel schon die heutige Empfehlung gelesen:

Kleiner Salat
  Buchweizenpfannkuchen mit Schinken und Ei
  Ein Flanpudding mit Karamelsoße
  Ein Glas Rotwein und Wasser

Nadine liebt Buchweizen-Crêpes und entscheidet sich sofort dafür. Ihr Begleiter schließt sich ihr an und stellt sich jetzt vor:

– Übrigens, ich heiße Albert, Albert Costalette.
– Nadine, antwortet sie und lächelt ihm warm entgegen.
Ihren Nachnamen verheimlicht sie gern, sie mag ihn nicht. Albert schaut direkt in ihr hübsches Gesicht und erkennt sofort ein schmerzliches Geheimnis darin. Das Strahlen ihrer klaren, grünen Augen wird getrübt durch eine deutliche Sorgenfalte auf ihrer hohen Stirn, die ihn nachdenklich macht. Aber ihre Jugend lenkt ihn davon ab, weiter darüber zu grübeln, und er sagt:
– Es ist einfacher, miteinander zu sprechen, wenn man sich beim Namen nennen kann. Finden Sie nicht auch?
– Darüber habe ich noch nie nachgedacht, erwidert sie.
– Denken Sie nicht, man sollte sich mit Namen ansprechen?
Was für eine banale Frage! Nach einigem Zögern antwortet Nadine:
– Ja, Sie haben Recht, das ist netter.
– Ja natürlich, es ist netter und schafft gleich eine gewisse Nähe zwischen den Menschen. Und die Unterhaltung wird einfacher, erwidert Albert, und meint vertrauter.
Mit diesem kleinen Sprachgeplänkel versucht Albert, die Unterhaltung in Gang zu setzen.
Nadine hat sich mit solchen Fragen bisher noch nicht beschäftigt und nimmt sich Zeit zum Nachdenken. Ihr Blick schweift durch den Raum und bleibt auf dem Tisch vor ihr haften, als läge dort die Antwort, die sie sucht. Aber sie findet weder Worte der Zustimmung noch Gegenargumente. Warum fällt ihr nichts ein? Sie will doch auch die Unterhaltung! Eine Bemerkung von Albert löst den angespannten Moment:
– Nadine, Sie erinnern mich an eine bestimmte Plastik von Rodin, die er 1886 geschaffen hat. Sie stellt den Kopf einer jungen Frau dar, schwermütig auf einem Marmorblock, einer völlig überproportionierten Steinmasse. Der Kopf einer jungen Frau mit nachdenklichem Blick, voll von unbeantworteten Fra-

gen, verletzlich und doch willensstark. Der Künstler nennt sie ‚Der Gedanke'. Mademoiselle, hören Sie mich?

Ein ungläubiger Blick streift Albert und sie antwortet völlig aufgeregt:

– Das ist meine Lieblingsskulptur, sie stellt seine Geliebte Camille Claudel dar.

Albert fährt beeindruckt fort:

– Ja, das ist richtig. Die junge Frau ist tief in Gedanken versunken und versucht, sich aus dieser Verankerung, diesem Gefangensein, zu lösen. Das erfordert Kraft, soviel Kraft, wie der Block aus Stein selbst ausstrahlt. Der Stein lebt!

Endlich hat sie einen Gleichgesinnten gefunden! Ihre Wangen erröten und erhitzt antwortet sie:

– Ja, Ihr Vergleich stimmt. Auch ich habe ungelöste Fragen und denke über Vieles nach. Eine Parallele zu mir sehe ich auch, allerdings nicht in der Optik, sondern der Blick ist es, die tiefen Gedanken. Ihre Bemerkung über die Kraft entspricht genau meiner Lebenssituation.

Unbefangen erzählt Nadine nun diesem wildfremden Menschen ihre Geschichte, warum sie ihr Dorf verlassen hat, wie viel Anstrengung es gekostet hat, sich aus dem engen Korsett der Familie, in dem es kaum Luft zum Atmen gab, zu lösen und nach Paris zu kommen. Sie will mehr vom Leben als nur Kinder großziehen und arm bleiben. Sie möchte das Leben genießen und ihren Horizont erweitern. Albert hört interessiert zu und fragt nach einer angemessenen Pause:

– Sind das wirklich die einzigen Gründe, aus denen Sie nach Paris gekommen sind?

Erschreckt schaut Nadine ihn an. Wieso soll mehr dahinter stecken? Das genügt doch! Warum fragt er? Für sie ist es Grund genug, ihr Leben in der Bretagne aufzugeben, und alles Weitere geht Niemanden etwas an.

Albert betrachtet sie weiter mit fragendem Blick und hätte gern eine Antwort.

Nadine verspürt Unbehagen. Tief in ihrem Inneren weiß sie, dass Albert Recht hat. Es gibt da noch etwas, was sie meisterhaft als ihr Geheimnis hütet. Aber dieses Unbehagen hält sie nicht davon ab, seine Gesellschaft als wohltuend zu empfinden. Um weitere Fragen für den Moment zu vermeiden, macht sie Albert einen Vorschlag:

– Wenn Sie wollen, können wir das Gespräch ein anderes Mal fortsetzen. Aber jetzt muss ich nach Hause gehen. Ich muss morgen früh aufstehen und arbeiten.

– In welchem Teil der Stadt wohnen Sie?

– Im sechzehnten.

Mit viel Stolz beantwortet Nadine diese Frage. Ihre Adresse in dem Nobel-Viertel hat ihr Selbstvertrauen gestärkt.

– Das passt gut. Ich kann Sie bis zum Plaçe Victor Hugo mit dem Taxi mitnehmen, wenn Sie wollen.

– Ja, danke, das ist nett. Können Sie den Fahrer bitten, Avenue Victor Hugo/Ecke Rue de Longchamp zu halten? Dort möchte ich aussteigen.

Sie verrät ihm nicht, wo genau sie wohnt. Auch Albert verrät ihr nicht, dass er in der Rue de la Pompe wohnt, die die Rue de Longchamp kreuzt. Er lebt gern weiterhin inkognito. Albert winkt ein Taxi herbei und gemeinsam fahren sie nach Hause. Im Auto verabreden sie sich für die nächste Woche, um ihr Gespräch fortzusetzen. Sie wollen es beide.

Nadine beschäftigt noch vor dem Einschlafen die Frage:

Wieso kann dieser Fremde ihr so viel aus ihrem Leben entlocken und sehen, dass sie ein wohlgehütetes Geheimnis in sich trägt?

14

Suche nach … ?

Die vertrauten Begegnungen mit Albert tun Pierre gut. Beide tragen noch tiefe Wunden aus ihrer Vergangenheit in sich. Können sie ganz verwunden werden? Durch die grenzenlose Offenheit, mit der sich die beiden Freunde begegnen, erfahren sie eine Aufarbeitung ihrer Probleme, leicht und unbemerkt. Ihre Gespräche sind unerwartet ausführlich und dehnen sich bis tief in den Abend hinein aus. Sie werden derer nicht überdrüssig. Wenn Pierre aus seinem Leben berichtet, übt Albert vorsichtige und äußerst diplomatische Kritik. Sie wirkt sich auf die weitere Unterhaltung förderlich aus, denn nie ist sie verletzend. Pierre ist fasziniert von der Art und Weise, wie schnell Albert positive als auch negative Aspekte aus seinem Leben erfassen kann. Er beleuchtet sie von allen Seiten und diskutiert sie dann mit ihm in einer Weise, die weiter Vertrauen aufbaut. Gespräche wie diese mit Albert hat er sich in seinem bisherigen Leben nicht einmal vorstellen können, und noch viel weniger hat er bislang auch nur die geringste Ahnung davon gehabt, wie wohltuend sie sind. Albert kann wunderbar zuhören und stellt meistens zielführende Fragen, gibt ihm Ratschläge, verständnisvoll wie eine Mutter, deren Liebe bedingungslos ist. Pierre fühlt sich nach diesen Treffen erleichtert, befreit von seinen Ängsten, die nun mehr und mehr nachlassen, seine Albträume weit in den Hintergrund drängen.

Durch diese aufbauenden Gespräche erfährt Pierre auch viel aus Alberts Leben, wie sehr er in der Pubertät unter seinem Vater, der ihn nicht anerkennen und lieben konnte, gelitten hat. Wenn er dann Alberts detaillierten Schilderungen zuhört, befällt ihn oft ein beklemmendes Gefühl, als wolle ihm jemand die Luft abschnüren. In solchen Momenten ist er dankbar dafür, dass er ohne Vater und Mutter in einem Waisenhaus aufgewachsen ist. Seine leiblichen Eltern sind bei einem Autounfall ums Leben gekommen, als Pierre gerade zwei Jahre alt war. Die für heranwachsende Kinder so wichtige Nestwärme hat er nie kennengelernt. Da weder seine Mutter noch sein Vater Geschwister hatten, die ihn hätten aufnehmen können, kam der Junge in ein Waisenhaus. Das ist die Version, die er kennt. Denn mehr hat Pierre als Kind nie erfahren, und als Erwachsener waren ihm weitere Nachforschungen als sinnlos erschienen.

Auch Albert hat in Pierre jemanden gefunden, der ihm uneingeschränkt zuhört und sogar fähig ist, die Ereignisse aus seinen Erzählungen so zu empfinden, als hätte er sie selbst erlebt. Pierres tiefes Nachempfinden unschöner Situationen in Alberts Familie überrascht ihn immer wieder. Das stärkt Alberts Vertrauen zu seinem neuen Freund. Absolute Offenheit bestimmen die Gespräche, und für Alberts Probleme finden sie sehr viel leichter Lösungsansätze.

Die Freunde treffen sich nun regelmäßig, zweimal wöchentlich, häufig im selben Restaurant, das fast zu ihrem Lieblingsort geworden ist. Jedes Mal entdeckt Pierre an Albert eine neue Nettigkeit, die ihm gefällt. So hat Albert zum Beispiel bisher mit keiner Silbe erwähnt, dass er einige Pfunde zu viel an Bauch und Hüfte hat und sich vielleicht mit einer Diät beschäftigen sollte. Vielleicht würde er dann attraktiver auf seine Mitmenschen und Kunden wirken. Im Gegenteil, sie gehen gern in Restaurants mit exzellenter Küche und wählen meistens dasselbe Menu. Mit großer Freude stellt Pierre fest, dass er in den Wochen, in denen er sich mit Albert trifft, trotz der

Köstlichkeiten kein Gramm zugenommen hat. Unerklärlich, aber ein wunderbares Phänomen!

Als Pierre von den Costas aufgenommen und später adoptiert wurde, war er noch sehr schlank. Sein Problem mit der Figur stellte sich erst in dem Moment ein, als er von dem folgenschweren Unfall erfuhr. Paul und Claire Costa waren mitten in Paris von einem Lastwagenfahrer in einer unübersichtlichen Kurve erfasst und förmlich zerquetscht worden. Der Tank des Lastwagens fing Feuer und hat auch den Costa-Wagen im Nu in Flammen gesetzt.

Pierre war gerade erst zwanzig Jahre alt und musste seine Adoptiveltern identifizieren. Das waren die schrecklichsten Momente in seinem noch so jungen Leben. Durch seine Erfahrung im Waisenhaus ist Pierre nicht zimperlich, aber das, was er da zu sehen bekam, raubte ihm fast den Verstand. Er musste die Leichenhalle verlassen. An der frischen Luft wurde er von einem Mitarbeiter der Pathologie gestützt und konnte erst nach ein paar Minuten wieder hinein gehen. Beim zweiten Versuch, seine verkohlten Eltern zu identifizieren, griff ihm ein erfahrener Psychologe unter die Arme und blieb eingehakt mit ihm an den Bahren stehen. Als Pierre leicht nickte, führte ihn der einfühlsame Helfer sofort wieder nach draußen.

Durch diesen schrecklichen Unfall wurde Pierres Leben schlagartig auf den Kopf gestellt. So war er nach fünf zufriedenen Jahren in der Costa-Familie erneut Vollwaise geworden und war gezwungen, die Geschäfte der Galerie vollständig zu übernehmen. Er spürte in den Tagen nach der Beisetzung, dass ihm seine Adoptiveltern mehr bedeuteten, als er sich anfänglich eingestehen wollte. Seine tiefe Trauer um sie machte ihn rastlos, mehrere Tage konnte er weder schlafen noch arbeiten und tat sich schwer, die notwendigen Geschäftsvorgänge zu begreifen. Aber in Gérard, seinem vertrauensvollen Mitarbeiter, der schon viele Jahre vor dem Unfall für seine Eltern tätig gewesen war, hatte er die größtmögliche Unterstützung.

Ein unschöner Störfaktor in Pierres Leben war Richard, der Bruder seines Vaters. Der witterte nach dem Unfalltod von Paul seinen Vorteil, denn am liebsten hätte er die Galerie selbst übernommen und ließ keine Anstrengung aus, dieses Ziel zu erreichen. Er intrigierte und beschimpfte Pierre und Gérard in übelster Weise. Er, Pierre, sei unfähig und noch zu jung für die Galerie. Außerdem sei er ein Bastard, was sich geschäftsschädigend auswirke. Und Gérard sei viel zu alt, um die Geschäfte sicher führen zu können. Richards Unmut resultierte aus der Tatsache, dass sein reicher Bruder ihn im Testament nicht bedacht hatte. Sein Zorn ging so weit, dass er versuchte, die Kunden direkt vor der Galerie zu beeinflussen, indem er ihnen die Konkurrenz empfahl.

Gérard schaltete sofort einen kompetenten Anwalt ein und erwirkte eine einstweilige Verfügung gegen Richard, der sich der Galerie fortan nicht mehr nähern durfte. Da Richard selbst Anwalt ist und genau wusste, mit welchen Konsequenzen er bei einem Verstoß zu rechnen hatte, respektierte er zähneknirschend diesen Beschluss und sah ein, dass er keine Chance hatte.

Die folgenden Jahre nach dem Tod von Paul und Claire Costa lebte Pierre wie in einem schlechten Traum. Er stand morgens mechanisch auf, fuhr in die Galerie, ließ sich von Gérard, so gut es ging, in die Geschäfte einweisen, und ernährte sich unregelmäßig. Pierre ersetzte die schmerzliche Leere in seinem Leben durch eine ruinöse Flüssigkeit, besonders in den Abendstunden. Er ging kaum noch aus und vergrub sich mit seinem Kummer in der Villa seiner Eltern, die ihn so plötzlich, ja brutal allein gelassen hatten.

Madame Suarez, die portugiesische Haushälterin, übte viel Nachsicht mit ihm, räumte die leeren Flaschen morgens stillschweigend weg und brachte sein Zuhause wieder in Ordnung. So ging es mehrere Jahre tagein, tagaus, bis sie sich ein Herz fasste und Gérard in der Galerie aufsuchte. Sie erkannte, dass Pierre wieder einmal nicht in der Lage war, aufzustehen und zu arbeiten. Diesen Moment nutzte sie zu einem eingehenden Gespräch mit Gérard.

Als Madame Suarez, die gern für die Costa-Familie gearbeitet hatte, an diesem Vormittag in die Villa zurückkam, lag Pierre auf dem Boden, völlig apathisch. Sein Gesicht war verzerrt. Weißer Schaum stand ihm vorm Mund. Nach Luft schnappend lag er da, wie bei einem epileptischen Anfall. Bestürzt rief sie einen Notarzt. Pierre kam in ein Krankenhaus. Dort blieb er viele Wochen und machte einen erfolgreichen Entzug durch.

Dank Madame Suarez und Gérard fand Pierre schnell wieder in den Alltag zurück. Er spürte die Notwendigkeit, sein Leben zu verändern. Schon lange wollte er sich von dem Ballast des Reichtums schrittweise trennen. Aus diesem Grund veräußerte er die luxuriöse Villa seiner Eltern. Es gelang ihm, einen sympathischen Käufer zu finden. Er selbst erwarb eine hübsche Wohnung am Place Victor Hugo. Drei geräumige Zimmer, zwei davon gehen ineinander über. Der Blick auf den von Bäumen gesäumten Platz bietet das ganze Jahr hindurch eine herrliche Kulisse, von zartgrün im Frühling bis rot/gelb/braun im Herbst, und in der Weihnachtszeit kann man sich gut ein paar Lichterketten in den kahlen Bäumen vorstellen. Sein Schlafzimmer führt nach hinten in den Innenhof. Dort ist der Lärm von diesem verkehrsreichen Platz stark abgeschwächt und kaum noch zu hören.

Die Abwicklung des Kaufvertrages für diese Wohnung hat Pierre Gérard überlassen, der sich mit derart Papierkram auskennt und auch wusste, wo die nötigen Unterlagen verwahrt waren.

Als Pierre seinen ersten Kummer überwunden und sich ein wenig gefangen hatte, war er mehr oder weniger zufrieden mit dieser Veränderung. Nur mit seiner Korpulenz schlug er sich weiter herum, Folgen seiner Lebensweise der letzten Jahre. Er startete einige teure Diäten, begleitet von Ärzten und Therapeuten, die aber alle das Gegenteil bewirkten. Schließlich gab er diese erfolglosen Versuche auf und begann, ganz normal weiterzuleben.

Was heißt normal? Pierre weiß nicht wirklich, was normal ist. Im Waisenhaus teilte er sich noch als Fünfzehnjähriger ein Zimmer mit einem Gleichaltrigen, keine Spur von einem Hauch Privatsphäre. Später lebte er bei Paul und Claire Costa, wo er endlich ein eigenes Zimmer bewohnte und Familie hatte, aber das Einsamkeitsgefühl blieb.

Der Verlust seiner Adoptiveltern setzte Pierre stärker zu, als er sich zugestehen wollte. Nun wünschte er sich einen Menschen an seiner Seite. Er ging in den nächsten Jahren viel aus und hoffte, eine Partnerin zu finden, mit ihr eine Familie zu gründen und zufrieden leben zu können. Aber seine Bemühungen wurden nicht von Erfolg gekrönt. Die meisten Bekanntschaften nutzten ihn schamlos aus und enttäuschten ihn unsäglich. Diese Erfahrungen hinderten ihn auch daran, leichtfertig Freundschaften zu schließen.

Wollte er wirklich eine Familie gründen?

Er hat nie Zuneigung zu Kindern verspürt und zieht Kinder nicht an. Wenn er im Park seine Zeitung las und die warme Sonne genoss, erfreute er sich nicht an ihrem Spiel, gönnte ihnen nicht einmal einen kurzen Blick. Als einmal ein Junge versehentlich seinen Ball zwischen Pierres Beine unter die Bank schoss, machte der keine Anstalten zu helfen. Er ließ ungerührt den Jungen zwischen seinen gespreizten Beinen unter die Bank kriechen und den Ball holen.

Bis zu dem Zeitpunkt, als er Albert kennenlernte, waren Pierre Emotionen fremd. Seine Erfahrung lehrte ihn, sich nicht über etwas zu erregen oder sich für andere einzusetzen. Das jedenfalls hat er in seiner Waisenhauszeit gelernt. Er weiß noch nicht einmal, ob er lieben kann.
   Was ist Liebe?
   Seine Adoptiveltern hat er von Anfang an gemocht, aber geliebt?

Mit fast fünfzig Jahren kann er endlich wieder aufatmen! Er ist in seinem bisherigen Leben noch nie so zufrieden gewesen wie im Augenblick. Sein Defizit an persönlichen Gesprächen holt er jetzt mit Albert nach. Hier geht es nur um seinen neuen Freund und um ihn selbst, und nicht, wie in der Familie Costa, immer nur um die Galerie.

Pierre spürt in diesen Tagen sehr deutlich, dass er auf der Suche ist. Es ist ihm aber noch keineswegs klar wonach.

15

Zeitmangel

Wie jeden Tag füllt Nadine in der kleinen Filiale die Regale auf und räumt die Kartons ordentlich weg. Diese Tätigkeit ist gewiss besser, denkt sie, als ihren Geschwistern die Rotznasen zu putzen oder täglich die Wäsche zu waschen, Essen zu kochen, und zu guter Letzt auch noch die unkalkulierbaren Launen der Mutter zu ertragen. Am schlimmsten war ihre Schweigsamkeit. Nadine schleppt gerade nichts ahnend neue Ware heran, als der attraktive Mann von gestern plötzlich vor ihr auftaucht und wütend fragt:

– Warum haben Sie mich wieder versetzt?
– Ich war doch da, verteidigt sie sich erschrocken in Kleinmädchenmanier.
– Versuchen wir einen neuen Start, ich möchte Sie unbedingt wiedersehen!
– Ja, in Ordnung, antwortet Nadine betreten und viel zu schnell. Sie will keinen Ärger in ihrer Arbeitsstelle und drängt ihn, leise zu sprechen und zu gehen.
– Also bis heute Abend, aber pünktlich. Ja?

Sie nickt und ist froh, dass er sofort eingelenkt hat und wieder fort ist.

Was bildet sich dieser Lackel eigentlich ein? Ich bin doch nicht sein Eigentum! Und dieser Befehlston! Na, dem werde ich heute Abend die Leviten lesen.

Als Nadine nach Arbeitsschluss diesmal pünktlich im Café Trocadéro erscheint, sitzt er bereits da. Er begrüßt sie mit einem freundlichen *salut*. Das irritiert sie. Nach seinem Auftritt heute Morgen hat sie weitere Schelte erwartet, so wie zu Hause in der Bretagne, wenn sie entgegen den Anweisungen ihrer Mutter handelte. Dann hörte sie tagelang Gezeter, das nicht enden wollte. Aber hier in Paris begegnet ihr ein Mensch morgens vorwurfsvoll und böse, und einige Stunden später ist alles vergessen und vergeben. Das versöhnt sie im Nu, und so kann sie ihre vorbereiteten Tiraden im wahrsten Sinne des Wortes nicht mehr an den Mann bringen. Sie lächelt ihn an und nimmt entspannt Platz.

– Ich lade Sie zum Essen ein. Worauf haben Sie Appetit, junge Frau? fragt er mit einem Augenzwinkern.

Nadine hat bemerkt, dass er sie junge Frau genannt hat. Vielleicht deswegen, weil er durch sein modisches Äußeres über sein wahres Alter hinwegtäuschen möchte?

Die Karte bietet eine überraschende Vielfalt an Speisen. In ihrem Dorf in der Bretagne gibt es höchstens zwei oder drei wechselnde Gerichte in den einfachen Kneipen, und die besseren Lokale kennt sie nicht. Sie braucht lange, bis sie sich entscheiden kann, und wählt ein Fischgericht, das teuerste an diesem Abend.

– Warum sind Sie heute pünktlich gekommen und neulich nicht?

Mit einem bösen Blick antwortet Nadine verärgert:

– Sie glauben doch nicht, dass Sie über mich bestimmen können! Außerdem bin ich da gewesen, allerdings eine halbe Stunde später. Aber Sie waren schon weg!

– Ah, deswegen, tut er erstaunt.

– Ja, und ich denke, Sie hätten ruhig warten können. Dreißig Minuten sind nun wirklich keine lange Zeit.

– Nein, nicht, wenn man sie hat und keinen weiteren Verpflichtungen nachgehen muss.

– Dann trifft man eben keine Verabredungen, erwidert sie schnell und säuerlich.

– Sie haben ja Recht, Entschuldigung. Aber wir wollen nicht streiten, sondern einen schönen Abend miteinander verbringen.

– Ja, einverstanden, antwortet sie jetzt milder.

Während Nadine ihren gedünsteten Fisch mit Ratatouille-Gemüse genießt, plaudern sie über alltägliche Dinge. Noch ist ihre Verärgerung nicht völlig verflogen, im Gegenteil, sie wird noch einmal verstärkt, weil er ihr auf all die Fragen nach seinem Leben oder seinen Interessen meisterhaft ausweicht. Auch wundert sie sich darüber, dass er so gar nicht an ihrer Vergangenheit oder an ihrem augenblicklichen Leben interessiert ist. Die meisten Menschen fragen sie nach ihrem Beruf oder nach ihrer Herkunft, da sie keinen Pariser Akzent hat, oder sie möchten einfach wissen, welchen Hobbys sie nachgeht. Aber dieser eitle Mann hat sich noch nicht einmal vorgestellt, fällt ihr jetzt auf.

– Übrigens, ich heiße Nadine, und Sie?

Er schaut überrascht von seinem Essen auf, direkt in ihre wunderschönen grünen Augen. Sie kennt diesen fordernden Blick. Er braucht lange für die Antwort, als suche er nach einem Pseudonym. Als sie seinem Blick standhält und so seine Antwort hartnäckig einfordert, dreht er verlegen den Kopf zur Seite, so, wie es pubertierende Buben tun und dabei erröten, wenn sie sich in ein Mädchen verguckt haben und bemerken, dass sie genau von diesem Mädchen gerade beobachtet werden. Er mag Nadines Widerspenstigkeit, die reizt ihn. Schließlich antwortet er nachdenklich:

– Nennen Sie mich einfach Fremder.

– Wieso, haben Ihre Eltern Sie namenlos gelassen? Sind Sie ein Niemand?

Das will er nicht auf sich sitzen lassen und antwortet schnell:

– Nein, aber das würde mir gefallen. Es ist einfach spannender.

– Nein, behauptet Nadine ganz entschlossen. Es lässt sich leichter miteinander reden, wenn man sich beim Namen nennen kann. Es ist netter. Finden Sie nicht auch?

Nach einer kleinen Gedankenpause ergänzt der Fremde:

– Ja, und vertrauter.

– Ja, das stimmt.

Diese Zustimmung hat den Fremden überzeugt, dass es sich lohnt, mit Nadine weiter in Kontakt zu bleiben.

– Ja, sagt er lächelnd, es ist netter und vertrauter, die Unterhaltung wird einfacher. Ich bin Marcel, und er reicht ihr die Hand.

In Wirklichkeit aber heißt dieser Besitz ergreifende Mann anders. Er ist verheiratet und hat zwei Kinder. Deren Geschrei und die Unzufriedenheit seiner Frau kann er kaum ertragen und nimmt jede Ablenkung wahr. Aber das verschweigt er Nadine. Er will sie für sich gewinnen, er ist auf der Jagd, nur die Beute zählt.

Nadine ist seiner überdrüssig. Sein Gespräch ist durchsetzt von Belanglosigkeiten, und die langweilen sie. Davon hat sie in ihrem Heimatort genug gehört. Sie möchte gehen.
– Marcel, vielen Dank für das Essen. Es hat köstlich geschmeckt. Es ist spät geworden, wir sollten jetzt gehen.
Nadines Entschluss kommt ihm entgegen. Immer darauf bedacht, keinen Verdacht einer Untreue aufkommen zu lassen, stimmt er bereitwillig zu. Doch am liebsten hätte er schon nach diesem Abend gern auch die Nacht mit ihr verbracht.
– Nadine, wann sehe ich Sie wieder? Morgen?
– Nein, morgen habe ich keine Zeit, da habe ich schon etwas vor.
Das stimmt natürlich nicht. Und sie fährt fort:
– Aber wenn Sie wollen, können wir uns Sonnabend am Nachmittag treffen und zusammen eine Ausstellung im Louvre ansehen?
Sie schlägt ihm dieses Treffen vor, um anschließend vielleicht bei einer Tasse Kaffee über die Bilder diskutieren zu können.
– Nein, das geht auf keinen Fall, erwidert er erschreckt und kann ihr nicht verraten, dass sein Wochenende für die Familie reserviert bleibt.
– Dann eben am Sonntag?
– Nein, das geht auch nicht.

– Wieso, dann ist doch Wochenende. Oder müssen Sie arbeiten?

Sie liefert ihm die rettende Ausrede.

– Ja, Nadine, ich muss leider am Wochenende arbeiten. Aber wie wäre es am Dienstag, zur gleichen Zeit am selben Ort?

Dienstags besucht seine Frau einen Selbstverteidigungskurs. Noch in derselben Nacht probiert sie das Gelernte an ihm aus. Aber er hasst es, Versuchskaninchen zu sein.

– Warum treffen wir uns nicht woanders, es ist doch langweilig, immer am selben Ort?

– Nun, sagt Marcel, es liegt auf dem Weg. Es ist praktisch.

Das gefällt Nadine gar nicht. Ein Mann, der sich ihretwegen nicht anstrengen will und nur den praktischen und bequemen Weg sucht, ist in ihren Augen kein Kandidat fürs Leben. Sie steht abrupt auf, fast kommt ihr Stuhl dabei zu Fall, und verabschiedet sich vor der Tür betont freundlich und lässt die Verabredung offen.

Müde schleppt sie sich heim, aber sie ist zufrieden. Marcel dagegen nicht. Sein gewohnter Erfolg bei Frauen stellte sich an diesem Abend nicht ein.

In den kommenden Wochen lehnt Nadine immer wieder Marcels langweilige Treffen ab. Da ihr aber seine Hartnäckigkeit doch irgendwann imponiert, stimmt sie schließlich einer Einladung zum Essen zu mit dem Hintergedanken, ihren Geldbeutel am Monatsende zu schonen. Zu anderen Unternehmungen ist er nicht bereit, aus Zeitmangel, gibt er vor. Das macht Nadine stutzig, und sie kommt dann doch dahinter, dass er nicht frei ist, sondern nur auf Beutejagd.

Marcel ist überrascht, denn das hat vor ihr noch keine herausgefunden. Die beiden liefern sich einen heftigen Streit und gehen für immer auseinander.

Nadine ist traurig und enttäuscht darüber, dass ihr diese Art von Bekanntschaft leider immer wieder begegnet. Sie wird nachdenklich. Liegt es an ihrer erfrischenden Ausstrahlung und sympathischen Art, dass die Männerwelt dem Irrglauben unterliegt, leichte Beute vor sich zu haben? Es beleidigt sie, wenn ihre Bekanntschaften sie nur als Trophäe in ihre Sammlung einreihen möchten. Von nun an wählt sie ihre Verabredungen kritischer aus. Doch sie merkt schnell, dass die Auswahl sehr begrenzt ist. Und wenn ihr ein netter Kerl gefällt, ist er meist schon vergeben oder gar verheiratet.

Nadine erinnert sich an eine andere Begebenheit, die sich in einer Buchhandlung zugetragen hatte. An der Kasse hob ihr jemand ein Buch auf, das ihr beim Verstauen in die Tasche aus der Hand geglitten war. Als sie und der Fremde sich gleichzeitig danach bückten, stießen sie mit den Köpfen zusammen. Sie lächelten sich an, fanden sich sofort sympathisch und beschlossen, ihre Blessuren bei einem Tee zu verschmerzen. Es folgten noch viele Teestunden. Er war Geologieprofessor, lehrte an der Sorbonne, ein sehr interessanter Mann. Groß und gut aussehend machte er ihr bald in einer äußerst zuvorkommenden Art und Weise kleine Komplimente, die Nadine schmeichelten. Zu gerne hörte sie ihm immer wieder zu, wenn er sein Wissen über die Ausgrabungen und deren geschichtliche Zusammenhänge von sich gab. Solche Themen waren ihr bis zu diesem Zeitpunkt völlig fremd, aber ihr Interesse war geweckt. Seine nicht enden wollenden Monologe störten sie nicht, im Gegenteil, sie lernte von ihnen und sog dieses neue Wissen gierig ein wie die Luft zum Atmen.

Diese Lehrstunden liebte sie und fieberte jedes Mal der nächsten Teestunde wissbegierig entgegen. Aber als sie eines Tages nicht seinem Willen entsprechen wollte und ihm klarmachte, dass sie nicht für ein Abenteuer zu haben sei, ließ er ganz schnell von ihr ab. Er hatte keine Zeit mehr und besaß die Dreistigkeit ihr mitzuteilen, dass er quasi verlobt sei. Obwohl Nadine weiter ihren Traum von Freiheit träumt, hätte sie sich doch mit ihm ein Zusammenleben vorstellen können.

Die Verlogenheit solcher Männer ließ sie, enttäuscht und gekränkt, vorsichtig werden.

Verheiratet oder vergeben? Nicht so Albert, der freundliche Mann vor dem Museum. Er ist nicht gebunden und sehr sympathisch. Ungeduldig sehnt Nadine schon das nächste Treffen mit ihm herbei.

16

Carmen

Albert führt ein zufriedenes Leben. Durch seinen frühen Ruhestand hat er die nötige Nonchalance, den Dingen gelassen entgegenzusehen. Er hat schon früh die Gabe entwickelt, sich über nichts zu erregen, möglichst nichts zu kritisieren und sich vor Menschen in Acht zu nehmen, die ihm schaden könnten. Das heißt aber keinesfalls, dass er ein willen- oder kritikloser Mitbürger ist, im Gegenteil, seine pädagogische Tätigkeit ließ ihm viel Spielraum, auf die Entwicklung der Jugend Einfluss zu nehmen.

Die Freundschaft mit Pierre ist eine besondere, das spürt Albert. In ihm hat er einen zuverlässigen Vertrauten gefunden. Er wünscht sich oft, dass die ausgedehnten Unterhaltungen niemals enden mögen.

Albert und Pierre haben durch ihre schwierige Jugend an Herz und Seele schweren Schaden genommen. Der Volksmund sagt: Die Zeit heilt alle Wunden. Das stimmt so nicht immer. Albert und Pierre heilen sich gegenseitig. Durch ihre intensiven Gespräche entsteht uneingeschränktes Vertrauen zueinander. Auf dieser Basis arbeiten sie ihre Probleme fast unbemerkt auf.

Albert langweilt sich nie, obwohl er schon viele Jahre nicht mehr berufstätig ist. Täglich kontrolliert er seine Finanzen und verfolgt die Börse, seine Käufe und Verkäufe. Nur so kann er seinen angenehmen Lebensstandard halten oder verbessern. Wenn er das erledigt hat, widmet er sich seinen Hobbys. Er liest für sein Leben gern. Die italienische Schriftstellerin Natalia Ginzburg, erinnert sich Albert, hat in einem ihrer Bücher geschrieben:

»*Lesen heißt nicht ›nicht tun‹*«. Das empfindet er auch so. Lesen ist für ihn kein Zeitvertreib, eher Arbeit, geistige Arbeit, die die Hirnzellen ins Schwingen bringt, niemals aber Verlust von Zeit. Weiter erinnert er sich:

»*Lesen heißt nicht informieren, informieren schließt ein Thema ab, lesen eröffnet es, ein Buch ist ein Sprengsatz und setzt die Phantasie frei. Lesen ist selbstsüchtig und dämpft alle anderen Tätigkeiten und lesen weckt Wünsche.*«

So sieht er es auch, bis auf die Tatsache, dass Lesen selbstsüchtig sein soll. Dem stimmt er nur bedingt zu. Selbstsüchtig kann Lesen nur dann sein, wenn der Geist keinen Raum lässt für andere Dinge, wenn durch Lesen Zeit gestohlen wird, in der Nützliches oder Großes hätte vollbracht werden können. Auch wenn Albert so manches Mal den ganzen Nachmittag mit Lesen zugebracht hat, plagt ihn niemals ein schlechtes Gewissen oder das Gefühl, ein Nichtsnutz zu sein. Im Gegenteil, Lesen beruhigt und stimmt ihn viel glücklicher, als wenn er als Kind mit einem nichts sagenden Geschenk von seinen Eltern abgespeist worden war, als Belohnung für eine Nichtigkeit. Die Belohnung galt eher den Eltern selbst, ihr schlechtes Gewissen zu beruhigen. Er ist davon überzeugt, dass Lesen nährt aber niemals sättigt.

Eine seiner weiteren Beschäftigungen ist seine Stiftung. Nie spricht er darüber, dass er eine Stiftung gegründet hat, die sich für Kinder und Jugendliche aus schwierigen Elternhäusern einsetzt. In sie investiert er einen großen Teil seiner Zeit. Sein Beitrag ist es, Sponsoren zu finden und dann zu entscheiden, wofür die Mittel eingesetzt werden: ob für Therapien, für Feriencamps über das ganze Jahr hinweg, für Kunstförderung oder auch für Bildungsreisen. Albert arbeitet ehrenamtlich, still und unauffällig im Hintergrund.

Auch Spazierengehen gehört jeden Tag zu seinem Programm. Auf einem dieser Spaziergänge hat er Nadine kennengelernt und sie sofort in sein Herz geschlossen. Er freut sich auf das heutige Treffen mit ihr am Plaçe de Mexico in der kleinen, gemütlichen Brasserie.

Nadine ist pünktlich, er hat es auch nicht anders erwartet. Obwohl sie sich erst einmal begegnet sind, schätzt er ihre Gradlinigkeit und Offenheit. Nur zu gern würde er dieses mysteriöse Geheimnis lüften, das in ihrem schönen Gesicht zu lesen ist. Aber er kann seine Neugier zügeln und stellt ihr keine Fragen, will keine Missstimmung riskieren. In den meisten Fällen erzählen ihm die Menschen sowieso schnell von ihren Sorgen und Nöten. Aber bei Nadine ist es anders.

Albert sieht sie mit schwingendem Schritt nahen. Durch die große Scheibe der Brasserie lächelt sie ihm schon entgegen und ist wie immer gut gelaunt.

– Hallo, Albert, wie geht es Ihnen?
– Danke, sehr gut, Nadine. Bitte nehmen Sie Platz. Ich freue mich, dass Sie gekommen sind.
– Danke, Albert, ich bin gern in Ihrer Gesellschaft.

Nadine sagt es mit einer Natürlichkeit, die keinen anderen Gedanken als Freundschaft zulässt.

Lächelnd reicht er ihr die Speisenkarte und lädt sie zum Essen ein.

– Bitte suchen Sie sich aus, worauf Sie Appetit haben. Auf der Tageskarte steht heute Paella. Ich habe sie hier schon öfter gegessen, eine hervorragende Empfehlung!

Angeregt unterhalten sie sich über dies und jenes, sogar über die aktuellen Nachrichten. Nadine jubelt innerlich, dass Albert auch ihre Sichtweise ernst nimmt. Seine Gegenwart vermittelt ihr ein Freiheitsgefühl, frei in ihrer Wortwahl, die er in vollem Umfang respektiert. Er akzeptiert sie, ohne sie in eine bestimmte Richtung zu lenken oder umkrempeln zu wollen, und sie wird von ihm auch nicht kritisiert. Das tut ungemein gut!

Auch Albert kann sich öffnen und erzählt ihr nun frei heraus von seinem Leben als Single und der Tatsache, dass er keiner geregelten Arbeit mehr nachgehen muss, um seinen Lebensunterhalt zu bestreiten. Er berichtet von seinen Alleingängen ins Theater oder in die Oper und bemerkt einen aufblitzenden Glanz in ihren Augen, der ihr Verlangen nach einem Opernbesuch verrät. Albert ist vorsichtig und lädt sie nicht gleich dazu ein. Zu viele Enttäuschungen haben ihn wachsam werden lassen, obwohl er bei ihr nicht das Gefühl hat, benutzt zu werden. Hier sind Sympathie und Respekt gleichermaßen vorhanden. Und das Allerwichtigste: sie ist zurückhaltend. Das gefällt ihm. Andere Frauen, die er kennengelernt hatte, wurden zu schnell aufdringlich und fordernd. Das missfiel ihm, nicht zuletzt auch deswegen, weil er sich nun mal nicht für Frauen als Lebenspartnerinnen interessiert. Aber bei Nadine hat er das sichere Gefühl, in ihr eine echte Freundin gefunden zu haben. Nadine geht es ebenso. Der Altersunterschied von geschätzten zwanzig Jahren wird dabei gern übersehen. Nachdem sie nun weiß, dass Albert keiner Berufstätigkeit mehr nachgehen muss, ist ihr auch klar, warum er so in sich ruht und die Dinge gelassen betrachten kann.

Albert und Nadine treffen sich nun regelmäßig, wenn auch in größeren Abständen. Der Gesprächsstoff geht ihnen nie aus, wenn sie sich sehen. Sie können über die banalsten Dinge wie die Vorhersagen des Wetterfroschs herzhaft lachen und tragen ihr Herz auf der Zunge, als seien sie seit Ewigkeiten beste Freunde. Nadine hat auch nichts mehr dagegen, dass sie sich fast immer in derselben Brasserie am Plaçe de Mexico treffen. Im Gegenteil, sie findet in diesem gemütlichen Lokal für ein paar Stunden ein gemütliches Zuhause, und ihr Heimweg ist zu Fuß angenehm kurz. Nie hat sie Angst, wenn sie des Nachts den Heimweg antritt. Denn bei aufkommender Dunkelheit patrouillieren in den Straßen Polizisten, immer zu dritt, jedenfalls in ihrem Viertel. Nadine fühlt sich sicher in Paris.

Am nächsten Sonntag – die Wintersaison hat begonnen – wagt Albert, seine Einladungen auszudehnen. Er überreicht Nadine eine Opernkarte. Ihr erster Opernbesuch überhaupt. Und das in Paris! Und dann noch George Bizet's ‚Carmen'! Ein Traum! Nadine ist überwältigt und kann in der Pause nicht sprechen. Sie taumelt fast vor Glück und hält sich an seinem Arm fest. Zu seiner großen Überraschung ist es Albert nicht unangenehm. Und wie gut sie aussieht, stellt er fest, in ihrem schlichten Kleid, schwarz, aus einfacher Baumwolle, kein Schmuck an Hals und Händen.

Albert bemerkt, dass sie als Paar wahrgenommen werden, und es gefällt ihm sogar.

17

Original

Nadine besteht darauf, Albert beim nächsten Treffen einzuladen. Sie hat dafür gespart und wählt ein nettes, preiswertes Bistro in einer kleinen Seitenstraße im 16. Arrondissement. Er ist überwältigt, das hat noch keine Frau für ihn getan! Er bleibt vor dem Eingang stehen. Nadine bemerkt seine Verlegenheit, und bevor er protestieren kann, schaut sie ihn lächelnd an und zieht ihn am Ärmel in das gemütliche Bistro hinein:
– Albert, Sie haben mich schon oft eingeladen und mir viele schöne Abende geschenkt, dass es mir ein Bedürfnis ist, mich einmal zu revanchieren.
– Aber das müssen Sie nicht!
– Doch, entgegnet Nadine, ich möchte es. Unter Freunden beschenkt man sich gegenseitig, sei es mit Zeit oder anderen Dingen. Jedenfalls da, wo ich herkomme.

Bis zu diesem Zeitpunkt hat Nadine sich immer einladen lassen, und sie hatte es sogar so manches Mal darauf angelegt, wenn ihr Geldbeutel zum Ende des Monats leichter wurde. Nun kennt sie sich selbst nicht mehr. Auf einmal ist es ihr unangenehm, ja sogar peinlich, wenn Albert die Rechnung übernimmt. Warum hat sie plötzlich Skrupel, von ihm ein Essen oder eine Einladung in die Oper anzunehmen? Was ist geschehen? Bislang hat sie sich als kühl berechnende junge Frau gesehen, Vorteile mitnehmend, so oft es geht. Aber mit Albert verbindet sie eine Freundschaft, und da ist es anders.
– Ja, unter Freunden beschenkt man sich gegenseitig, wiederholt er und nickt zustimmend.
Das kann Albert akzeptieren und freut sich diebisch, dass er

neben seinem Freund Pierre nun auch eine Freundin gefunden hat.

Heute ist Sonntag, und Nadine überredet Albert, nach dem Essen mit ihr nach Montmartre zu fahren. Schnaufend steigen sie die steilen Treppen hinauf. Auf halber Strecke machen sie es, wie es alle tun. Sie legen sich auf die grüne Rasenfläche seitlich der Treppenaufgänge und genießen den noch warmen Spätsommer. Nadine liebt die Natur, besonders die Wolken haben es ihr angetan, die vom Wind getragen den weiten Himmel durchqueren und immer wieder neue Fantasiegebilde formen. Wie in der Bretagne, wenn der peitschende Seewind dicke Wolken zerfetzt, sie dann schnell weitertreibt, wie ein Raubtier, das seiner Beute nachjagt.

Nadine und Albert heben gleichzeitig ihre Köpfe gen Himmel und entdecken ein Wolkengebilde, das einem Haus ähnelt.

– Schau nur, Albert, das sieht aus wie ein richtiges Haus.

– Ja, erwidert er, groß und geräumig mit Dach und rauchendem Schornstein.

– Ob darin Leute wohnen, die glücklich sind?

– Ich weiß nicht.

– Du glaubst nicht daran?

– Doch, aber ich kann mir nicht vorstellen, in einer Wolke zu wohnen.

– Du Dummerchen, wir träumen doch nur.

Viel Sanftheit liegt in ihrer Stimme, als sie diese Gedanken in Worte fasst. Albert ist verwirrt. Nicht nur wegen der sanften Worte, sondern auch, weil Nadine ihn plötzlich geduzt hat. Er schlägt vor weiterzugehen.

Als sie unterhalb der Sacré Coeur angelangt sind, genießen sie am Geländer den reizvollen Blick auf die Stadt mit ihren grauen Dächern. Die Luft ist klar und die Sicht weit. Viele Touristen und Pärchen stehen wie sie an die Mauer gelehnt und entdecken in der Ferne die berühmten Gebäude: das Panthéon, nationale Ruhmeshalle Frankreichs, den Eiffelturm, Stolz aller Franzosen, den Invalidendom, Grabstätte des Kaisers Napoleon I.. Albert, der, wie die meisten Franzosen, selten sein Arrondissement verlässt, hat an diesem Ausflug besondere Freude. Zufrieden lächelnd geht er neben Nadine und umfasst sogar manchmal ihre Taille, um sie besser durch die Menschenmenge zu dirigieren. Er genießt ihre Gesellschaft, auch deswegen, weil sich viele Menschen bewundernd nach ihr umschauen.

Nadine und Albert steigen weiter den Berg hinauf und erreichen den Place du Tertre, Dreh- und Angelpunkt vieler freischaffender Künstler. Aus einem Café beobachten sie die Straßenmaler bei ihrer Arbeit, wie sie im Handumdrehen ein Portrait von willigen Touristen auf Papier zaubern. Einer von ihnen kommt mit fragendem Blick auf Albert zu, tippt mit dem Zeigefinger auf seinen Zeichenblock, ob er seine Freundin malen dürfe? Mit einem kurzen Blick zu Nadine antwortet Albert:
– Ja, selbstverständlich.

Albert kauft ihm das Bild ab, Kohle auf weißem Papier. Er schenkt es Nadine. Sie ist sprachlos und freut sich so sehr darüber, dass sie ihn spontan umarmt, fest und lange drückt.

Als Nadine an diesem Abend in ihre schäbige Dachkammer kommt, sprudelt sie nur so vor Freude. Den Schlüssel noch in der Hand dreht sie sich im Kreis und bewegt sich mit dem Portrait in der Hand auf die Wand zu, wo ihr Bett steht. Am Kopfende hängt sie ihr Portrait auf. Von ihrem Vorgänger steckt noch ein dicker Nagel in der Wand, worüber sie sich immer ein bisschen geärgert hat. Er ist zu dick, zu schwarz und ragt zu weit aus der Wand hervor. Und heute, heute passt alles, der schwarze Nagel zum schwarz/weißen Bild, sogar über die Höhe kann sie sich nicht beschweren.

Abends vor dem Einschlafen betrachtet sie lange das gelungene Bild. Jeden Strich prägt sie sich ein und träumt davon, einmal genauso gut malen zu können wie dieser Montmartre-Straßenkünstler. Sie ist mächtig stolz, ein Original zu besitzen.

Es wächst in ihr der Wunsch, sich bei Albert mit einem Geschenk zu revanchieren.

18

Eifersucht

Pierre wundert sich, warum Albert ihn diese Woche versetzt hat. Normalerweise kommt er regelmäßig jeden zweiten Tag und schaut sich die Neuzugänge an. Ein Termin für ihre Gespräche ist auch noch nicht abgemacht.

Unruhig, wie ein hungriger Löwe im Käfig, läuft Pierre in der Galerie umher und starrt seine Bilder teilnahmslos an. Er vermisst Alberts Besuch und versteht nicht, warum er sich nicht in der Galerie blicken lässt. Mürrisch läuft er weiter auf und ab und bleibt nun vor dem Bild stehen, das er gestern noch wunderbar fand. Jetzt kritisiert er es und ruft Gérard zu sich.

– Gérard, was halten Sie von dem Bild?
– Es ist in Ordnung. Wir werden es bestimmt in den nächsten Tagen verkaufen.
– Aber sehen Sie doch, dort unten rechts. Die Ecke ist viel zu dunkel ausgefallen. Was hat sich der Maler dabei gedacht?

Gérard kann dem nicht folgen. Das verstimmt Pierre noch mehr.

Unruhe erfasst Pierre und treibt ihn nach draußen. Es ist erst früher Nachmittag. Und doch bittet er Gérard, seinen treuen

Mitarbeiter, wer weiß zum wievielten Mal, sich für den Rest des Tages um die Galerie zu kümmern.

Ziellos läuft Pierre die Rue de Rivoli hinauf und befindet sich plötzlich im Marais, dem ältesten Viertel von Paris. In einem kleinen Bistro nimmt er draußen an einem Ecktisch Platz und starrt ins Leere. Die Sehnsucht nach Albert verursacht ihm einen unangenehmen Druck in der Brust. Er bemerkt nicht einmal, wie hell und sonnig der Tag ist und wie die Menschen fröhlich lachend an seinem Tisch vorbeiziehen.

Nach einer halben Stunde, bevor er aufbrechen will, sucht er noch den Waschraum auf. Auf dem Weg dorthin hält er einen kurzen Moment inne, denn in der äußersten und dunkelsten Ecke des Gastraums sieht er zwei Männer. Sie bemerken Pierre nicht. Sie sind innig in angeregte Unterhaltung vertieft und berühren dabei ihre Hände. Da das Marais bekannt und beliebt für die Homo-Szene ist, verwundert es ihn nicht weiter. Nur dem Einen kann Pierre in sein feines Gesicht schauen. Der andere Mann kehrt ihm halb den Rücken zu.

Seine anfängliche Sehnsucht nach Albert verwandelt sich plötzlich in Eifersucht. Wie kann das sein? Was geht in ihm vor? Um seine innere Verwirrung loszuwerden, bewegt er heftig seinen Kopf hin und her, so, wie man Tropfen nach einem plötzlichen Gewitterregen aus nassem Haar schüttelt. Beim Verlassen des Bistros schaut Pierre noch einmal in die Ecke zu den beiden Männern hinüber. Der, dessen Gesicht er vorhin kaum sehen konnte, hat sich ein wenig zur Seite gedreht und zeigt jetzt sein volles Profil. Pierre hat sich nicht getäuscht. Benommen stolpert er nach draußen und läuft wie von Sinnen zurück in die Galerie. Nach dieser Entdeckung möchte er nicht allein sein und sucht sein inneres Gleichgewicht bei seinen Bildern. Gérard ist überrascht, seinen Chef so schnell wiederzusehen. Es muss etwas passiert sein! Aber er bedrängt Pierre, der krampfhaft versucht, sich auf die Bilder zu konzentrieren, nicht mit Fragen. Aber es gelingt ihm nicht. Seine Gedanken schweifen immer wieder zurück zu seiner Entdeckung im Bistro. Genau in diesem Moment öffnet sich die Tür der Galerie und Albert stürmt gutgelaunt herein.

– Hallo, Pierre, geht's dir gut?

Pierre schaut ihm perplex entgegen, denn bis vor ein paar Tagen haben sie sich noch gesiezt, was in Frankreich nicht ungewöhnlich ist. In höher gestellten Familien siezen sich sogar die Ehepaare untereinander und deren Kinder wiederum ihre Eltern. Diese neue Situation, plötzlich von Albert geduzt zu werden, lässt Pierre einen Moment den Atem stocken. Er schaut seinen Freund irritiert an. Gérard erscheint und löst die Spannung, indem er Albert in eine Ecke entführt, wo seit gestern eine kleine Zeichnung hängt. Ein Kunde hat sie gebracht, sie soll ein Picasso sein. Gérard muss noch prüfen, ob sie echt ist. Pierre nutzt diese Unterbrechung und stellt sich die Frage:

Warum bringt es mich aus der Fassung, wenn ich von Albert geduzt werde?

Er beschließt, die Situation locker zu nehmen. Auf die beiden zugehend mischt er sich zwanglos ein und stellt in einer Gesprächslücke seine Frage, die ihm auf den Lippen brennt:

– Sehen wir uns heute Abend, Albert?
– Ja, wenn du willst, sehr gerne.
– Gut, dann bis später, im Café St. Paul.

Nun stutzt Albert einen Moment, gibt aber Pierre mit einem Kopfnicken seine Zustimmung. Das Café St. Paul ist genau der Ort, wo Pierre heute Nachmittag seinen Freund mit einem Unbekannten in vertrautem Miteinander gesehen hat.

Pierre wendet sich wieder seiner Kundschaft zu. Er beantwortet gern ihre Fragen, denn dabei entsteht fast immer ein erfrischendes Gespräch. Er kennt viele Geschichten aus deren Leben. Er könnte viele davon weitererzählen und seine Zuhörer damit erfreuen, weil sie außergewöhnlich sind. Aber er behält sie für sich, denn er gilt als guter und verschwiegener Zuhörer. Deswegen schauen seine Kunden auch gern einfach nur so auf ein Schwätzchen bei ihm vorbei. Durch seine täglichen Gespräche mit der Kundschaft empfand Pierre früher kein Defizit an Unterhaltung und war immer froh, wenn er seine Abendstunden allein verbringen konnte.

Seit er Albert kennt, ist das anders.

Abends, nach Geschäftsschluss, diskutieren Pierre und Albert nur selten über Kunst oder über die Galerie. Sie ergänzen sich in dem, was sie sich von der Seele reden. Ein Abendessen ist oft zu kurz. Dann wechseln sie den Ort, gehen in eine Bar und tauschen sich dort ungestört weiter aus.

Aber heute Abend möchte Pierre Albert zur Rede stellen. Obwohl Pierre die Neigung seines Freundes kennt, bewegt ihn diese Entdeckung von heute Mittag zutiefst. Er kann mit der Enttäuschung schwer umgehen, dass er, Pierre, nicht sein einziger Freund ist.

Später, beim Essen im Café St. Paul, spricht Albert nur von einer jungen Frau, Nadine. Er ist von ihr begeistert, weil sie sich beim näheren Kennenlernen als Freundin im platonischen Sinn präsentiert hat. Picrrc spürt crneut eine leichte, nie für möglich gehaltene Eifersucht aufkommen, ein Gefühl wie bei einem Schuljungen, der sich in seine Banknachbarin verguckt, sie aber nicht erobern kann, weil bereits ein Mitschüler ein Auge auf sie geworfen hat. Albert hat bis jetzt mit keinem Wort die Existenz einer Freundin erwähnt oder überhaupt von Frauen gesprochen, die er kennt. Pierre wundert sich über diese Neuigkeit. Er weiß, dass Albert seit seiner frühesten Jugend homosexuell ist, was ihn bis heute nicht gestört hat. Nur schwer kann er seine Eifersucht unterdrücken. Er bleibt gereizt, er will nun endlich über seine

Entdeckung von heute Mittag sprechen. Aber Albert fängt wieder an, von Nadine zu berichten, ja sogar zu schwärmen.

– Was findest du denn an ihr so besonders? fragt Pierre und ist augenblicklich befreit. Auch er hat die Hürde genommen und Albert geduzt. Ganz leicht ist es über seine Lippen gekommen, beiläufig und unbemerkt.

– Nun, sie ist eine junge hübsche Frau, sehr unterhaltsam, nicht dumm und immer gut gelaunt. Und übrigens wohnt sie in der Rue de Longchamp, ganz in meiner Nähe. Das ist sehr praktisch für den Heimweg.

Pierre schaut Albert verblüfft an und realisiert plötzlich, dass sie beide noch nie über ihr Zuhause gesprochen haben.

– Wo wohnst du eigentlich?

– In der Rue de la Pompe.

– Das ist ja ein Zufall, ganz in meiner Nähe, ich wohne am Plaçe Victor Hugo. Wieso finden wir das erst jetzt heraus?

Als hätte ihn ein heißer Sonnenstrahl touchiert, durchströmt plötzlich eine angenehme Wärme seine Adern. Er fühlt sich zu Albert hingezogen, als wären sie seit Ewigkeiten vertraut. Ungläubig schauen sich beide an und beginnen, herzhaft über diese Neuigkeit zu lachen. Sie können sich kaum wieder beruhigen. Die Gäste am Nebentisch werden auf sie aufmerksam und schauen irritiert zu ihnen hinüber. Nach jedem Treffen haben Pierre und Albert getrennt ein Taxi genommen. Keiner von beiden ist je auf die Idee gekommen, sie könnten eine Wegstrecke zusammen fahren. Dies zeigt nur zu deutlich, wie wenig sie immer noch voneinander wissen, und es zeigt auch, wie sehr sie noch in ihren alten Verhaltensmustern stecken, obwohl sie sich durch ihre vielen aufschlussreichen Gespräche ganz bestimmt verändert haben. Durch das plötzliche und befreiende Lachen sind Nadine und Pierres Eifersucht vergessen. Endlich kann Pierre sein Anliegen vorbringen. Er entscheidet sich gegen eine Auseinandersetzung mit Albert wegen seiner

Entdeckung von heute Nachmittag, sondern trägt eine Bitte an ihn heran.

– Hör mal, Albert, ich möchte dich um einen Gefallen bitten.

Pierre macht ein toternstes Gesicht. Albert fragt schmunzelnd:

– Ja, soll ich jemanden für dich umbringen?

-Du bist verrückt!

– Nicht verrückter als du!

Beide lachen herzlich. Dann berichtet Pierre endlich von seinem Problem:

– Gérard möchte Urlaub machen und verreisen. Er hat schon lange keinen mehr gehabt. Ich glaube, viele Jahre nicht. Mir ist nie aufgefallen, dass es sein muss. Er macht keinen müden Eindruck, im Gegenteil. Ich glaube sogar, dass er ohne die Galerie nicht leben kann.

– Ja, und? Was erwartest du von mir?

– Ich kann die Galerie nicht allein schaffen. Zu viel Kundschaft.

– Du meinst, ich soll … . ?

– Ja, ich möchte dich fragen, ob du Gérard vertreten kannst. Du kennst die Kunstszene gut, die Menschen mögen dich. Und ich brauche dich!

Albert ist gerührt. *Ich brauche dich* hat noch nie jemand zu ihm gesagt. Er verstummt für einen Moment. Dieses unerwartete Ansinnen verschlägt ihm die Sprache. Es geht um *ihn*, *er* wird gebraucht, *seine* Person, *sein* Wissen um die Kunst, unglaublich! Dann fragt er noch etwas unsicher:

– Meinst du, ich kann das? Du traust mir das zu?

– Ja, selbstverständlich. Sonst würde ich dich nicht fragen.

– Wann will denn Gérard verreisen?

– Schon nächste Woche, könntest du das einrichten?

– Hm, ich sag dir morgen Bescheid, wann ich anfangen kann.

Diese Antwort ist bereits eine Zusage. Beide schweben in einem Gefühl des Glücks. Sie wachsen weiter zusammen.

St. Paul ist ein Lokal mit schummriger Beleuchtung und meistens gut besucht. Die laute Unterhaltung der Gäste nehmen Pierre und Albert zuerst kaum wahr, bis die Geräuschkulisse fast unerträglich wird und sie gehen wollen. Just in diesem Moment dreht sich ein gut aussehender junger Mann am Nebentisch zu ihnen um und stellt eine Frage, die in dem Stimmengewirr untergeht. Aus Höflichkeit lädt Albert ihn ein, wegen der besseren Verständigung an ihren Tisch zu wechseln. Bereitwillig rückt der Fremde seinen Stuhl heran. Nach einer Weile, als sie zu Dritt über dies und jenes sowohl ernsthaft als auch scherzhaft diskutiert haben, beginnt der Fremde, mit einer ihm eigenen Selbstverständlichkeit zu flirten, indem er mitten im Gespräch ohne jedweden Grund Alberts Hand in die seine nimmt, sie fest drückt und ihm dabei tief in die Augen schaut. Überrascht von der Geste und peinlich berührt fängt Albert Pierres Blick auf und entzieht, verlegen und schamrot geworden, dem Fremden seine Hand. Pierre erkennt in null Komma nichts seine Chance, sich für die verletzende Entdeckung von heute Mittag zu revanchieren. Wie selbstverständlich legt er nun seine Hand auf den Arm des Fremden. Tief in die Augen des Fremden blickend fragt er interessiert:
– Sind Sie oft hier?
– Oh, ja, regelmäßig.
– Dann können wir uns ja wieder begegnen?
– Das wäre schön!
– Gut, so machen wir es.
Der Fremde legt seine Hand auf Pierres Hand, die immer noch auf seinem Unterarm ruht, und lächelt ihn verträumt an. Aber ihr Glück wird von Alberts Verhalten jäh gestört. Er schnaubt und kocht vor Wut und Eifersucht, springt auf und

geht an der Theke zahlen. Vor der Tür wartet er auf seinen Freund. Verärgert winkt Albert ein Taxi heran. Sie fahren zum ersten Mal gemeinsam nach Hause, zum Plaçe Victor Hugo, wo Pierre aussteigt. Auf dem Weg dorthin sprechen sie kein einziges Wort miteinander. Sind Spannungen zwischen ihnen vorprogrammiert?

19

Reise in den Süden

Als Gérard die frohe Nachricht erhält, dass er schon nächste Woche seine Reise antreten kann, wirkt er wie ausgewechselt, jünger und leicht. Hat ihn denn etwas bedrückt? Hat er irgendwelche Sorgen? Das würde nicht zu ihm passen. Er klagt nie und wirkt immer ausgeglichen, ist gleichbleibend höflich und zuvorkommend.

Die Kundschaft nimmt diese Nachricht einerseits mit Freude, andererseits aber mit Bedauern auf. Sie wird ihn vermissen, gönnt ihm aber seinen wohlverdienten Urlaub. Die Stammkundschaft verkehrt schon so viele Jahre in der Galcric und hat miterlebt, wie schwer ihn der Verlust seiner Frau Marie getroffen hat.

Nach so vielen Jahren in der Galerie hat er wirklich einen Tapetenwechsel verdient.

Gérard bereitet seine Reise gut vor. Er regelt die Miete für drei Monate im Voraus, lässt seine Wohnung von der Zugehfrau blitzsauber herrichten, bringt alle benutzten Kleidungsstücke zur Reinigung und hängt sie sauber in den Schrank zurück, trennt sich noch von einigen überflüssigen Dingen wie Andenken aus alten Zeiten, und kauft schließlich seine Fahrkarte nach Montpellier, Maries Heimatstadt. Dort will er schon lange hin. Als Marie noch lebte, haben sie es nicht geschafft, gemeinsam dorthin zu fahren. Entweder war seine Frau zu krank oder Gérard wurde in der Galerie gebraucht. Dass er jetzt das Versäumte nachholen will, ist aber nicht der einzige Grund für seinen Aufbruch.

Am nächsten Morgen, dem Tag seiner Abreise, geht er noch einmal in die Galerie, um sich von Pierre zu verabschieden. Sie umarmen sich herzlich und wünschen sich gegenseitig alles Gute. Als Gérard im Begriff ist zu gehen, betritt Albert die Galerie und beginnt seinen ersten Arbeitstag.

Gérard freut sich über die Gelegenheit, sich von ihm verabschieden zu können:

– Ich freue mich sehr darüber, Albert, dass Sie Pierre helfen werden.

Aus Eitelkeit behält er aber für sich, dass er ihn auch für geeignet hält, seine Vertretung zu übernehmen. Gérards Worte machen Albert verlegen und er schaut zu Boden. Gérard nickt beiden freundlich zu und geht aus der Tür, ohne sich noch einmal umzudrehen, als wäre es ein Abschied für immer.

Gérard erreicht früh genug die Gare de Lyon und wartet auf seinen Zug. Die Bahnhofsatmosphäre ähnelt der eines Ameisenhaufens. Viele Menschen rennen mit ihren Koffern zu den Zügen, andere rennen entgegengesetzt zu ihrem Bestimmungsort. Hält man die Ordnung rechts/links ein, kommt man ungehindert aneinander vorbei, wie die kleinen fleißigen Tierchen. Unbehagen steigt in Gérard auf. Er bevorzugt die Ruhe in der Galerie, wo man nicht schreien muss, um sich zu verständigen. Er ist froh, als der Zug endlich einfährt. Im

Abteil, auf seinem gebuchten Fensterplatz, macht er es sich gemütlich. Ein Buch, ein Apfel und ein Croissant werden ihm die lange Fahrzeit angenehm vertreiben. Ein Fahrgast mit forschem Schritt und neugierigem Blick steigt zu und fragt, ob denn noch ein Platz im Abteil frei sei. Gérard nickt. Sobald der Fremde sein Gepäck verstaut und ihm gegenüber Platz genommen hat, beginnt er, über die aktuelle Politik zu sprechen. Aber Gérard ist an Unterhaltung nicht interessiert. Und an Politik schon gar nicht. Seiner Erfahrung nach ist es klüger, sich aus solchen Diskussionen herauszuhalten. Der Mann wendet sich pikiert von Gérard ab und verlässt das Abteil, sobald der Zug Fahrt aufgenommen hat. Vielleicht sucht er sich im Speisewagen ein neues Opfer?

In Montpellier findet Gérard eine kleine Pension direkt am Meer. Sie hat nur fünf Zimmer und wird von einem jungen Pärchen geführt. Juliette ist eine sympathische Französin und hier geboren. Davos, ihr Lebenspartner, ist schon vor einigen Jahren nach Frankreich gekommen und läuft so nicht in Gefahr, vielleicht in seiner Heimat Algerien, die gerade von den Franzosen beherrscht wird, gegen seine eigenen Landsleute arbeiten oder sogar kämpfen zu müssen. Das Pärchen führt die Pension mit Herz. Es nimmt gemeinsam mit den Gästen die Mahlzeiten ein und liest ihnen fast jeden Wunsch von den Augen ab. Vom ersten Moment an fühlt sich Gérard bei ihnen heimisch.

Sein Zimmer ist klein, aber gemütlich eingerichtet. Beim Betreten des Raums zieht ein bunter Überwurf in kräftigen Farben den Blick in die linke Ecke, wo ein riesiges Bett steht. Der schlichte Schrank gleich daneben ist offensichtlich mit hellblauer Farbe mehrfach übergestrichen. Er passt gut zu dem Schreibtisch aus Mahagoni mit seinen verschnörkelten Beinen. Auf der aufgeklappten Schreibplatte liegen Papier und Stift.

Das erweckt den lebendigen Eindruck eines gleich zurückkehrenden Schreibers. Ein Lesesessel vor dem bodentiefen Fenster mit Blick aufs Meer ist mit glitzerndem Brokatstoff bezogen und vermittelt einen Hauch von Orient. Und an der Zimmerdecke hängt ein überdimensionaler Leuchter, der mit tief herabhängenden Glasperlen sein diffuses Licht an die Wände reflektiert. Das versetzt den Gast endgültig in eine märchenhafte Welt aus 1001 Nacht.

Davos kann fantastisch kochen. Im salle à manger hängt eine Schwarze Tafel an der Wand, auf die jeder Gast seine Ideen und Wünsche schreiben darf. Davos berücksichtigt sie dann, so gut es geht. Gérard hat mit hellblauer Kreide sein Lieblingsgericht notiert: Lamm-Couscous. Er weiß, dass Davos es morgen kochen wird, weil er ihn bereits gefragt hat, ob er es auch mit viel Gemüse oder nur mit Fleisch und Brühe mag. Die Pension ist ausgebucht. Die gemeinsamen Mahlzeiten sind eine wahre Freude, auch deswegen, weil Juliette und Davos sich mit ihren Gästen zu den Mahlzeiten angeregt unterhalten. Ab und an geben sie lustige Geschichten von ihren Erlebnissen mit Gästen preis. Manchmal verrät Davos sogar ein Rezept aus seiner exotischen Küche. Keiner der Gäste ist aufdringlich oder laut, keiner stellt neugierige Fragen und jedem schmecken die liebevoll gekochten Gerichte.

So verbringt Gérard eine sehr angenehme Woche mit erholsamen Spaziergängen am Meer und beobachtet die kreischenden, zankenden Möwen, wenn sie aus der Luft herabstürzen, um einen Happen Brot zu ergattern.

Er verdrängt den Gedanken an seinen Termin, am nächsten Dienstag.

20

Weltuntergang

Während der letzten Woche hat sich Nadine jeden Tag auf das heutige Treffen mit Albert gefreut. Sie wollen im Rodin-Museum gemeinsam die Skulptur ‚La Pensée' näher ansehen. Im Foyer wartet sie auf ihn. Die Eintrittskarte für sich hat sie schon gekauft. Es ist ihr peinlich geworden, wenn er für sie, wo auch immer, die Rechnung übernimmt. Früher machte ihr das nichts aus, und sie konnte ihren Geldbeutel schonen. Aber jetzt ist es anders. Sie mag ihn und möchte auf keinen Fall in seinen Augen als Schmarotzerin dastehen.

Als er plötzlich hinter ihr steht und sie freundlich das erste Mal mit einer absolut typisch französischen Begrüßung, Küsschen links und Küsschen rechts auf die Wange, willkommen heißt, jagt ihr plötzlich das Blut durch die Adern und erhitzt ihren ganzen Körper. Verlegen schaut sie zu Boden, vermeidet Blickkontakt. Albert ist wie immer, freundlich und kameradschaftlich. Was ist geschehen? Warum ist ihr anders zumute, wenn sie ihn anschaut? Wenn sich ihre Blicke treffen, kann sie seinem Blick nicht standhalten, schaut schüchtern zur Seite. Sie fühlt sich ihm so nah und vertraut, fast innig verbunden. Hat sie sich in ihn verliebt?

Als sie endlich vor der Skulptur stehen, zeigt Albert mit dem Zeigefinger auf den Kopf und erklärt:
– Schau, Nadine, hier, hier hat der Künstler eine tiefe Falte in die Haube eingearbeitet, aber sie ist nicht so tief wie die auf der Stirn.
Sie gehen langsam um die Skulptur herum und betrachten

eingehend jede einzelne Unebenheit auf der ausdrucksstarken Arbeit von Rodin.

– Ja, antwortet Nadine, aber die Ausprägung dieser tiefen Falte zeigt mir ganz deutlich, dass der Gedanke seine Auflösung noch sucht. Er sieht schwer und gequält aus, als gäbe es keine Antwort.

– Gut interpretiert, lobt Albert und ist beeindruckt von Nadines scharfer Beobachtung.

Nach dem Museumsbesuch überredet sie Albert, wieder nach Montmartre zu fahren. Sie liebt diesen Ort und besonders die Stufen hinauf zur Sacré Coeur. Diesmal können sie sich nicht ins Gras legen, es ist Herbst und schon kühler draußen und die Erde feucht. Zu beiden Seiten der breiten Treppenstufen stehen Bänke. Sie laden zum Verweilen ein. Hier wächst kein Gras, hier befindet sich grober Sand unter ihren Füßen. Nadine greift hinter sich und findet einen kleinen abgebrochenen Ast. Sie zieht ihn versonnen durch die Kiesel. Ohne zu begreifen, was mit ihr geschieht, entsteht vor ihren Augen in dem groben Sand ein *Steinchenherz*.

– Schön, nicht?

– Hm, was denn? fragt Albert.

– Hier, mein Herz.

Und während sich Albert die Zeichnung anschaut, malt Nadine ein großes N und ein großes A hinein. Zum ersten Mal in ihrem Leben hegt sie romantische Gefühle und schaut Albert erwartungsvoll an.

– Was denn, Nadine?

– Siehst du nicht, was darin steht, in meinem Herzen?

– Es steht ein NA darin. Was soll das heißen? Na gut oder na und?

Nadine kann nicht glauben, dass er so begriffsstutzig ist.

– Kannst du dir nicht vorstellen, wofür diese Buchstaben stehen?

– Nein. Was willst du mir sagen?
– Albert, es sind unsere Initialen. Unsere Initialen in einem Herzen vereint.

Kaum ausgesprochen steht Nadine langsam auf, nimmt behutsam sein Gesicht in ihre Hände und küsst ihn zart auf die Lippen wie frisch Verliebte bei ihrer ersten Annäherung.

Albert sieht in ihr eine gute Freundin und schätzt ihre Gesellschaft. Aber jetzt ergreift ihn Panik. Nie ist ihm der Gedanke an eine Liebesbeziehung mit ihr gekommen. Sie waren so fröhlich und ausgelassen, wenn sie sich trafen, und konnten so herzhaft und unbeschwert miteinander lachen. Wie soll er reagieren? Er mag sie, möchte sie nicht verletzen und schon gar nicht verlieren.

Aber der Schock sitzt tief. Abrupt steht er auf und drückt Nadine grob auf die Bank zurück. Dabei zerstört er mit seinem rechten Fuß energisch die romantische Zeichnung am Boden. Dann greift er Nadine am Arm und zieht sie etwas unsanft von der Bank weg:
– Komm, wir gehen, es ist Zeit.
– Au, du tust mir weh.

Nadine macht eine leichte Drehung und löst sich aus seinem festen Griff.
– Oh, sagt Albert, das wollte ich nicht.

Betroffen dreht er sich zur Seite. Nie im Leben wollte er einem Menschen wehtun und ihm Leid zufügen, nachdem er selbst in seiner Jugend so viel davon erfahren hatte. Albert ist dermaßen verwirrt, dass er Nadine nicht anschauen kann, als er sich für seine Entgleisung entschuldigt.
– Albert, sagt Nadine, ich habe dir gerade eine Liebeserklärung gemacht. Ich mag dich und kann mir gut vorstellen, dass wir ein Paar werden könnten.
– Nein, nein, das geht gar nicht! schreit er wie von Sinnen.

– Warum, warum in Gottes Namen nicht?
– Nein, es ist unmöglich!
– Du magst mich doch auch, das spüre ich ganz deutlich.
– Nein, das geht auf gar keinen Fall und damit basta!
Jetzt greift Nadine seinen Arm und zwingt ihn zum Stehen:
– Sag mir einen vernünftigen Grund warum nicht.
– Lass mich los, lass mich in Ruhe!
Albert wird sehr ernst, löst Nadines Arm unsanft von dem seinen und läuft die von Touristenströmen bevölkerte Rue de Steinkerque weiter hinunter auf die verkehrsreiche Querstraße an der Metro-Station Anvers.

Nadine folgt seinem schnellen Schritt und lässt nicht locker:
– Warum in Gottes Namen läufst du davon? Was habe ich dir denn getan?
Im Laufschritt erklärt Albert:
– Ich bin nicht der Mann, den du suchst. Basta!
Er verliert fast seine Fassung und ergänzt:
– Und übrigens, unsere Treffen können nicht mehr stattfinden.
Hastig hebt er seinen rechten Arm und winkt ein Taxi heran, drückt dem Fahrer Geld in die Hand, schiebt Nadine unsanft in das Auto und sagt:
– Rue de Longchamp, bitte.
Nadine ist von der Aktion dermaßen überrascht und schaut Albert mit weit aufgerissenen Augen ungläubig an. Widerstandslos steigt sie ein. Während der Fahrt im Taxi weint sie bitterlich, als führe man sie dem Weltuntergang entgegen.

Immer wieder muss sie schluchzen. Aus ihrer Handtasche holt sie ein Taschentuch und wischt sich dicke Tränen von den Wangen. Als sie das nasse Etwas in ihren Händen betrachtet, fällt ihr Blick auf das Monogramm R. C., und sie erinnert sich jetzt an den netten alten Herrn, der ihr mit diesem eleganten Taschentuch half, den Tomatensaft von ihrem Rock zu wischen.

21

Freundschaft

Am nächsten Tag erscheint Albert wie gewohnt pünktlich in der Galerie.
– Guten Morgen, Albert.
– Guten Morgen, Pierre.
Albert verschwindet sofort ins Büro, wo er seinen leichten Mantel ablegt und den modischen Hut aufhängt. Viel Zeit nimmt er sich heute dafür. Pierre ist das recht, wohl spürend, dass sein Freund ihm ausweicht. Der unschöne Vorfall im Café St. Paul steckt wohl beiden noch in den Knochen, glaubt Pierre.
Als Albert endlich wieder im Verkaufsraum erscheint, bleibt er wortkarg. Pierre spürt sofort, dass etwas geschehen sein muss. Aber er ist feinfühlig genug zu schweigen und spricht ihn klugerweise nicht darauf an. Stattdessen macht er sich an seine Arbeit, als hätte er nichts bemerkt.
So halten sie es beide, wenn der eine oder der andere Kummer hat. Sie warten einfach den Geschäftsschluss ab, um ihre Probleme dann in ihren Abendgesprächen zu diskutieren. Pierre und Albert sind inzwischen so vertraut miteinander, dass jeder beim anderen sofort spürt, wenn ein Gewitter die Gefühlsordnung durcheinander gebracht hat. Am Tage, während der Arbeit in der Galerie, ist es ein unausgesprochenes Gesetz, nur über geschäftliche Dinge zu sprechen. Privates wird herausgehalten. Nur der Kunde bestimmt, ob eine Unterhaltung von der Kunst abweichen darf.

Auch heute kommen viele Interessenten in die Galerie. Pierre verkauft fast jeden Tag mehrere Bilder. Manchmal fragt er sich, worin sein Erfolg begründet liegt. Sind es die richtigen Motive, die die Kundschaft anziehen? Oder ist es einfach der Sachverstand, seiner, der von Gérard und jetzt auch der von Albert, der die Kunden überzeugt, die Bilder wertzuschätzen und zu kaufen? Sicher trägt auch die Lage der Galerie in der Rue de Rivoli dazu bei. Und seit Albert mit an Bord ist, ist der Umsatz noch gestiegen. Die Harmonie zwischen den Freunden wirkt sich offensichtlich auch verkaufsfördernd aus. Pierre hat viel Glück mit seiner Galerie.

Als Pierre seinen Freund um die Vertretung von Gérard bat, hatten sie nicht über eine Vergütung gesprochen. Jetzt, nach drei Wochen guter Zusammenarbeit, spricht Pierre ihn an:

– Hör mal, Albert, wir müssen noch über dein Gehalt sprechen.

– Ich brauche kein Geld! Das mache ich doch gern!

– Nein, das ist tägliche Arbeit und dafür sollst du bezahlt werden.

– Das ehrt dich sehr, aber unter Freunden nimmt man kein Geld.

Pierre ist überrascht über so viel Entgegenkommen und möchte Albert vorerst nicht widersprechen.

Trotz ihrer engen Zusammenarbeit treffen sich die beiden Freunde weiterhin regelmäßig nach Feierabend. Sie brauchen diese Gespräche, losgelöst von den geschäftlichen Vorgängen. Heute liegt es Albert sehr daran, sofort von seinem Erlebnis mit Nadine zu berichten. Er ist einerseits froh, die Beziehung abgebrochen zu haben, andererseits hätte er Nadine zu gerne als Freundin behalten. Auch hätte er gern ihr Geheimnis gelüftet, von dem sie offensichtlich umweht war.

Beim Abendessen bricht es aus Albert heraus:
– Stell dir vor, Pierre, diese Nadine hat sich doch tatsächlich in mich verliebt. Ich habe ihr überhaupt keinen Anlass dazu gegeben. Unsere Begegnungen waren stets freundschaftlich, und wir konnten zusammen lachen, wie alberne Kinder. Ich verstehe es nicht.
– Doch, sagt Pierre nachdenklich, das ist ganz einfach.
– Wieso denn, warum?
– Du bist ein sehr attraktiver und höflicher Mann, immer rücksichtsvoll. Du siehst jünger aus als du bist, und deine Attitude verrät deine Neigung in keiner Weise. Du bist ein hervorragender Zuhörer und zeigst Interesse an deinen Gesprächspartnern. Ich kann diese Nadine, wie du sie nennst, gut verstehen!
In völliger Überzeugung gibt Pierre diese Erklärung ab und fühlt seine Freundschaft zu Albert in diesem Moment tiefer als bisher. Pierre kann sich dieses plötzliche Gefühl nicht erklären und schaut seinem Freund leicht irritiert in die Augen. Vielleicht hat er gerade in diesem Augenblick erkannt, dass er Albert zurückgewonnen hat, ganz für sich allein. Ist es Egoismus, gemischt mit Eifersucht, oder einfach nur Freude?

Albert berichtet weiter, dass er Nadines Gesellschaft sehr genossen und geglaubt hatte, in ihr eine Kameradin gefunden zu haben, die Beziehung aber unter diesen Umständen auf keinen Fall weiterführen durfte. Dann spricht er nicht mehr darüber.

22

Trost

Nadine kann weder Dank noch Gruß von sich geben, als der Taxifahrer ihr beim Aussteigen hilft. Verzweifelt und enttäuscht von Albert nimmt sie mühsam die letzten Stufen in ihr Dachgeschoß, dort, wo der Aufzug nicht hinauffährt. Immer wieder muss sie sich am Geländer festhalten und daran hochziehen. Schwer sind ihre Beine, ohne Energie ihr Körper. Mit zittriger Hand schließt sie die Zimmertür auf und wirft sich schluchzend aufs Bett. Noch nie hat ein Mann sie zurückgewiesen. Diese Erfahrung schmerzt. Nicht nur ihre Eitelkeit ist angekratzt, sondern sie hat auch physische Schmerzen in Brustkorb und Bauch. Ihr Kopf will fast zerspringen. Sie nimmt ihn in beide Hände und schluchzt weiter in ihr feucht gewordenes Kopfkissen hinein.

Nadine liebt zwar ihre Freiheit und will nicht Mutter werden, aber die Sehnsucht nach einer glücklichen Beziehung und einem schönen Heim steckt auch in ihr. Dieser Wunsch zerplatzt, wie ein Luftballon, der zunächst sachte durch die Luft gleitet, dann aber auf einen spitzen Ast getrieben wird.

Nadine will nichts hören und nichts sehen, mit keinem sprechen. Manchmal klopft ein Nachbar an die Tür, um ihr mitzuteilen, dass das Hock-Klo jetzt frei ist, oder dass das Wasser heute noch zwei weitere Stunden abgestellt bleibt, weil der Klempner mit der Reparatur nicht fertig geworden ist und erst ein Ersatzteil besorgen muss. Heute wird sie nicht aufmachen, wenn es an ihre Tür klopft, das ist sicher.

Aber nun hört sie lautes, unaufhörliches Hämmern an ihrer Zimmertür, die sie nicht absperrt, wenn sie zu Hause ist.

Nachdem der taub machende Lärm unerträglich wird, steht sie doch auf und sieht nach, wer das Hämmern verursacht. Zwei ihrer nettesten Nachbarn stehen erschrocken vor ihr und machen sich große Sorgen, weil sie so laut weint. Das hat es noch nie gegeben. Nadine bittet die Beiden mit einer kurzen einladenden Handbewegung zum ersten Mal zu sich herein. Das harte, schmale Bett bietet die einzige Sitzgelegenheit in ihrer kleinen Schutzhöhle. Die beiden Männer nehmen die verzweifelte junge Frau in ihre Mitte. Dann hören sie sich an, warum sie so traurig ist.

Als Nadine mit ihrer Geschichte zu Ende kommt, fließen erneut dicke Tränen über ihre Wangen. Sie wischt sich das Nass mit dem Handrücken weg. Wieso weint sie, fragt sie sich, und ihr verwässerter Blick fällt auf ihre graue wenig leuchtende Bettdecke. In ihrer Vergangenheit hatte sie kaum Tränen vergossen. Ja, vielleicht als Kind, wenn sie in den Dreck gefallen war und sich Schürfwunden zugezogen hatte, aber selten als heranwachsendes junges Mädchen. Oder auch, wenn ihre häusliche Atmosphäre – kalt wie harter Stahl – sie zu erdrücken drohte, dann weinte sie leise Tränen in ihr Kopfkissen. Aber das hat sie in diesem Moment vergessen. Wie ein Wasserfall fließen ungehemmt weiter Tränen über ihre Wangen. Sie kann sich einfach nicht beruhigen. Die beiden Männer sind verlegen und wissen nicht, was sie tun sollen. Der eine streicht Nadine zum Trost vorsichtig über den Rücken. Sie saugt diese unerwartete aber so wohltuende Liebkosung auf wie ein Schwamm das Wasser und wirft sich in die starken Arme des jungen Mannes. Ihre kurzen, rhythmischen Seufzer pressen ihren zittrigen Körper schutzsuchend an seine Brust. Schluchzend bittet Nadine die Beiden, nein, sie fleht sie förmlich an, die Nacht bei ihr zu bleiben. Sie fürchtet heute die Einsamkeit und möchte einfach nur Körperwärme spüren.

Die Freunde tauschen Blicke aus. Die junge Frau tut ihnen

Leid, darüber sind sie sich sofort einig. Sie haben schon Ähnliches erlebt und können mit ihr fühlen. Mit einem Augenzwinkern verständigen sie sich, nicken einander zu und legen sich dann behutsam rechts und links neben sie. Nur ganz dicht aneinander gedrängt, auf der Seite liegend, nimmt das schmale Bett alle drei auf. Sie müssen sich immer wieder zurechtrücken, um die richtige, ja bequemste Lage für die lange Nacht zu finden. Aber dann wärmen sich ihre Körper gegenseitig auf angenehme Weise.

Doch der nächste Morgen ist grausam. Nadines Augen sind verquollen, und sie fühlt sich zu schwach, um zur Arbeit zu gehen. Es besteht keine Möglichkeit, ihren Arbeitgeber zu benachrichtigen. Auf ihrem Flur gibt es kein Telefon, und die beiden Helfer der letzten Nacht sind bereits aus dem Haus, können nichts mehr für sie tun. Nadine riskiert Ärger und bleibt einfach der Arbeit fern. Nie im Leben hätte sie geglaubt, dass Liebeskummer so schmerzhaft sein kann. Tagelang kann sie nichts essen und magert ab.

Erst nach einer Woche nimmt sie wieder ihre Arbeit auf und erklärt ihrem Chef ihr unentschuldigtes Fehlen. Er hört gespannt zu, sieht an ihrem ernsten, fast noch weinerlichen Gesichtsausdruck, wie sehr sie ringt, den wahren Grund in Worte zu fassen. Ihm gefällt ihre Aufrichtigkeit und er hat ein Nachsehen mit ihr. Sie bleibt weiter beschäftigt unter der Bedingung, dass so ein Vorfall sich nicht wiederhole!

Natürlich nicht. Aber Nadine hat bereits andere Pläne.

23

Fremder

Gérard fühlt sich wohl, sehr wohl. Nie hätte er gedacht, dass er einmal den Müßiggang so schätzen würde. Es tun sich auf seinen langen Strandspaziergängen neue Erkenntnisse auf. Er denkt viel nach über die Welt, wie schnell sie sich verändert, und über die Natur, die er aus Mangel an Zeit so wenig beachtet hatte.

Breitbeinig, die nackten Füße fest im Sand vergraben und die Schuhe in der Hand, steht er am Wasser und beobachtet, wie die Wellen sachte, manchmal auch mit voller Kraft, ans Ufer tanzen und dann im Sand so mir nichts dir nichts vor seinen Füßen versickern, einfach versickern.

Die Wellen kommen und gehen, denkt er, wie die Wechselspiele im Leben.

Gérard liebt den Blick in die Wolken, auch wenn sie düster ein Unwetter andeuten. Er sieht graue und weiße Wolken am Himmel, die vom Wind in alle Richtungen zerfleddert werden, sich unmittelbar danach wieder mit anderen Wolkenfetzen vereinen und wunderbare Phantasiegebilde formen. Stundenlang könnte er sie betrachten.

Angezogen von diesem Naturschauspiel wandert er deswegen jeden Tag an dieselbe Stelle, denn dort steht eine Bank, von der er alles in Ruhe beobachten kann.

Heute sitzt schon ein älterer Herr auf dieser Bank. Der Mann schaut in den Himmel. Das gleißende Sonnenlicht blendet ihn. Beide Arme hält er schützend vor seine Augen. Als Gérard an der Bank vorbeigehen will, spricht ihn der Mann freundlich an:
– Bitte, nehmen Sie doch Platz und leisten mir Gesellschaft.

– Danke, danke vielmals, ich laufe lieber ein bisschen.
Gérard sagt es höflich und ohne den geringsten Hauch von verletzender Zurückweisung. Er möchte nicht sprechen, er möchte nicht nachdenken, er möchte einfach nur gehen und schauen.

Zu viel und zu oft hat sich Gérard in seinem Leben mit Problemen beschäftigen müssen. In seinen jungen Ehejahren musste er der Frau, die er liebte, die traurige Nachricht überbringen, dass er nicht zeugungsfähig war und sie niemals gemeinsame Kinder haben werden. Marie verschmerzte diesen Schock nur schwer und verbrachte immer wieder viele Monate in einem Sanatorium. Weil sie darunter so sehr litt, bot ihr Gérard sogar die Scheidung an und wollte sie aus Liebe freigeben. Das führte bei ihr zu einer weiteren schweren Krise, denn auch sie liebte ihn.
Erst als Gérard bei Paul Costa in der Galerie Cordon eine Arbeit annahm und er Marie mit Claire Costa, der Frau seines neuen Arbeitgebers, bekannt machen konnte, normalisierte sich sein Leben. Die Frauen schlossen sofort Freundschaft, denn sie hatten denselben Kummer mit dem Unterschied, dass in der Ehe der Costas sie, Claire, keine Kinder bekommen konnte. Als Claire und Paul Costa sich nach vielen Jahren entschlossen, einen Jungen aus dem Waisenhaus zu sich zu holen und ihn später auch adoptierten, fiel Marie erneut in tiefe Depressionen und musste stationär behandelt werden. Gern hätte Gérard auch ein Kind adoptiert, aber Marie war dafür zu oft zu krank.
Weil Marie sich nur langsam erholte und schwer in den Alltag zurückfand, nahm Gérard sich ein paar Tage frei, um ihr den Übergang zu erleichtern. Sie verbrachten abwechslungsreiche Tage zusammen, streiften durch die Tuilerien, sahen sich einen aktuellen Film im Kino an oder gingen abends zum Essen aus. Marie gefiel diese Abwechslung und sie erholte sich rasch, so

dass Gérard in der darauf folgenden Woche seine Arbeit wieder aufnehmen konnte. Paul, sein Arbeitgeber, zeigte weiter viel Verständnis für seine Lage und schickte ihn in den nächsten Tagen früher nach Hause. Täglich ging es Marie ein wenig besser, bis zu dem Tag, als sie von dem folgenschweren Autounfall von Claire und Paul Costa erfuhr. Sofort nach dem Unfall wurde die Galerie für eine Woche geschlossen. Außer Marie und Gérard hatte es Pierre noch schwerer getroffen. Pierre, der mit seinen erst zwanzig jungen Jahren erneut Vollwaise geworden war, musste nun die volle Verantwortung für die Galerie übernehmen. Marie erholte sich von diesem Schock nie mehr und schlief einige Monate später in aller Stille für immer ein.

Diese schmerzliche Erinnerung begleitet Gérard auf seinem Rückweg. Wieder kommt er an seiner Lieblingsbank vorbei, und noch immer sitzt dieser fremde Mann da. Erneut lädt er Gérard mit einer breit ausholenden Gebärde auf die Bank ein:
– Bitte, nehmen Sie doch Platz und leisten mir Gesellschaft.
Gérard ist müde vom Spaziergang und nimmt die Einladung jetzt gern an. Sie bleiben eine Weile stumm nebeneinander sitzen. Ein Seitenblick des alten Mannes streift Gérards Gesicht. Dann erhebt sich der Mann, nickt Gérard freundlich zu und entfernt sich wortlos.

Komisch, denkt Gérard, zuerst lädt er mich ein, ihm Gesellschaft zu leisten, dann bleibt er stumm, und schließlich lässt er mich allein hier sitzen.
Ein eigenartiger Kauz!

24

Paradiesisch

Seit fast zwei Jahren lebt Nadine nun in Paris. Sie zieht ein Resümee. Ihren sehnlichsten Traum, eine Künstlerin zu werden, konnte sie noch nicht verwirklichen. Ihr mageres Gehalt reicht nicht aus, um an der Ecole des Arts studieren zu können. Gern denkt sie auch an die schönen Stunden mit Albert zurück und bedauert sehr, dass es ihr nicht gelungen ist, den Mann, den sie liebt, zu erobern. Mit ihm hätte sie sich ein glückliches Leben vorstellen können. Und er hätte sie bestimmt unterstützt, endlich einen Versuch zu starten und in das Künstlerleben einzutauchen.

Sie überdenkt ihre Situation und ist davon überzeugt, dass sich schnell etwas ändern muss.

An ihrem freien Tag nutzt Nadine die Zeit und geht zum Frisör, gleich bei ihr um die Ecke. Nach einer kurzen Beratung lässt sie sich die rotblonden Haare, die in der Zwischenzeit schulterlang gewachsen sind, schwarz färben. Kaum wiederzuerkennen, mit einer Zeitung unterm Arm, geht sie in den nahegelegenen Park Square Lamartine, wo kleine Kinder aus reichen Familien mit ihren au pair-Mädchen spielen. Nur selten kommen die eigenen Mütter dorthin. Nadine steuert entschlossen auf eine freie Bank zu und nimmt sie mit ihrer ausgebreiteten Zeitung völlig in Beschlag. In aller Ruhe studiert sie die Stellenangebote.

Ihr Job gefällt ihr schon lange nicht mehr, er langweilt sie. Immer nur die arroganten und reichen Kunden bedienen, die oft unentschlossen und nörgelig reagieren, ist ihr zuwider. Auch hätte sie gegen einen höheren Verdienst nichts einzuwenden. Plötzlich fällt ihr Blick auf eine Anzeige, die durch die ungewöhnlich großen und fett gedruckten Buchstaben auffällt:

> **Seriöser älterer Herr
> sucht nette Gesellschafterin
> bei freier Kost und Logis**

Nadines Begeisterung ist sofort entflammt.
Das ist es!
Sie schließt die Augen, lächelt und malt sich ein sorgenloses Leben aus, sieht sich endlich wieder einen Malkurs besuchen. Ihr größter Wunsch war es immer, mit Farben zu spielen, Mischtechniken zu lernen und über das Leben und Wirken der großen Künstler mehr zu erfahren. Zeichenpapier, Stifte und Farben sind teuer und für sie unerschwinglich. Das weiß sie nur zu genau. Immer wieder bleibt sie auf ihren Streifzügen durch Paris vor den Läden für Künstlerbedarf stehen und drückt sich sehnsüchtig an den großen Schaufensterscheiben die Nase platt. Hinein traut sie sich nicht.
Ein Kind stolpert über ihren Fuß und reißt sie aus ihren Träumen. Rasch faltet Nadine die Zeitung zusammen und läuft entschlossen in die Metro-Station Victor Hugo. Dort, an der Wand, befindet sich ein Münztelefon. In einem kurzen Gespräch erfährt sie die Adresse des seriösen älteren Herrn. Schon morgen am frühen Nachmittag soll sie sich bei ihm vorstellen. Morgen ist Sonnabend, ihr freier Tag. Sie kann diesen Termin problemlos wahrnehmen.

Nadine fährt mit der Linie 9 von der Station Rue de la Pompe bis Trocadéro. Von dort sind es mit der Linie 6 noch zwei Stationen bis Bir-Hakeim. Diese Teilstrecke liebt sie besonders.

Hier donnert der Zug aus der bedrückenden Finsternis der unterirdischen Schächte hinaus in das befreiende Tageslicht, rattert sicher über die eiserne Seine-Brücke hinweg von einem Ufer zum anderen. Dabei tut sich ein faszinierender Blick über dem spiegelnden Wasser auf, glitzernd, als käme man in eine Märchenwelt, besonders bei Sonnenlicht.

Es ist heiß in der Metro, trotzdem hat Nadine ein waches Auge. Sie beobachtet gern die Fahrgäste. Vor ihr sitzt ein junger Mann mit offenbar indischen Wurzeln, ärmlich gekleidet, vielleicht ein Schichtarbeiter, der gerade Feierabend hat und auf dem Heimweg ist. Ob seine Familie auf ihn daheim wartet? Vielleicht träumt er von seinen Kindern, die ihm freudig entgegenlaufen und ihn herzlich begrüßen werden. Komisch, denkt Nadine, dass ihr gerade jetzt Kinder und Familie in den Sinn kommen. Dabei war ihr doch die eigene zuwider, weil sie gezwungen war, zu früh zu viel Verantwortung für ihre drei sehr viel jüngeren Geschwister zu übernehmen.

Schräg gegenüber sitzt ein junger Araber. Sein Blick wandert unruhig hin und her, offenbar um ihrem Blick auszuweichen. Armer Kerl, denkt sie und weiß nicht, dass es einem Moslem aus religiösen Gründen nicht erlaubt ist, einer fremden Frau begehrend in die Augen zu schauen.

In der Station Trocadéro, wo sie noch einmal umsteigen muss, betritt mit ihr zusammen ein Schwarzafrikaner das Abteil. Er setzt sich sofort auf die leere Bank an der rechten Fensterseite, wo er allein sein kann. Aufrecht sitzt er dort auf dieser unbequemen und harten Bank, seine Hände gefaltet, sein Kopf auf die Brust geneigt, die Augen geschlossen. Ganz offensichtlich nutzt er die Zeit zum Beten. Das gefällt Nadine, obwohl sie nicht religiös aufgewachsen ist.

Die Metro erreicht die Station Passy, hier steigt eine junge Frau ein. Sie nimmt die Stufe in den Zug mit Leichtigkeit und wiegendem Schritt. Eine typische Großstadtfranzösin, denkt

Nadine, dunkles Haar, rehbraune Augen, elegant gekleidet, exakt gerade sitzende Strumpfnaht, perfekt geschminkt und selbstbewusst. Nadine nimmt Blickkontakt zu ihr auf. Mit einem Kopfnicken weist sie auf den frei werdenden Platz und rückt ans Fenster. Die junge Frau bedankt sich höflich für diese Geste und wird durch die ruckartige Anfahrt der Metro unsanft neben Nadine auf den Sitz gedrückt. Beide lächeln sich verständnisvoll an.

Unauffällig beäugt Nadine diese hübsche Frau von der Seite und hätte gern mit ihr ein Gespräch angefangen, aber da fährt der Zug bereits in ihren Zielbahnhof ein.

Nadine liebt die ethnische Vielfalt in dieser quirligen Großstadt. Keiner gleicht dem anderen, ob dunkelhäutig, gelb, oder weiß. Und doch sind sie alle nur eine Spezies: Mensch. Wie wunderbar, denkt sie, dass jeder ein Individuum ist, dass jeder einen eigenen Fingerabdruck hat. Die Natur ist doch etwas Großartiges! Alle sind gewöhnliche Menschen, die den Alltag mit ihren kleinen und großen Sorgen meistern müssen, genau wie Nadine. Wieso macht sie sich auf einmal darüber Gedanken, als wäre es das Wichtigste auf dieser Welt?

Nadine muss aussteigen. Endlich wieder frische Luft atmen! Von hier sind es nur noch ein paar Schritte zu Fuß durch den Champ de Mars mit seinen großen Liegeflächen, die bis ins 18. Jahrhundert hinein ausschließlich landwirtschaftlich genutzt wurden und erst nach dem Bau der Ecole Militaire zum Exerzierplatz wurden.

An der Avenue J. Bouvard hat Nadine fast ihr Ziel erreicht. In einer kleinen Seitenstraße findet sie die genannte Hausnummer. Ein hoher, hübsch verzierter Eisengitterzaun, fast Furcht einflößend, sichert das prächtige Gebäude mit parkähnlichem Garten. Nadine findet nur eine Klingel, die der Concierge. Als sie ihre Hand ausstreckt und auf den goldenen Knopf drücken will, zuckt sie noch einmal zurück. Plötzlich wird sie von Angst ergriffen. Dieser offensichtliche Reichtum verunsichert sie. Ihre innere Stimme fragt zweifelnd:

Ist das richtig, was ich tu? Was erwartet mich hier?

Aber der Gedanke an ein besseres Leben, an ein abgesichertes und höheres Einkommen als bisher, gibt ihr den Mut zurück. Dann berührt sie ganz leicht den glänzenden Klingelknopf und lässt zögerlich ihren Zeigefinger nur darüber gleiten, als müsse sie ihren Entschluss doch noch einmal überdenken. Der Knopf fühlt sich warm an. Die Sonne hat die metallene Kühle auf ihm vertrieben. Schließlich übt sie einen leichten Druck aus und wartet. Es dauert lange, bis ein unüberhörbares Summen ertönt und sie ihr Anliegen durch die Sprechanlage erklären kann.

– Ja, fünfter Stock, ich melde Sie an, schnarrt es durch den Lautsprecher.

Dann öffnet sich das schwere Tor wie von selbst, lautlos schwingt es auf mit elektrischer Hilfe. In einem dunkelblauen Kostüm, livrierten Hotelpagen gleich, kommt eine Concierge ein paar Schritte in Richtung Tor und führt Nadine zum Fahrstuhl. Sie hält ihr höflich die Tür auf, drückt auf die Anzeige fünfter Stock und schließt die schnörkelig verzierte Eisentür leise mit einem unverbindlichen aber freundlichen Lächeln. Nadine ist allein.

Fast geräuschlos bewegt sich der Aufzug nach oben. An allen drei Wänden hängen goldgerahmte Spiegel. Noch nie hat sie einen so eleganten Aufzug gesehen. Ein prüfender Blick in den Spiegel veranlasst sie, sich noch einmal korrigierend über die Haare zu streichen, die sie heute zu einem Pferdeschwanz zusammengefasst hat. Ihr Herz pocht bis zum Hals, am liebsten wäre sie umgekehrt. Der Fahrstuhl ruckt, die Tür wird von außen geöffnet. Vor ihr steht ein älterer Herr, der sich auf einen

eleganten Stock mit Elfenbeinknauf stützt. Sein freundlicher Blick vertreibt im Nu all ihre Zweifel.
– Bitte treten Sie ein, Madame.
– Nein, bitte nicht, ich bin nicht verheiratet.
Nadine zuckt bei dieser Anrede zusammen. Für sie klingt es wie eine Beschimpfung, wenn sie mit Madame angesprochen wird. Am Beispiel ihrer Eltern hat sie erfahren, was es heißt, verheiratet zu sein. Und das findet sie nicht erstrebenswert.
– Pardon, sagt er, bitte treten Sie ein, Mademoiselle.
Er führt sie in den Salon und bietet Tee an, der schon vorbereitet auf dem Tisch steht.
– Darf ich mich vorstellen, ich heiße Richard, Richard Corneille.
– Nadine, einfach Nadine.
Er schaut sie verblüfft an, besteht aber nicht darauf, ihren Nachnamen zu erfahren.
Nachdem Richard ihr alle Bedingungen erklärt und die geräumige, elegante Etage gezeigt hat, verabschiedet sich Nadine mit den Worten:
– Bitte, Monsieur, ich muss mir das reiflich überlegen. Ihr Angebot ist äußerst großzügig und verlockend. Ich habe eine Arbeitsstelle und muss die Kündigungsfrist einhalten, das bin ich meinem Arbeitgeber schuldig.
So viel Pflichtbewusstsein beeindruckt Richard. Es steht für ihn sofort außer Frage, dass er nur *sie* engagieren möchte und keine andere.
Die überaus geschmackvolle Einrichtung und die Großzügigkeit der Räume hat Nadine in der Weise beeindruckt, dass sie sich in einem Traum wähnt. Der Salon ist so groß wie in Ploumanach Küche, Bauernstube und beide Kinderzimmer zusammen. Wie betäubt von so viel Reichtum fährt Nadine mit geschlossenen Augen den leisen Fahrstuhl hinunter, hinaus in die Normalität.

Schon nach drei Tagen ruft Nadine Monsieur Corneille an. Erst übernächsten Monat wäre ein Anfang bei ihm denkbar, ob er noch so lange warten könne, will sie wissen.
– Und ob er warten kann!

An diesem Abend kommt Nadine beschwingt nach Hause und trifft am Hauseingang ihre beiden nächtlichen Helfer von neulich.
– Hallo, wie geht es euch? Nochmals ganz herzlichen Dank für eure Hilfe. Ohne euch hätte ich es nicht so schnell geschafft, meinen Kummer zu überwinden. Vielen herzlichen Dank!
– Haben wir gern gemacht, antworten die zwei wie aus einem Mund.
Nadine hat so gute Laune, dass sie die beiden Männer zu sich einlädt:
– Habt ihr ein bisschen Zeit? Ich habe euch etwas Tolles zu erzählen!
Ihren Erfolg möchte sie nicht allein feiern, will ihre Freude teilen. Erst nach einer Weile sprudelt es endlich aus ihr heraus:
– Stellt euch vor, ich werde bald ausziehen.
– Oooohhhh.
Die Freunde setzen traurige Miene auf, freuen sich aber trotzdem für sie. Sie mögen Nadine und bedauern ihren Weggang.
– Ja, ich bin so froh darüber. Ich gehe in einen geordneten Haushalt und werde Gesellschafterin bei einem älteren Herrn, der kränklich ist.
– Das ist schön für dich, konstatieren die Freunde und freuen sich zu sehen, wie glücklich Nadine darüber ist.
Sie lächelt fortwährend und ergänzt mit Begeisterung:
– Ich werde dort nur Gesellschafterin sein. Keine Hausarbeit, kein Putzen, kein Kochen, nicht Wäsche waschen, nicht Einkaufen gehen!

Nadine ist außer sich vor Freude, streckt beide Arme seitlich von sich, dreht sich einmal im Kreis und ruft:
– Paradiesisch! Könnt ihr euch das vorstellen?
– Ja, Nadine, das klingt wirklich paradiesisch.
– Ich bekomme zwei Zimmer für mich allein und ein eigenes Bad, so groß wie diese Kammer hier.
– Toll! Rufen die Zwei und nehmen sie spontan in die Arme.
– Und das Beste an der Sache ist, fährt sie fort und stößt ganz sachte die beiden von sich, dass ich keine Geldsorgen haben werde. Auch die Bezahlung ist für meine Verhältnisse, wie schon gesagt, paradiesisch! Endlich werde ich mir ein Kunststudium leisten können!

Nun reißt sie beide Arme in die Höhe, schwingt ihre rechte Hand eine Zeichnung andeutend durch die Luft und dreht sich im Kreis. Fast bringt ein Schwindel sie zu Fall. Gerade noch rechtzeitig bremst sie sich an der Wand am Kopfende ihres Betts ab und lässt sich überglücklich darauf fallen.

So ausgelassen haben die beiden Nadine noch nie erlebt.

25

Achtundsiebzig Jahre

Heute ist Dienstag. Gérard nimmt seinen Termin wahr. Er wartet wie andere auch geduldig auf seinen Aufruf:
– Gérard Foulon, bitte!
Endlich ist er an der Reihe. Er lässt die Untersuchungen gelassen über sich ergehen und hofft auf ein beruhigendes Ergebnis. Aber der Spezialist für Onkologie kann Gérard nichts Gutes mitteilen. Er bestätigt die Diagnose seines Arz-

tes in Paris und bedauert, dass auch er nichts für ihn tun kann.

Gérard erkennt ihn wieder, er erinnert sich an die Bank am Strand, wo er nur stumm neben ihm saß.

Gérard entschließt sich, nicht wieder nach Paris zurückzukehren. Er schreibt Pierre einen freundlichen Brief, er sei müde und jetzt achtundsiebzig Jahre alt, zu alt für die Arbeit in der Galerie. Er sei sicher, dass Pierre in Albert einen würdigen Ersatz für ihn gefunden hat. Es gefalle ihm in Montpellier und er fühle sich in seiner kleinen Pension wie zu Hause. Außerdem genieße er das milde Klima und die täglichen Spaziergänge am Meer.

Es wird noch vier Monate dauern, dann dürfen Juliette und Davos seinen gut vorbereiteten Abschiedsbrief an Pierre absenden.

26

Sensibilität

Pierre freut sich über Gérards Entscheidung, in Montpellier zu bleiben. Tatsächlich hat er in Albert einen würdigen Ersatz, und die Zusammenarbeit mit ihm klappt hervorragend.

Als Pierre aber nach vier Monaten Gérards Abschiedsbrief erhält, stürzt er in ein tiefes Loch. Gérard war ihm sehr ans Herz gewachsen. Er war fast wie ein Vater zu ihm, hatte ihn immer verstanden und ihm in schwierigsten Momenten beigestanden, besonders damals, als seine Adoptiveltern von einem Lastwagen zerquetscht worden waren.

Diesmal ist es Albert, der Pierre tröstet. Seine spontane Zusage, in der Galerie zu bleiben und Pierre weiter zur Seite zu stehen, kommt aus vollem Herzen und ist genau das, was Pierre in diesem Moment braucht.

Durch den unermüdlichen Einsatz seines Freundes überwindet Pierre Gérards Verlust, ohne zu lange in Trauer zu versinken. Er ist glücklich über Alberts Unterstützung. Die beiden Männer wachsen weiter zusammen. Pierre macht Albert zum Mitinhaber der Galerie, und von nun an teilen sie alles.

Seit die tägliche und intensive Zusammenarbeit zwischen den Teilhabern so gut klappt, verspürt Pierre überhaupt kein Bedürfnis mehr nach einer eigenen Familie. Rückblickend ist er nicht einmal mehr davon überzeugt, dass eine Familie das Richtige für ihn gewesen wäre. Er ist zufrieden mit seiner augenblicklichen Situation. Und Albert empfindet genauso. Seit seiner Erfahrung mit Nadine meidet auch er weibliche Bekanntschaften.

Pierre und Albert arbeiten in größter Harmonie oft weit in den Abend hinein. Die Umsätze steigen stetig. Deshalb entscheiden sie sich, neue Öffnungszeiten einzuführen. Die Galerie bleibt ab sofort die ersten beiden Wochentage geschlossen.

Diese gewonnenen Stunden nutzen die Freunde zu gemeinsamen Unternehmungen. Pierre und Albert können sich gar nicht mehr vorstellen, ihre gewonnene Freizeit getrennt voneinander zu verbringen. Sie sind in der relativ kurzen Zeit, die sie sich kennen, durch ihre Gemeinsamkeiten so sehr miteinander verbunden und eins geworden, wie es nur bei Zwillingen vorkommt. Beide haben längst die zwischen ihnen entstandene Sensibilität bemerkt, die ihnen so manches Mal Rätsel aufgibt. Selbst in langjährigen Freundschaften fehlt oft eine solche Empathie. An ihren gemeinsamen Abenden verlieren sie sich in grundsätzliche, meist sehr private Gespräche und werden ihrer nicht überdrüssig. Ihre früheren Probleme rücken immer mehr in den Hintergrund.

Pierre und Albert sind mit sich und der Welt versöhnt, sie entdecken jetzt andere Themen. Sie interessieren sich verstärkt für das aktuelle politische Geschehen und bemerken, dass sie nicht in Streit geraten, auch wenn ihre Meinungen gelegentlich voneinander abweichen. Endlich sind sie an dem Punkt angekommen, den viele anstreben, aber nur wenige jemals erreichen.

Aber da ist noch dieser ungeöffnete Brief, den Albert von seinem Vater erhalten hat. Wird er das Leben der beiden Freunde verändern?

27

Alte Wunden

Nadine hat nicht viel zu packen. Ein kleiner Koffer und eine Reisetasche sind ihr ganzer Besitz. Als sie sich von ihren beiden nächtlichen Helfern verabschiedet, steht schon ein junger Student, ihr Zimmernachfolger, vor der Tür. Diese kleinen preiswerten chambres de bonne sind sehr beliebt in Paris und im Nu weitervermietet. Nadine weint dieser Unterkunft, die lange Zeit ihre kleine Schutzhöhle war, trotzdem keine Träne nach. Obwohl sie nicht genau weiß, was sie wirklich bei ihrem neuen Arbeitgeber erwartet, ist sie doch zuversichtlich!

Richard Corneille empfängt Nadine freundlich und stellt ihr zwei Damen vor. Anna ist für die Sauberkeit der Etage zuständig und Claude für die Haushaltsführung und das Wohlbefinden, denn sie ist eine hervorragende Köchin. Nadines Aufgabe wird es sein, Richard überallhin zu begleiten. Seit einem schweren Skiunfall vor vielen Jahren hat Richard eine starke Gehbehinderung und ist an manchen Tagen sogar auf den Rollstuhl angewiesen. Dieser Unfall hatte ihn viele Monate ans Bett gefesselt. Nach seiner Genesung hat sich herausgestellt, dass er infolge des Unfalls trotz einer anschließenden Behandlung impotent geworden war. Er hat sehr darunter gelitten. Aber das weiß außer seiner verstorbenen Frau niemand.

Nach den gemeinsamen Mahlzeiten sind die Abende meistens mit Schachspielen ausgefüllt. Richard ist ganz begeistert von diesem Denksport. Anfänglich hatte Nadine Angst, sich zu blamieren, aber sie lernte dieses Spiel überraschend schnell, und heute macht es ihr sogar großen Spaß, zumal sie Richard schon einmal matt setzen konnte. Das hatte ihm nicht gefallen. Er tastete die nächsten zwei Tage das Schachbrett nicht an. Manchmal wird auch vorgelesen, wobei Richard der Vorleser ist, oder Musik gehört. Er liebt Klassik. Sein Lieblingsstück ist aus Peer Gynt die 1. Suite von Edvard Grieg. Dieser lange Satz schildert stimmungsvoll den Tagesanbruch im Hochgebirge, den Sonnenaufgang und ‚Waldesweben'. Für ungeübte Hörer wie Nadine ist dieses düstere Stück gewöhnungsbedürftig. Vorzugsweise schleicht sie dann aus dem Zimmer und überlässt Richard seiner Leidenschaft.

Am Anfang unterhalten sie sich selten, was sich später ändern wird.

Gleich in den ersten Tagen nach Nadines Arbeitsantritt kleidet Richard seine Gesellschafterin ein. Sie fahren mit dem Taxi in die Avenue Montaigne, wo die bekanntesten Designer ihre Boutiquen haben. Schnell fühlt sich Richard zurückversetzt in seine jungen Jahre, als er mit seinen oft wechselnden Amouren hier war und sie mit seinem guten Geschmack verwöhnte.

Dieser Rückblick bringt ihn in Hochform, er reagiert wie ein Jungverliebter und ist gar nicht mehr zu stoppen. Immer mehr Modelle lässt er sich zeigen, und Nadine muss sie alle vorführen. Sie sieht darin phantastisch aus mit ihrer schlanken Figur, den langen Beinen, und den Rundungen an den richtigen Stellen! Alles kann sie tragen, wie ein professionelles Mannequin. Mit viel Geduld gibt sie seinen Wünschen nach. Denn, ihr gefällt dieses Diktat. Sie ist überwältigt von dieser neuen Welt und fühlt sich wie im Märchen. Nach einem kurzen Versuch zu protestieren, jetzt sei es aber genug, erkennt sie schnell an seiner barschen Reaktion, dass er nicht mit sich reden lässt. Sie gibt sofort nach. Ihm macht es einfach Spaß, diese hübsche junge Frau nach seinen Vorstellungen zu verwandeln.

Nadine genießt nicht nur die neue elegante Garderobe, die ihren Typ ein wenig verändert, sondern auch das gepflegte Heim, das geschmackvolle Essen und die Ordnung im Haus. In ihrer Heimat war sie, wenn die drei kleinen Geschwister endlich im Bett waren, dafür zuständig, das Tageschaos zu beseitigen. Jetzt fällt eine große Last von ihren Schultern, und sie muss gestehen, dass ihre neue Situation sehr angenehm ist. Fast ein bisschen zu schnell hat sie sich daran gewöhnt, hat ihre erbärmliche Armut und häusliche Knechtung kaum noch im Gedächtnis. Manchmal beunruhigt sie das vor dem Einschlafen. Aber dann schiebt sie diese trüben Gedanken weit nach hinten und schläft zufrieden ein.

Auch Richards angenehme Gesellschaft kann sie in vollen Zügen genießen. Sie hört ihm gerne zu, wenn er von den Abenteuern aus seiner Sturm- und Drangzeit erzählt und sie damit zum Lachen bringt. Seine Geschichten trägt er so lebendig vor, dass Nadine fast den Eindruck gewinnt, er schlüpfe in diesen Momenten in den Lausbub von damals und durchlebe alle Streiche noch einmal.

Vom Erker des Salons führt der Blick auf die Straße. Dort steht ein bequemer Ohrensessel. Und wenn Richard nach dem Essen darin einnickt, nutzt Nadine die Zeit und blättert nebenan in den Büchern seiner umfangreichen Bibliothek. Sie findet dort alles, sowohl Klassisches als auch weniger anspruchsvolle Belletristik. Die vielen Sachbücher, Essays und Biographien von Wissenschaftlern interessieren sie nicht. Sehr wohl aber richtet sich ihr Augenmerk auf die Kunstbände von großen Ausstellungen in Paris. Sie zieht den Watteau-Band aus dem Regal und ihr fällt auf, dass auf dem Inneneinband der Name des Vorbesitzers unkenntlich und handschriftlich durch den Namen Richard Corneille ersetzt wurde. In anderen Büchern findet sie ebenfalls solche Änderungen, macht sich aber keine weiteren Gedanken darüber, obwohl sie es befremdlich findet.

Die neue Arbeit gefällt Nadine. Beide kommen gut miteinander aus. Sie hat keine Geldsorgen mehr und führt ein Leben wie im Schlaraffenland. Ihre freien Tage und der Urlaub sind geregelt wie in einem Großunternehmen. Richard behandelt sie mit großem Respekt.

Nun ist für sie der Zeitpunkt gekommen, endlich Kontakt zu ihrer Familie aufzunehmen. Nachdem sie jetzt seit knapp zwei Jahren ein geordnetes Leben führt, traut sie sich, einen ersten Brief an ihre Familie zu schreiben. Immer wieder hatte sie gezögert. Sie schämte sich, von ihrem neuen Leben zu berichten, da es anfangs nicht gerade ihren Träumen entsprach. Dass ihre kaltherzige Mutter sich um ihre Tochter Sorgen machen könnte, war ihr nicht in den Sinn gekommen.

Schon nach einer guten Woche erhält sie eine Antwort aus der Bretagne. So schnell hat sie nicht damit gerechnet. Aber sie freut sich darüber und reißt den Umschlag auf ihrem Bett sitzend ungeduldig auf. Den Brief schreibt ihre dreizehnjährige Schwester Marie für die ganze Familie.

Liebe Nadine,

Mutter hat sich ja so sehr gefreut, von dir zu hören. Nach deinem Weggang gab es kein anderes Thema mehr im Haus. Alles drehte sich nur um dich. Jetzt ist sie zufrieden, weil es dir gut geht. Ihr geht es nämlich nicht so gut. Sie hat ganz oft schrecklichen Husten und ist müde und schwach. Manchmal bleibt sie tagelang im Bett und kann nicht aufstehen. Dann kommt der Arzt und gibt ihr eine Spritze. Danach geht es wieder eine Weile. Paul wird bald fünfzehn Jahre alt und hat als Matrose angeheuert. Er verlässt uns schon in zwei Wochen. Vielleicht sehen wir ihn dann auch nicht mehr. Madeleine wird in ein paar Monaten zwölf Jahre alt und ist sehr gut in der Schule. Ihre Lehrerin war bei Mutter und sagte, sie müsse unbedingt eine andere Schule besuchen, damit sie einen guten Beruf erlernen könne. Aber wir haben dafür kein Geld. Madeleine müsste dann nämlich in eine andere Stadt. Ich werde in sechs Monaten vierzehn Jahre alt und bin dann mit der Schule fertig. Eine reiche Familie in Trégastel hat mir eine Arbeit im Haushalt angeboten. Mutter meint, ich soll sie annehmen. Vielleicht werde ich das tun. Es ist besser, wenn ich nicht mehr zu Hause bin. Mutter und Vater sprechen fast gar nicht mehr miteinander, und Madeleine und ich haben große Angst vor ihm. Aber wenn ich weggehe, ist Madeleine wehrlos.

Wir sind alle sehr froh, dass es dir gut geht.
Vater ist gerade nicht da. Ganz viele Grüße von uns allen.
Mutter, Paul, Madeleine, Marie

Nadine blickt erschrocken zum Fenster. Ihre Hand, die den Brief fest umklammert, sinkt kraftlos auf ihren Schoß. Sofort brechen alte Wunden auf und sie spürt einen unbeschreiblichen Groll gegen den Vater.

Dieses Schwein!

Nie im Leben hätte sie geglaubt, dass er seine perversen Spielchen nach ihrem Weggang weiter mit ihren so viel jüngeren Schwestern treiben würde!

Sie erinnert sich nur zu gut an eine Begebenheit, die ihr Leben von einer Sekunde zur anderen verändert hatte. Die Mutter trug ihr auf, wegen der anhaltenden Trockenheit den Gemüsegarten zu wässern. Als sie damit fertig war, noch versonnen dastand mit dem Gartenschlauch in der Hand und das restliche kühlende Wasser über ihre nackten Kinderfüße plätscherte, hatte sich ihr Vater unmerklich von hinten an sie herangepirscht und flüsterte ihr ins Ohr:
– Du bist nicht nur an deinen Füßen nass, sondern auch hier!
Blitzartig fasste er ihr in den Schritt und ließ sie lange nicht los. Es tat sehr weh! Sie wurde von seinem Handeln derart überrascht, dass sie nicht die geringste Chance hatte, sich zu wehren. Es ging zu schnell. Als er den Druck nachließ, stolperte sie schutzsuchend ins Haus, lief kreischend an der Mutter vorbei, die im Türrahmen stand, und warf sich schluchzend auf ihr Bett.
Die Mutter hatte diesen Vorfall vom Fenster aus beobachtet, wie sie alles im Auge behielt, wenn sie Aufgaben verteilte. Sie warf ihrem Mann einen zornigen, vorwurfsvollen, ja hasserfüllten Blick zu. Der aber hatte nur ein libidinöses Grinsen übrig und ging sofort in seine Kneipe. Die Mutter war wie gelähmt, unfähig, ihr auf immer verletztes Kind zu trösten.

Heute ist Nadines freier Nachmittag. Sie setzt sich sofort, mit Wut im Bauch, an ihren hübschen, antiken Schreibtisch und beantwortet den Brief aus ihrer Heimat.

Liebe Familie,
 ganz herzlichen Dank für euren Brief. Ich habe mich darüber gefreut, aber er hat mich auch traurig gestimmt. Es tut mir Leid, dass es Mutter oft nicht gut geht, und ich wünsche gute Besserung.

Paul, du bist ja schon ein richtiger Mann, und ich wünsche dir von Herzen, dass du auf See glücklich wirst. Auf jeden Fall bekommt man dort genug zu essen und hat Kameraden.

Was Madeleine betrifft, werde ich so viel wie möglich sparen und ihr das Schulgeld schicken, sobald ich kann. Wenn du, Marie, dann in sechs Monaten nach Trégastel gehst und deine Arbeit dort anfängst, wird Madeleine auf die andere Schule wechseln können und weg von daheim sein. Das verspreche ich!

Bleibt bis dahin immer zusammen, ihr drei, dann passiert euch nichts! Ich sorge mich um euch!

Viele Grüße
Nadine

28

Côte d'Azur

Richard bleiben Nadines Sorgen nicht verborgen. Schweigsamer geworden ist sie viel zu oft abwesend beim Schachspiel. Aber er stellt keine Fragen. Beiläufig will er den Grund dafür herauszufinden.

Richard ist in hohem Maße zufrieden mit Nadine und erstaunt, wie anpassungsfähig und gescheit eine junge Frau vom Land sein kann. Ihr Auftreten als seine ständige Begleitung bedarf keiner Korrektur.

Neulich im Konzert, als eine Dame in der Pause hinter ihrem Rücken eine zickige Bemerkung wegen des Altersunterschieds fallen ließ, drehte sich Nadine ruhig um, lächelte diese Dame einfach nur an und fragte:

– Madame, würden Sie bitte einen Moment auf meinen Vater achtgeben, während ich den Waschraum aufsuche? Würden Sie das freundlicherweise für mich tun? Er steht dort an der Säule, mit dem Gehstock in der Hand. Ich bin gleich wieder da, ja?

Die unfreundliche Dame nickte betreten:

– Ja, selbstverständlich, lassen Sie sich Zeit.

Richard hatte diesen brillanten Schachzug natürlich gehört, und er hatte ihm gefallen. Auch der Umstand, als Nadines Vater ausgegeben zu werden, störte ihn heute Abend nicht.

Oder ein anderes Mal, als sie beide im Restaurant saßen und auf ihr Essen warteten. Es war Claudes freier Tag. Der Ober kam an ihren Tisch und entschuldigte sich:

– Es dauert noch ein bisschen, alles wird frisch zubereitet.

Und zu Nadine gewandt:

– Ich hoffe, Ihr Vater hat so viel Geduld.

Nadine lächelte stolz und erwiderte:

– Danke, er ist nicht mein Vater, er ist mein Gesellschafter.

Diese schmeichelnde Berichtigung gefiel Richard noch besser.

Richard mag Nadines Schlagfertigkeit, er fühlt sich stark in ihrer Gegenwart. Obwohl ihre zarte Figur zerbrechlich wirkt, gibt ihm ihre stattliche Körpergröße Sicherheit. Sie scheint kräftig genug, um ihn zu stützen oder sogar aufzufangen, wenn er einmal straucheln sollte und nicht rechtzeitig in den Rollstuhl fände. Das ermutigt ihn, einen Urlaub an der Côte d'Azur vorzuschlagen. Seit dem Tod seiner Frau war er nicht mehr verreist. Als Witwer allein irgendwo an der Hotelbar seine Zeit abzusitzen und, leicht alkoholisiert, wie es viele tun, seine Lebenssituation zu bejammern, hat ihn nie gereizt. Nadine ist von seiner Urlaubsidee begeistert, springt sofort auf, zeigt ihre Freude mit einem strahlenden Lächeln und wirbelt wie ein Kind mit hochgerissenen Armen durch den Raum. Fast hätte sie ihn umarmt. Noch nie in ihrem Leben war sie am Mittelmeer. Sie hat gehört, dass es dort sehr viel wärmer sein soll als am Atlantik in der Bretagne.

Als Richard Nadines Begeisterung sieht, kann auch er seine Freude nicht verbergen. Ohne Stock humpelt er euphorisch in die Bibliothek und holt eine Landkarte von Südfrankreich. Zusammen breiten sie die Landkarte auf dem fast leeren Schreibtisch aus. Mit dem Zeigefinger gleitet er über die Strecken, die er mit ihr entlang fahren möchte. Er ist glücklich, denn in Nadine hat er eine Person gefunden, mit der es sich unbeschwert reden, scherzen und lachen lässt. Viel zu spät hat er entschieden, sich eine Gesellschafterin ins Haus zu holen. Diese gute Entscheidung hat sein Leben verändert. Nadine macht ihn wieder jung und wach. Seit sie bei ihm wohnt und sie alles gemeinsam unternehmen, hat er ein wenig von seiner Eitelkeit abgelegt, sein Handicap ist kaum noch quälend, als gehörte es schon immer zu ihm. Und Nadine geht phantastisch damit um.

Seit diese junge Frau für Richard arbeitet, hat er sich verändert. Das bemerken auch Claude und Anna. Früher war er schweigsam, oft unzufrieden und unwirsch, jetzt erkundigt er sich nach ihrem Wohlbefinden, ob der Einkauf nicht zu schwer sei oder ob die Putzmittel nicht zu scharf für ihre Hände seien. Er bemerkt inzwischen sogar, wenn Claude, die nicht mehr zu den Jüngeren gehört, Kopfschmerzen hat. Dann schickt er sie nach Hause und geht mit Nadine auswärts essen. Oder wenn Anna sich am Finger verletzt, holt er sofort den Erste-Hilfe-Kasten, versorgt sie mit einem Pflaster.

Diese veränderte häusliche Atmosphäre führt dazu, dass auch die beiden Hausdamen, Claude und Anna, sich besser verstehen. Der Konkurrenzkampf und ihre sozialen Unterschiede treten in den Hintergrund. Die beiden Frauen ergänzen sich sogar, indem sie sich jetzt zuarbeiten und dabei auch miteinander plaudern. Nadines Anwesenheit ist ein Segen, und sie wird von allen geliebt.

Richard schenkt Nadine einen bequemen Schrankkoffer für die Reise ans Mittelmeer. Sie ist überrascht und fragt:

– Soll ich etwa so viel Kleidung mitnehmen, wie da hinein passt?

– Ja, Nadine, wir wollen uns eine schöne Zeit an der Côte d'Azur machen. Bitte packen Sie sowohl sportliche Kleidung als auch Garderobe für den Abend ein.

– Aber, Monsieur, das reicht ja für mehrere Monate!

– Bitte, Nadine, nennen Sie mich einfach Richard.

– Danke, sehr gerne, Richard.

– Ich habe vor, mindestens acht Wochen, vielleicht sogar länger, fortzubleiben. In Paris ist es im Sommer sehr heiß, sehr laut, und das Unangenehmste sind die vielen Touristen.

– Aber…. will sie protestieren.

– Nein, keine Sorge, Nadine. Die Reise wird nicht als Urlaub angerechnet und verursacht Ihnen keine zusätzlichen Kosten.

– Danke, sagt Nadine und schaut ihn lange nachdenklich an.

– Wieso wussten Sie, welche Bedenken ich hatte?

– Ich habe es in Ihrem Gesicht gelesen.

– Oh, ich wusste nicht, dass es schreiben kann.

Richard muss lachen und antwortet:

– Ich lese noch mehr darin. Wenn Sie wollen, können wir einmal über Ihre Sorgen sprechen.

– Danke, Richard, das ist wirklich sehr nett von Ihnen. Vielleicht ein anderes Mal, ja? Bitte seien Sie nicht gekränkt.

– Ganz und gar nicht, Sie werden es mir eines Tages sowieso erzählen, nicht wahr?

Nadine nickt nur freundlich und ist erleichtert, dass er sie nicht drängt zu sprechen.

Nadines Koffer lässt Richard abholen und vorausschicken. Seinen packt er sehr sorgfältig selbst. Er wird mit dem Mietwagen transportiert, in dem auch Nadine und Richard nach Nizza chauffiert werden. Den Fahrer kennt Richard schon viele Jahre von seinen Fahrten in Paris.

In Nizza logieren sie im Hotel Meridien an der Promenade Des Anglais. Nadines Zimmer ist hell und komfortabel eingerichtet mit Blick aufs Meer. Es liegt direkt neben Richards Suite. Wenn sie zusammen die Hotelhalle durchqueren, könnte man meinen, sie seien ein Paar. Ab und an bemerken sie verstohlene Seitenblicke, die ihnen schon bekannt sind. Aber wenn die Gäste sehen, wie natürlich Nadine mit Richard umgeht, reagieren sie positiv.

In der ersten Woche unternehmen Richard und Nadine interessante kleine Tagestouren, genießen das warme Wetter und die reizvolle Umgebung mit ihrer bezaubernden Natur. In jedem kleinen Dorf gibt es einladende Straßencafés, wo sie eine Pause einlegen. Fröhlich können sie über die banalsten Dinge sprechen; Warum in dem Café, in dem sie gerade sitzen, auffallend rote Stühle stehen. Oder warum das Café ihnen gegenüber mit abscheulichen und viel zu kleinen Rundtischen ausgestattet ist, worauf gerade eben nur vier Gläser Platz finden.

Richard kennt den Süden Frankreichs wie seine Westentasche. Für Nadine ist alles neu. Zu jedem Dorf weiß er kleine Anekdoten zu erzählen. Es wird nie langweilig. Die Zeit vergeht wie im Flug. Ihr erster gemeinsamer Urlaub ist ein Riesenerfolg.

Nach zwei Wochen wirkt Richard müde und abgespannt. Er geht nicht mehr aus und muss viel schlafen. Sie macht sich Sorgen und bleibt in ihrem Zimmer nebenan für den Fall, dass er sie brauche. Mit Richards Unwohlsein ergibt sich für sie eine völlig neue Situation. Sie spürt, dass sie sich nicht nur um ihn kümmern *muss*, weil ihre Aufgabe es so erfordert, sondern dass sie für ihn da sein *möchte*, auch dann, wenn er sie während seiner Schlafphasen nicht in Anspruch nimmt. Richard bemerkt ihre weitgehende und wohlgemeinte Fürsorge und bittet sie zu einem Gespräch.

– Nadine, ich weiß Ihre Loyalität sehr zu schätzen, aber es ist absolut unnötig, dass Sie im Hotel bleiben, während ich schlafe. Bitte genießen Sie ihre Freizeit und sehen sich lieber die Stadt an.

– Aber Richard, das mache ich doch gerne. Ich bin nebenan, wenn Sie meine Hilfe brauchen.

– Das ist nicht nötig, vielen Dank. Ich komme schon zurecht.

– Aber…, widerspricht Nadine.

Ihr Protest wird durch seine klaren, keinen Widerspruch duldenden Worte unterbrochen:

– Nein, Nadine, ich möchte es so. Sie haben ab sofort den Nachmittag frei.

– Danke Richard, ich akzeptiere das nur ungern, wünsche Ihnen aber gute Erholung. Hoffentlich geht es Ihnen bald wieder besser.

Mit diesen wohlgemeinten Worten verlässt Nadine zögernd den Raum, schließt rücksichtsvoll und leise die Tür.

Richard ist beeindruckt von ihrer respektvollen Haltung und ihrer Bereitschaft, seine mit Nachdruck erklärte Entscheidung widerspruchslos hinzunehmen. Sie bleibt höflich und trotzdem fürsorglich. Das gefällt diesem alten kranken Mann, und er schläft mit einem zufriedenen Lächeln ein.

Von nun an geht Nadine fast jeden Nachmittag an den Strand. Bäuchlings legt sie sich auf ihr Badetuch und greift seitlich mit beiden Händen in den brennenden Sand. Langsam rieseln die heißen Mikrosteinchen durch ihre zarten Finger und fallen auf ihre schlanken gut geformten Oberschenkel. Sie mag dieses Prickeln! Fast schnurrt sie wie ein zufriedenes Kätzchen.

Aber ganz besonders genießt sie die Extreme zweier Meere.

Hier, an der Côte d'Azur, ist die Sonne gleichmäßig warm, wenn nicht sogar heiß, die See ruhig, es gibt keine hohen Wellen. Zu Hause in der Bretagne dagegen herrscht fast immer ein kühler Wind, der die See rau und wild macht.

Ab und an springt sie ins wohltemperierte Wasser, schwimmt mit kräftigem Armschlag einige Runden und kehrt an ihren Platz zurück. Aber sie legt sich nicht wieder auf ihr Strandtuch. Lustvoll wälzt sie sich im heißen Sand, der an ihrem tropfnassen Körper haften bleibt und sie zu einem panierten ‚Wiener Schnitzel' macht. Sobald die winzigen Sandkrümel auf ihrer Haut getrocknet sind, dass sie sich bei jeder Bewegung fast wie von selbst lösen und beginnen abzufallen, hilft sie mit beiden Händen nach, streicht ihren Körper davon frei und ölt ihn ein. Ihre anmutigen Bewegungen ziehen die Blicke, besonders die der jungen Männer, auf sich. Heute springt spontan einer von ihnen auf und bietet ihr an, das Einreiben zu übernehmen. Wütend vor Empörung schlägt Nadine diesen dreisten Flegel in die Flucht, indem sie ihn so laut beschimpft, dass er ängstlich zurückschreckt, sofort kehrt macht und sich kopfüber in die Fluten stürzt. Die Sonnenhungrigen um sie herum drehen sich erschrocken um und schütteln ihre Köpfe. Peinlich berührt wechselt Nadine ihren Platz. Sie hat kein Interesse an Flirts, möchte nur ihre Ruhe haben, was in Nizza am Strand, wenn allein und weiblichen Geschlechts, fast unmöglich ist. Doch nach kurzer Zeit erlebt sie an dem neuen Strandabschnitt dasselbe Dilemma. Enttäuscht meidet sie künftig den Strand und zieht es nun vor, durch die wunderschöne Altstadt mit ihren engen Gassen und den vielen Crêperien zu bummeln. Ab und zu wirft sie auch gern einen Blick in die kleineren Galerien und lässt sich dort etwas über die Künstler und deren Arbeitsweisen erzählen.

Eines Nachmittags, als sie von ihrem Stadtgang zurückkommt, findet sie Richard ganz verstört vor. Er gestikuliert heftig mit beiden Händen. Sein Mund öffnet und schließt sich, nach Luft schnappend, wie ein Goldfisch im Kugelglas. Nadine beugt sich besorgt tief über ihn, hört nur zusammenhanglose Laute. Sie versteht nicht, was er ihr mitteilen will. Nie hat er ihr anvertraut, dass er an einer Herzkrankheit leidet, die ihm anfallsweise den Atem nimmt. Doch sie reagiert richtig. Sofort greift sie zum Hörer und ruft einen Notarzt. Dann öffnet sie schnell das Fenster, lässt frische Luft in das stickige Zimmer. Richards Arme sinken erschöpft zurück aufs Bett. Er bleibt jetzt ruhig liegen, bis der Arzt eintrifft, ein schmächtiger, wieselflinker Mann.

Er trägt seinen großen, schwarzen Arztkoffer nicht wie seine Kollegen mit gestrecktem Arm, sondern hält ihn angewinkelt vor sich. Sein Oberkörper wird nahezu von ihm verdeckt. Das Gewicht dieses Respekt einflößenden Arztkoffers meistert dieser zwergenhafte Mann mit erstaunlicher Leichtigkeit. Kaum, dass Nadine sich überlegt hat, ob sie zu dem Winzling ernsthaft Vertrauen fassen könnte, greift er schon nach der Spritze, die in solchen Fällen lebenswichtig ist. Richard schickt noch einen dankbaren Blick in Richtung Nadine und schläft sofort ein.

Der Arzt gibt Nadine ein paar knappe Anweisungen und verschwindet ebenso flink wie er gekommen ist. Bevor er die Zimmertür erreicht, dreht er sich noch einmal um und lobt ihre schnelle und einzig richtige Reaktion:
– Wenig später hätte Ihr Mann diesen Anfall nicht überlebt.
Doch bevor sie noch Fragen stellen kann, ist der Winzling schon verschwunden, als wäre er nie dagewesen. Dass er Nadine als Richards Ehefrau angesehen hat, hat sie dabei völlig überhört.

Nadine sorgt sich um Richards Wohlbefinden. Nach den Aussagen des Arztes sollte er von der Spritze die Nacht durchschlafen. Sie wagt es nicht, ihn allein zu lassen, durch eine Wand von ihm getrennt zu schlafen, aus Angst, er könne einen weiteren Anfall bekommen. Behutsam legt sie sich auf das große Doppelbett und wacht über ihn. Bald wird sie vom Schlaf übermannt und ihre Augen fallen zu.

Als sie am frühen Morgen aufwacht, schauen zwei große, freundliche Augen auf sie herab. Wie von der Tarantel gestochen schreckt sie auf und rutscht vom Bett.

– Nicht doch, Nadine, ich wollte Sie nicht erschrecken. Aber, warum sind Sie eigentlich hier? fragt Richard erstaunt.

– Sie hatten gestern Nachmittag einen Anfall. Der Arzt musste kommen und Ihnen eine Spritze geben. Dann hatte ich Angst, Sie allein zu lassen. Bitte entschuldigen Sie mein eigenmächtiges Handeln. Ich wollte nur Ihr Bestes.

Nadine leiert diese Worte derart hastig herunter, als wären sie auswendig gelernt. Die Situation ist ihr äußerst peinlich.

Richard erinnert sich jetzt vage an gestern Abend und an die Spritze.

– Wer hat denn den Arzt gerufen?
– Das war ich.
– Sie haben mir das Leben gerettet, Nadine, danke. Und es hat mir gefallen, dass Sie neben mir aufgewacht sind.

Bei den letzten Worten lächelt er Nadine zärtlich an und sie lächelt ohne Argwohn zurück.

Richard erholt sich erfreulicherweise schnell, und sie setzen ihre Ausfahrten bald wieder fort. Nadine war gern auf Erkundungstour gegangen und hatte mit dem Alleinsein überhaupt kein Problem gehabt. Aber jetzt freut sie sich wieder über die gemeinsamen Ausflüge, über die sie mit Richard gerne und oft spricht. Auf einem Spaziergang hakt sie sich sogar bei ihm ein und sagt:

– Ich bin froh, dass es Ihnen wieder besser geht, Richard. Ich schätze die Ausflüge sehr. Vielen Dank, dass ich das gemeinsam mit Ihnen erleben darf.

Richard wirft ihr einen warmen, dankbaren Blick zu.

Morgen ist ein Ausflug nach Monaco geplant. Nadine soll es so einrichten, dass sie ein Abendkleid dabei hat. Erstaunt schaut sie Richard an, aber der kehrt ihr den Rücken zu. Sein Vorhaben bleibt ein Geheimnis.

Am nächsten Tag, während Phil, der Chauffeur, den Wagen auf Monaco zusteuert, gibt Richard Nadine Geschichtsunterricht. Fasziniert blickt sie auf die Höhe des Felsens, auf dem das kleine Fürstentum errichtet wurde. Es ist nur 1,95 Quadratkilometer groß. Weiß und hoch ragt es in den Himmel hinein, wie aus dem Meer entsprungen. Nadine versteht gut, dass sich die Genueser Familie Grimaldi dieses Stückchen Land im 13. Jahrhundert als Zufluchtsort ausgesucht hat. Hier kann man sich sicher fühlen. Nadine staunt über die engen kurvigen Gassen, gesäumt von schönen palastähnlichen Häusern, und ganz oben dann der Prachtbau des Casinos. Phil hilft beim Aussteigen.

– Hier wollen Sie rein, Richard?

– Ja, Nadine, hier wollen wir zu Abend essen und anschließend ein bisschen im Casino unser Glück versuchen.

– Oh, das ist doch gefährlich!

Nadine ist erschrocken und möchte am liebsten zurück in den Wagen. Aber Phil ist schon auf und davon, um ihn zu parken.

– Nein, Nadine, machen Sie sich keine Sorgen, Sie brauchen ja nur zuzuschauen.

Nadine verschwindet in den Waschraum. Sie braucht nicht lange und erscheint, noch etwas verunsichert, in einem schlichten Kleid, schwarz, aus reiner Seide. Kein Schmuck an Hals und Händen. Trotzdem sieht sie sehr elegant aus. Der Glanz ihrer schwarz gefärbten Haare, die sie heute offen trägt, konkurriert mit dem Glanz der Seide ihres Kleides. Richards Blick verrät, dass er sehr stolz auf sie ist. Oder auf sich? Denn das Kleid hat er beim Kauf ausgewählt.

Heute kann Richard gut laufen. Nadine nutzt die Gelegenheit und klammert sich ängstlich an seinen Arm, um ihre Unsicherheit zu vertuschen. Ihr eleganter Aufzug ist ungewohnt und ihre Bewegungen noch linkisch. Sie trägt statt ihrer bequemen Straßenschuhe zum ersten Mal teure Pumps. Die anderen Gäste beachten sie kaum, sie sind mit sich selbst beschäftigt. Die Damen tragen Pelz-Jäckchen und kunstvolle Frisuren, üppiges Make-up und prächtigen Goldschmuck.

Richard wird von einem der Ober sehr herzlich begrüßt, man kennt sich. Er stellt seine Gesellschafterin vor und bittet ihn, Nadine heute Abend ganz besondere Aufmerksamkeit zu widmen. Sobald sie am reservierten Tisch Platz genommen haben, protestiert Nadine vehement:
– Aber Richard, ich bin doch kein kleines Kind, auf das man aufpassen muss!
– Ja, das stimmt, aber ich möchte Sie gut behandelt wissen.

Es wird ein schöner Abend. Nadine und Richard schätzen das Acht-Gänge-Menu, das auf ganz besonderem Porzellan serviert wird: Schlichte, weiße Teller mit dezentem Gold, das in großem Parallelschwung einen breiten Rand bildet und einer pas-de-deux-Ballettchoreographie gleicht. Die Portionen sind mikroskopisch klein, genau in die Mitte platziert, aber der mächtige Goldrahmen gibt ihnen das nötige Gewicht. In der Mitte des Tisches steht eine Vase mit nur einer Orchidee, zartweiß mit zweiseitig-symmetrischen Blüten von bizarrer Gestalt.

Sie hebt sich gut vom cremefarbenen Tischtuch ab und entfaltet so ihre volle Wirkung. Die Gäste an den Nachbartischen nehmen von Nadine und Richard keine Notiz. Das macht sie sicherer, denn es ist das erste Mal, dass sie in so eleganter Atmosphäre speist.

Als beide nach dem Abendessen ins Spielcasino wechseln, verschlägt es Nadine die Sprache. Hier verwandelt sich die elegante Atmosphäre in eine verschwenderische. Dunkelroter Samt verdeckt die hohen Fenster, goldene Kugelleuchten an den Wänden erhellen den hohen, majestätischen Raum mit warmem, gedämpftem Licht. Nur die Spieltische, um die sich die Glücksjäger drängen, sind heller ausgeleuchtet. Hier beobachtet Nadine das spannende Treiben. Die Spieler starren wie berauscht auf die rollende Kugel und nehmen vor Anspannung nicht wahr, wie sie von den umstehenden Zuschauern neugierig, manchmal auch abschätzig, beobachtet werden.

Kopfschüttelnd stellt sich Nadine die Frage: warum müssen Menschen so etwas tun? In ihren Augen birgt dieses Glücksspiel eine hohe Suchtgefahr und ist reine Zeit- und Geldverschwendung. Was könnte man alles mit diesem vielen Geld anstellen! Nichtsdestotrotz beeindruckt sie das schnelle Handeln der Croupiers, die pfeilschnell die Jetons mit ihren langen Queues einziehen.

Richard spielt nur zwei Runden, dann hört er auf. Wie viel Geld er verloren hat, kann sie so rasch nicht ausmachen, alles lief präzise und sehr schnell – wie in einem Rausch – vor ihren Augen ab, unwirklich und doch real.

Ihr gefällt, dass Richard offenbar nicht spielsüchtig ist. Dafür hätte sie überhaupt kein Verständnis. Aber sie ist nicht sicher, ob es ihn vielleicht nicht doch öfter ins Casino ziehen wird.

29

Vertrauensfrage

Nach dieser wundervollen mehrmonatigen Reise in den Süden Frankreichs, die viele Sommer wiederholt werden wird, sind ihre Ersparnisse ausreichend angewachsen. Madeleines Aufenthalt in dem Internat ist gesichert.

Gleich nach Rückkehr nach Paris überweist Nadine das Geld nach Ploumanch und erhält postwendend einen Brief von Marie.

Liebe Nadine,
ich muss dir die traurige Nachricht mitteilen, dass Mutter letzte Woche ganz plötzlich gestorben ist. Sie ist friedlich mit einem Zettel in der Hand eingeschlafen, nachdem sie wusste, dass Madeleine und ich weggehen. Auf dem kleinen Zettel in Postkartengröße ist ein Bild von Kinderhand gemalt zu sehen: Vater, Mutter und ein kleines Mädchen mit langen rotblonden Zöpfen. Es ging alles so schnell, und ich konnte dich nicht benachrichtigen. Die Beerdigung fand gestern statt. Sei unbesorgt, hier ist alles geregelt. Das Schulgeld ist im richtigen Moment eingetroffen. Wir danken dir dafür. Madeleine ist jetzt in Sicherheit und dort, wohin ihre Lehrerin sie schicken wollte. Ich fange morgen meine Stelle in Trégastel an. Die Großfamilie hat mich mehrfach darum gebeten, so dass mir die Entscheidung leicht gefallen ist.
Dann ist Vater allein.
Ich wünsche dir alles Gute, und – DANKE!
Marie

Nadine wird ganz still, starrt auf den Brief in ihrer Hand. Sie erinnert sich jetzt an die Zeichnung auf dem Zettel. Sie selbst hatte das Idealbild einer heilen Familie noch vor ihrer Einschulung auf dieses kleine Stück Papier gemalt. Dass ihre Mutter diesen Zettel, denn es war nur ein einfacher Zettel, aufgehoben hat!

Reglos sitzt sie auf ihrem Bett, ist innerlich tot. Ihre Augen bleiben trocken und starren ins Leere. Sie empfindet kein Mitleid für ihren Vater, der nun allein zu Hause zurechtkommen muss. Schlagartig begreift sie ihre neue Verantwortung. Die freiwillige Schulgeldzahlung für Madeleine ist zu einer Pflicht geworden. Diese enorme Veränderung wird ab jetzt schwer auf ihren Schultern lasten.

Ihre Bedrücktheit bleibt Richard nicht verborgen. Mit sorgenvoller Miene beobachtet er Nadine, die nun schweigsam und mit gesenktem Kopf bei den Mahlzeiten am Tisch sitzt. Am Abend spricht er sie auf ihr verändertes Verhalten an:
– Nadine, geht es Ihnen gut?
– Doch, Richard, ganz gut.
Sein fragender Blick drängt auf eine Erklärung.
– Doch, Richard, danke, es ist nichts.
– Ich sehe doch, dass Sie etwas bedrückt, Sie können es mir ruhig sagen, wenn Sie mögen. In letzter Zeit haben Sie Ihre Unbeschwertheit verloren und tragen Sorgen mit sich herum. Das stimmt mich traurig.

Sein Mitgefühl rührt Nadine, macht sie weich. Sie fasst sich ein Herz und erzählt ihm von ihren Sorgen um das Schulgeld, den Tod ihrer Mutter verschweigt sie ihm. Nach dieser Offenbarung spürt sie große Erleichterung, obwohl ihre neue Verantwortung dieselbe bleibt. Plötzlich macht sie sich kerzengerade und fühlt sich stark, den Blick fest auf Richard gerichtet, direkt in seine Augen. Seine Reaktion auf diese Enthüllung tut Nadine gut. Er gibt ihr für den Rest des Tages frei und schlägt vor:
– Nadine, machen Sie sich heute einen schönen Nachmittag.

Wir sprechen über ihr Problem ausführlich noch einmal in ein paar Tagen, ja?

Sie nickt dankend und verlässt erleichtert das Haus. An diesem Abend bleibt sie dem Essen fern. Richard hat dafür großes Verständnis und entschuldigt sie bei Claude, die wie immer für zwei gekocht und gedeckt hat.

Nadine streicht den ganzen Nachmittag ziellos durch die Straßen von Paris. Sie durchquert den Champ de Mars, ohne Notiz davon zu nehmen, wie einige Zauberkünstler auf den Freiflächen ihre Späße treiben. Eine große Traube von Menschen, Erwachsene und Kinder, stehen um die Gaukler herum und beobachten gebannt, wie sie jonglieren und mit ihrem Pantomimenspiel auch die Kleinsten zum Lachen bringen. Nadine nimmt deren Fröhlichkeit nicht wahr. Sie läuft an ihnen vorbei mit gesenktem Kopf, den Blick auf den Weg vor sich. Ihre sorgenvollen Gedanken wandern zu Madeleine. Was wird sein, wenn im Internat Ferien sind und sie für diese Zeit zu Hause beim Vater sein muss? Unerträglich ist dieser Gedanke, ihr wird schlecht. Schnell setzt sie sich auf eine Bank. An die verstorbene Mutter denkt sie nicht. Ihr Mangel an Trauer erschreckt sie. Zuviel häusliche Kälte in jungen Jahren hat sie gleichgültig werden lassen. Sie bemüht sich, ein schönes Erlebnis aus ihrer Jugend, die Zeit, in der sie stark für die Geschwister eingespannt war, ins Gedächtnis zu rufen. Es gelingt nicht. Ihre Gedanken drehen sich einzig und allein um ihre jüngste Schwester, die noch nicht volljährig ist und jederzeit vom Vater unter seine Fittiche zurückgeholt werden könnte.

Ohne die Passanten zu bemerken, schlendert Nadine weiter durch mehrere kleine Seitenstraßen. Achtlos weggeworfene Verpackungen und zertrampelte Papiertüten liegen herum. Der Gehweg ist verschmiert mit breitgetretener Hinterlassenschaft von heiß geliebten Vierbeinern. Es ist ein Wunder, dass sie da nicht hinein tritt. In Gedanken versunken schleppt sie sich weiter und wird müde. Kraftlos verweilt sie einige Minuten auf einer Parkbank am Plaçe Duplex. Aber es hält sie dort nicht lange. Eine innere Unruhe treibt sie weiter, ohne zu wissen wohin. Ihr Kopf ist leer. Ziellos läuft sie durch die Straßen. Ihre Füße tragen sie automatisch in die vornehme Rue Fondary, wo die Mieten besonders teuer sind. Nur einen kurzen Moment wünscht sich Nadine, hier eine eigene kleine Wohnung zu besitzen. Aber sie verwirft diesen unrealistischen Gedanken ganz schnell wieder.

An der nächsten Kreuzung wird sie von einem Mann grob angerempelt. Er beschimpft sie und brüllt, sie solle doch besser aufpassen! Nadine ist verschreckt, unfähig, eine Entschuldigung hervorzubringen. Der Mann schlurft grollend weiter.

An der Hauswand gegenüber steht der Straßenname: Rue du Commerce. Hier reiht sich ein kleiner Laden an den anderen. Diese Straße ist eine beliebte Einkaufsmeile, wo fast alles zu finden ist: von der kleinsten Modeboutique über Haushaltswarenbasare bis hin zu Delikatessläden, wo zum Beispiel eine Fülle an Käsesorten die Auswahl schwer macht. Zahlreiche Gemüse- und Obstläden findet man hier mit einheimischer und importierter Ware, wobei die importierte Ware meist preiswerter ist, frischer wirkt und eine größere Vielfalt bietet. Nicht zu vergessen die kleinen Straßencafés, die zum Verweilen einladen. In der Rue du Commerce wimmelt es nur so von verlockenden Angeboten. Aber Nadine hat keine Freude daran, sich etwas zu kaufen, obwohl sie einige Kleinigkeiten aus der Drogerie brauchen könnte.

Am Ende dieser quirligen Straße leuchtet etwas Helles. Flirrende Luft erschwert den klaren Blick auf ein Bauwerk, das wie von einem Heiligenschein umhüllt erscheint. Magisch davon angezogen geht sie darauf zu und erkennt eine Kirche. Von unerwarteter Kraft getragen nimmt sie leichtfüßig und mühelos die paar Stufen hinauf zum Eingang. Sie flüchtet hinein.

An einen sonntäglichen Kirchgang mit ihrer Familie kann sie sich nicht erinnern. Es gab keinen. Das bemängelten auch immer wieder die Dorfbewohner in ihrer Heimat und grenzten ihre Familie aus diesem Grund gern aus.

In dieser freundlichen, warmen Kirche findet Nadine endlich Ruhe. Still sitzt sie jetzt in der letzten Reihe und faltet die Hände. Ihre Lippen flüstern:

Lieber Gott, steh mir bei. Bitte gib mir Kraft, damit ich Madeleine weiter unterstützen kann und sie nicht zum Vater zurück muss. Beschütze bitte Paul und Marie, damit sie glücklich werden. Mutter soll in Frieden ruhen, ich bin ihr nicht böse. Amen.

Erst nachdem Nadine dieses Gebet gesprochen hat, geht es ihr besser. Von einem Augenblick zum andern kann sie ihrer Mutter die Strenge und Schweigsamkeit, unter der sie in ihrer Jugend und noch als Erwachsene gelitten hat, verzeihen. Ihre Mutter konnte nicht anders handeln. Die Sorgen um die Kinder und die ständigen Streitereien mit dem Ehemann, wenn er wieder einmal den Wochenlohn in die Kneipe trug und sie ihn davon abhalten wollte, hatten sie hart und sprachlos werden lassen.

Nadines Blick schweift durch das Kirchenschiff – hin zum Altar. Unter dem Jesuskreuz erscheint schemenhaft das Bild ihrer toten Mutter. Nadine erschrickt nicht, sie spürt ein starkes Verlangen, mit ihr zu sprechen:

Mutter,
 fünf Jahre haben wir uns nicht gesehen. Jetzt bist du da. Kannst du mich hören?
 Ich habe dir nicht zugehört, wenn du mich ermahntest.

Ich habe dich nicht geliebt, weil ich zu früh und zu viel im Haushalt mithelfen musste.
Ich habe mir die Ohren zugehalten, wenn du meine Arbeit kritisiert hast.
Ich habe dich gehasst, weil du mich vor Vater nicht beschützen konntest.
Ich habe nie versucht, dich zu verstehen, wenn du mich mit deinem Schweigen gestraft hast und deine Schelte mich klein machte.
Ich war klein geblieben. Aufrichten war erst möglich, als ich euch verlassen hatte.
Am tiefsten hast du mich getroffen, als wir Streit hatten: du wolltest zu einem Treffen der Bauernfrauen, ich sollte dich begleiten. Ich war zehn und wollte lieber zu Hause bleiben und spielen.
Aber dein Befehlston ließ keinen Widerstand zu.
Auf dem Weg dahin, kamen wir an einem Beerdigungsinstitut vorbei. Du hieltest mich vor dem Schaufenster am Arm fest – Tage später hatte ich blaue Flecke.
Deine Worte schnitten meine Kinderseele entzwei:
– Wenn du mich weiter so piesackst, kannst du mich bald dahinein legen.
In diesem Augenblick wünschte ich, dass du in dieser Kiste schon drin wärst.
Und ich blieb in einem Zwinger.
Gehorsam, Verbote und häusliche Pflichten schürten weiter meine innere Aufsässigkeit.
Und jetzt, fünf Jahre danach, verstehe ich dich.
Kannst du mich hören?

Nadine bekommt keine Antwort. Langsam hebt sie ihren Kopf und wischt mit dem Handrücken über ihre feuchten Wangen. Das Gespräch mit ihrer toten Mutter hat sie erleichtert. Schon lange dürstete es sie danach, einmal auszusprechen, was sie schon immer dachte.

Müde aber von neuer Kraft getragen tritt Nadine forschen Schrittes den Heimweg an. Kurz vor Mitternacht kommt sie nach Hause und zieht sich sofort in ihr Zimmer zurück. Es brennt noch Licht in der Bibliothek – der Ort für Klärungsbedarf –, wo Richard auf sie wartet. Aber ihr steht nicht der Sinn nach einem Gespräch. Sie möchte nur noch schlafen. Die Nachricht vom Tod ihrer Mutter hat doch mehr in ihr ausgelöst, als anfänglich gedacht.

Aber die Unruhe kehrt zurück, sie findet keinen Schlaf. Obwohl sie tot müde ist, wälzt sie sich im Bett von einer Seite zur anderen, steht auf, um etwas zu trinken, legt sich wieder hin. Gleich darauf läuft sie erneut im Zimmer umher, sucht nach Dingen, die sie nicht benennen kann. Schließlich siegt die Müdigkeit, und sie fällt in einen tiefen Schlaf.

In ein paar Wochen werden die Weihnachtsferien beginnen. Die Zeit vergeht ohne schlechte Nachrichten und ohne Richards drängende Fragen. Nadine schätzt seine Diskretion und ist ihm dankbar dafür. Für alles. Denn durch ihn hat sie ein würdigeres Leben beginnen können. Ihr wird bewusst, wie gut es war, diese Entscheidung zu treffen und in das Arbeitsverhältnis bei Richard einzutreten. Sie spürt nun auch ganz deutlich, dass die Zeit in Paris sie hat reifer werden lassen. Vielleicht trägt auch Richards Gesellschaft dazu bei, oder seine Lebenserfahrung, denn er ruht in sich, lebt und genießt. Seit sie für ihn arbeitet, fehlt es ihr an nichts. Sie führt bei ihm ein bequemes Leben. Aber ihre Gedanken schweifen zu Madeleine, sie macht sich Sorgen um ihre kleine Schwester. Es quält sie der Gedanke an dieses unerträgliche Ploumanach – ihre alte Heimat –, wo jetzt nur noch der gehasste Vater lebt und jederzeit Madeleine zu sich zurückholen könnte.

Nadine sucht nach einer Lösung und macht es sich in einem Sessel bequem. Sie hat sich die dunkelste Ecke in der Bibliothek dafür ausgesucht. Hier lässt es sich am besten nachdenken.

Lautlos wird die Tür aufgeschoben und Richard tritt ein. Seine immerwährende Ruhe und Gelassenheit füllt augenblicklich den Raum. Schweigend nimmt er ihr gegenüber auf der königsblauen Couch Platz und betrachtet ihre schönen grünen Augen. Sie glänzen und sind feucht. Ihre Blicke treffen sich. Lange schauen sie sich an. Dann, als bräche die massive Betonmauer eines Staudamms, fließen ungewollt Tränen über ihre Wangen. Sofort greift sie, selbst überrascht von diesem Gefühlsausbruch, in ihren Rock nach einem Taschentuch. Richard streckt ihr seine Arme zum Trost entgegen. Sie springt auf, ergreift die ausgestreckten Arme und setzt sich schluchzend zu ihm. Jetzt laufen die Tränen hemmungslos über ihr hübsches, aber sorgenvolles Gesicht. Ihre gewohnte Beherrschtheit hält diesem Gefühlsausbruch nicht stand, und sie lehnt sich an Richards breite Schulter. Das gefällt ihm, er lässt es geschehen. Voller Mitgefühl neigt er seinen Kopf und berührt leicht mit seinem Gesicht Nadines feuchten Hals, der nach Jugend duftet. Sein Blick fällt dabei auf ihre Hand, die das feuchte Taschentuch fest umklammert. Er entdeckt das Monogramm R. C. und stutzt.

Langsam, noch immer schluchzend, löst sich Nadine von seiner starken Schulter und rückt sich zurccht, nimmt wieder eine straffe Haltung an und schaut ihm direkt in die Augen:

– Richard, danke für Ihre Schulter. Das hat gut getan.

– Gerne, Nadine, ich möchte noch viel mehr für Sie tun, wenn Sie es nur zuließen!

– Nein, Sie können mein Problem nicht übernehmen, das geht nur mich und meine Familie etwas an.

– Könnte es sein, Nadine, dass Sie kein Vertrauen zu mir haben?

– Oh nein, Monsieur, ich respektiere Sie.

– Warum plötzlich so förmlich? Wir pflegen doch schon länger einen freundschaftlichen Umgangston.
– Entschuldigung, Richard, das ist mir so rausgerutscht. Es ist nicht bös gemeint.
– Ja, das glaube ich Ihnen. Aber wie steht es mit dem Vertrauen?
– Doch, Richard, das habe ich. Ich befürchte nur, dass diese Familiengeschichte Sie zu Tode langweilen wird.
– Warum macht sie Ihnen dann so viel Sorgen?
– Weil es schwerwiegende Konsequenzen haben wird, wenn ich nicht … .
– Was? will Richard wissen.

Nun hat sich Nadine schon zu weit vorgewagt und bereut im selben Moment ihre übereilten Worte.
– Können wir es nicht dabei belassen? fragt sie.
– Ich fände es schade, antwortet Richard, wir sind gerade eben schon so weit gekommen, dass ich fast glaubte, Sie mögen mich ein bisschen. Woher haben Sie eigentlich dieses Taschentuch?

Nadine ist dankbar für die Frage nach dem Taschentuch und erschrocken zugleich, denn sie hätte nicht antworten wollen, ob sie ihn mag oder nicht. Sie hegt keine Gefühle für ihn, für niemanden. Sie erinnert sich noch ganz genau an die schmerzliche Erfahrung mit Albert, als sie sich in ihn verliebte und zurückgewiesen wurde. An neuen Verwicklungen ist sie nicht interessiert, schon gar nicht mit so einem wesentlich älteren und kränkelnden Mann.
– Nadine, woher haben Sie dieses Taschentuch? fragt Richard.
– Das, ach ja, das hat mir ein netter Herr in den Grünanlagen am Trocadéro gereicht, als ich meinen Rock mit Tomatensaft bekleckert hatte. Und dann war er auf einmal fort und das Taschentuch noch in meiner Hand. Warum fragen Sie?

Richard ist entzückt über ihre Aufrichtigkeit, denn er erkennt sein Monogramm R. C. und erinnert sich jetzt auch an seine Hilfe im Park. Aber er erkennt Nadine nicht wieder mit ihren veränderten, schulterlangen schwarzen Haaren.

– Haben Sie diesen Mann wiedergesehen?
– Nein, warum? Dann hätte ich ihm bestimmt sein Taschentuch zurückgegeben!
– Ja, natürlich.

Richard bleibt inkognito. Er lässt eine angemessene Zeit verstreichen und setzt das Gespräch da fort, wo er gern mehr erfahren hätte.

– Nadine, ich möchte Sie noch einmal fragen: Haben Sie kein Vertrauen zu mir?

Nadine befürchtet, dass er ihre Sympathie mit Nachdruck einfordern will und antwortet deswegen schnell:

– Doch, selbstverständlich, wieso fragen Sie?

Ihre Gegenfrage verschafft ihr Zeit, eine gute Antwort zu finden. Doch Richard reagiert schnell und fragt:

– Ja? Was hindert Sie dann, mir alles zu erzählen? Was kann denn so furchtbar sein, dass es ein Geheimnis bleiben muss?

– Es ist kein Geheimnis, wollen Sie es wirklich wissen? fragt sie genervt.

– Ja.

Nadine fühlt sich in die Enge getrieben und sieht, um sein Vertrauen zu wahren, keinen anderen Ausweg als den, ihm ihre Sorgen zu erzählen.

– Also gut, Richard. Ich habe große Sorgen, weil ich aus einer armen Familie stamme und sie unterstützen muss.

– In welcher Form unterstützen?

– Mit Geld.

– Warum?

– Nun ja, meine viel jüngere Schwester Madeleine ist ein sehr begabtes Mädchen. Ihre Lehrerin hat das erkannt und dafür gesorgt, dass sie jetzt im Internat lebt. In ein paar Jahren wird sie ihr Abitur machen.

-Ja, wo liegt das Problem?

– Ich habe bis jetzt das komplette Schulgeld übernommen. Und da ich möchte, dass Madeleine dort bleibt und eine gute Schuldbildung erhält, muss ich für die kommenden Jahre die gesamte Summe dafür aufbringen. Zu Hause ist sonst niemand, der sie unterstützen könnte.

– Das ist aber sehr nobel von Ihnen!

Nadine senkt fast beschämt ihren Blick. Nobel ist es nicht, notwendig eher. Wenn er wüsste …

Richard ist beeindruckt. Er weiß ihre Großzügigkeit nicht mit Worten zu würdigen und fragt:

– Wieviel bleibt Ihnen übrig von Ihrem Gehalt?

– Ach, eigentlich nicht viel. Um ehrlich zu sein, fast nichts. Ich lege jeden Monat so viel wie möglich zur Seite, da ich nicht sicher bin, ob ich die Stellung bei Ihnen bis zu Madeleines Abitur behalten werde. Das ist meine größte Sorge.

– Diese Befürchtung kann ich Ihnen nehmen. Ich bin sehr zufrieden mit Ihnen, und ich muss gestehen, dass es mir gesundheitlich sehr viel besser geht, seit Sie bei mir arbeiten. Und wie geht es Ihnen bei mir?

– Gut, danke Richard, ich fühle mich sehr wohl bei Ihnen, und Claude und Anna. Ich bin dankbar, dass ich diese Arbeit hier gefunden habe.

Nadine hat bewusst die beiden Hausdamen in ihre Antwort eingeschlossen und hält sich mit weiterem Lob zurück aus Angst, Richard könnte doch mehr als nur ihre Sympathie einfordern. Aber das tut er nicht. Stattdessen unterbreitet er ihr ein Angebot, das ihr Leben nachhaltig verändern wird.

30

Entdeckung

Die florierende Galerie und ihre veränderten Öffnungszeiten verändern das Leben der beiden Freunde. Diese unschätzbare Freizeit genießen Pierre und Albert immer gemeinsam. Sie schlendert gern durch andere Stadtteile, entdecken dabei kleinere Galerien und ziehen Vergleiche zu der eigenen. Auch interessieren sie sich nun mehr für aktuelle Filme und führen anschließend lange Diskussionen darüber. Ihr Leben wird bunter.

Eines Tages, als sie gutgelaunt und ahnungslos durch das Künstler-Viertel Montmartre bummeln, bleiben sie wie vom Blitz getroffen vor einer winzigen Galerie stehen. Sie sind sprachlos. Wie ist das möglich? Hier, in einer völlig abgelegenen schmuddeligen Seitenstraße entdecken sie im Schaufenster ein kleines Bild, das in ihren Köpfen schon längst in Vergessenheit geraten war. Erneut schauen sie ins Fenster und fragen sich, ob das wirklich das kleine Pärchen-Bild aus ihrer Galerie ist. Noch etwas unsicher, ob sie hineingehen und danach fragen sollen, laufen sie ein paar Schritte den Bürgersteig entlang, um sich zu beraten. Sie wollen das von Albert so begehrte Bild nun doch kaufen und gehen zurück zu der unscheinbaren Galerie. Aber das kleine Bild ist nicht mehr da. Verdutzt starren sie ins Schaufenster. Hat eine Fata Morgana sie getäuscht?

Pierre und Albert können nicht an sich halten, sie schütteln sich vor Lachen und fallen sich in die Arme.

Das Bild ist nicht mehr wichtig.

31

Freiheit

Ein lang gehegter Wunsch beschäftigt Pierre und Albert immer wieder: ein Ferienhaus in Südfrankreich.

Es ist Spätherbst, der Ansturm der Touristen lässt allmählich nach. Deshalb können sie die Galerie mit gutem Gewissen für ein paar Tage schließen. Sie fahren nach Avignon und suchen ein Domizil, das ihren Vorstellungen entspricht. Es soll geräumig sein, einen kleinen Garten haben, nicht von der Straße einsehbar sein und gute naheliegende Einkaufsmöglichkeiten haben. Gleich die erste Agentur bietet ihnen ein komplett eingerichtetes Anwesen nach ihrem Geschmack an.

Das Haus liegt in der unmittelbaren Nähe des mittelalterlichen Dorfes Aubignan auf einer kleinen Anhöhe, umgeben von einem Pinienwald und Weinbergen mit Blick auf den Mont Ventoux, ein beliebtes Ziel für Ausflügler und Radfahrer, der Wunschort aller Provençalen.

Die Lage dieses kleinen Dorfes ist günstig, sie ist der Dreh- und Angelpunkt vieler interessanter Unternehmungen in die nähere und weitere Umgebung der Provence. Es sind nur dreißig Autominuten nach Avignon, wenn man die Papststadt mit zahlreichen Museen und ihre weltbekannte, viel besungene Brücke besuchen will. Nach Orange mit dem Amphitheater, wo Opernaufführungen unter freiem Himmel immer ausgebucht sind, ist es genauso weit, ebenso zu den Ockerfelsen nach Roussillon. In kürzester Zeit ist man mit dem Auto in der geschichtsträchtigen, mittelalterlichen Stadt Vaison-la-Romaine oder in dem Städtchen Sault, hinauf durch die duftenden Lavendelfelder. Auch das fruchtbare Tal der Durance im Süden,

den großen und kleinen Luberon mit seiner beeindruckenden Gebirgslandschaft und seinen reizvollen kleinen Dörfern sind ebenfalls unter einer Stunde zu erreichen. Auf dem Weg dorthin ist der Hinweis auf eine ganz besondere Schlucht leicht zu übersehen. Eine Wanderung durch die Gorge du Régalon ist ein absoluter Höhepunkt. In dieser einzigartigen Schlucht, wo an der engsten Stelle sich gerade so eben ein menschlicher Körper durch die mächtigen Felsen zwängen kann, sollte sich der Besucher mit geöffnetem Mund gegen einen möglichen Hörsturz schützen, wenn Düsenjäger über die beeindruckende Natur unverhofft mit ohrenbetäubendem Lärm hinwegdonnern. Ein absoluter Geheimtipp ist jedoch eine Flussbettwanderung durch knöchelhohes Wasser im kleinen Flüsschen Toulourenc, fernab vom Tourismus. Die Einstiegsstelle ist schwer zu finden und nur Kennern vorbehalten.

Die Agentur überlässt Pierre und Albert einige Unterlagen. Die Freunde beraten sich bei einem Gang durch den Garten. Ihnen gefällt das alte Haus mit seinen hellgrünen Fensterläden und der Kiesauffahrt, die typisch für diese Gegend ist. Das Haus hat genügend Zimmer, und sie können sich darin so einrichten, dass jeder eine ganze Etage bewohnen kann. Der persönliche Freiraum liegt ihnen am Herzen. Es bedarf überhaupt keiner Erwähnung.

Schnell entschließen sie sich zum Kauf dieses Anwesens und feiern ihren Erfolg mit einem Glas Champagner auf der romantischen Terrasse, umgeben von großen Pflanzkübeln mit Oleanderbüschen, die zur Blütezeit in kräftiges Rosa getaucht sind.

Zurück in Paris, als der Weihnachtsansturm einsetzt, wird Pierre und auch Albert bewusst, dass sie ihr neues Domizil nicht in dem Maße werden nutzen können wie erhofft. Deshalb beauftragen sie dieselbe Agentur, ihr Anwesen in den

Sommer- und Weihnachtsferien zu vermieten. Die übrige Zeit bleibt ihnen selbst vorbehalten, um so oft wie möglich auszuspannen bei Wärme, Wein und gutem Essen. Doch weil immer einer allein in Paris bleiben muss, macht es in dem Haus keinem von beiden Freude, sie vermissen dann einander und verkürzen ihre geplanten Aufenthalte.
Eine Vertretung für die Galerie wird unumgänglich.

Wie es der Zufall will, betritt eine Woche vor Weihnachten ein junger Mann die Galerie und schaut sich interessiert um. Im fachkundigen Gespräch mit Albert gibt er unumwunden zu, dass er die Ausstellungsstücke nur *anschauen* will und nicht *kaufen* kann. Er ist noch Kunststudent und hat dafür leider nicht genügend Geld. Aber gerne würde er schon jetzt einige Bilder sammeln wollen. Der junge Mann stammt aus Japan und beherrscht die französische Sprache ohne Verständigungsprobleme. Seine Umgangsformen sind äußerst angenehm, höflich und dezent, und Albert ist sofort davon überzeugt, dass er mit den Kunden immer einfühlsam umgehen würde.
Nach einer kurzen Besprechung mit Pierre wird Jin Tamiku eingestellt. Alberts erster Eindruck ist richtig. Obwohl die Galerie fast ein Selbstgänger ist, kommt es doch auch auf einen sachkundigen Verkäufer an. Sensible Kunden lieben es, umschmeichelt, umsorgt und gut beraten zu werden. Das kann Jin wunderbar und erzielt gute Verkaufszahlen. Pierre und Albert belohnen ihn nach seinem ersten Einsatz mit einem großzügigen Extrabonus.

Dank Jin Tamiku haben die Freunde die unschätzbare Freiheit, wann immer sie mögen, außer zu Ferienzeiten, in ihr Haus in der Provence zu fahren. Das nutzen sie in den nächsten Jahren weidlich aus. Dem japanischen Studenten kommt das zugute. Er kann einen Großteil seines Studiums damit finanzieren und hat durch seine Tätigkeit in der Galerie auch noch einen angenehmen Vorteil, nämlich den Zugang zur Kunstszene.

32

Auf der Hut

Nadine hat Angst. Was will Richard ihr vorschlagen, was ihr Leben nachhaltig verändern soll? Sie fürchtet um ihre Stellung und steht bedächtig von dem blauen Sofa auf, bewegt sich schlurfend wie eine vom Schicksal gezeichnete müde, alte Frau zum Fenster. Voller Sorge schaut sie vom fünften Stock auf die Straße hinunter. Die hupenden Autos, die hastenden Menschen, die pinkelnden Hunde, alles missfällt ihr plötzlich. Dann hört sie wie aus weiter Ferne Richards sonore Stimme:
– Nadine, ich möchte Ihnen einen Vorschlag machen.
Die Angst lähmt Nadine, sie bleibt stumm. Regungslos steht sie am Fenster, den Rücken ihm zugewandt.
– Nadine, hören Sie mich? Ich möchte Ihnen einen Vorschlag machen, den Sie bestimmt nicht ablehnen werden.

Ihre Angst wächst. Sie haftet an ihr wie eine klebrige Masse, wie Honig, der nie ganz vom Löffel fließt. Sie erinnert sich nur zu gut, wie anstrengend es war, sich aus der misslichen Lage in Ploumanach – dem häuslichen Zwinger – zu befreien. Sie möchte von Richard in keiner Weise gedrängt und zu etwas genötigt werden. Wenn sie nun ihre Arbeit verlöre, wäre das eine Katastrophe für Madeleine. Dann müsste ihre kleine Schwester doch wieder beim ungeliebten Vater leben! Dieser Gedanke stärkt Nadine augenblicklich. Sie richtet sich auf und wendet sich langsam wieder Richard zu:

– Ja, Richard, was wollen Sie mir vorschlagen?
– Also gut, Nadine, seit Sie bei uns arbeiten, hat sich vieles positiv verändert. Sogar Claude und Anna verstehen sich so gut wie nie zuvor.
– Ja, aber was hat das mit mir zu tun?
– Ganz viel. Wir haben sie gern, und ich besonders. Und wenn wir beide unter Menschen sind, werden wir von ihnen gänzlich akzeptiert, alles läuft rund, als wären wir ein Ehepaar. Das gefällt mir.

Nadine mustert ihn mit skeptischer Neugier und wittert Unheil. Wird er jetzt einfordern, wovor sie sich immer gefürchtet hat? Die unauslöschliche Erinnerung an ihren Vater und sein Tun holt sie immer wieder ein und lässt sie kurz vor Ekel schaudern. Sie zittert innerlich. Nadine wendet sich wieder dem Fenster zu. Während sie in diese Gedanken versunken weiter auf die Straße starrt, steht Richard unbemerkt auf und tritt leise hinter sie. Er legt behutsam seinen Arm um ihre Schultern und will ihr endlich seinen Vorschlag unterbreiten.

Ein schriller Schrei unterbricht die Stille im Raum. Schroff wehrt Nadine seine gutgemeinte Zärtlichkeit ab und herrscht ihn mit erhobenen Armen an:
– Lassen Sie das, Monsieur, ich bitte Sie!
Sie rennt aus dem Zimmer und bleibt verschwunden wie eine Maus im Loch.

Ihm wird schlecht, er muss sich setzen. Umgehend begreift er, welche Qual sie erlitten hat. Kein Wunder, denkt er, dass sich ihr Herz so verhärtet hat. Auch er hat viele Fehler in seinem Leben gemacht. Erst nach Madame Corneilles Tod wurde ihm bewusst, was er der Mutter seiner Söhne zugemutet hat mit seiner exzessiven Lebensweise, seinen ständigen Affären. Das Leben und sein Unfall haben ihn gelehrt, die Dinge anders zu betrachten. Er kann inzwischen auch homosexuelle Paare akzeptieren. Aber niemals hätte er sich an seinen eigenen Söhnen vergehen wollen.

Und wenn er eine Tochter gehabt hätte?

Bei diesem Gedanken schüttelt er seinen Kopf und schaut lange nachdenklich auf seine Hände, die gefaltet in seinem Schoß liegen. Er wollte durch sein Mitgefühl Nadine keinesfalls verletzen. Was für eine quälende Erfahrung in so jungen Jahren!?

Richards Leben steht seit seiner Ehe mit Madame Corneille auf einer soliden finanziellen Basis. Bis zu ihrem plötzlichen Tod führte er mit ihr ein zufriedenes Leben. Dafür und für das Erbe, das sie ihm hinterlassen hat, ist er jeden Tag dankbar. Seine komfortable Finanzsituation erlaubt ihm, alle notwendigen Hilfsleistungen zu bekommen, die er sich nur wünscht. Diese Sicherheit möchte er Nadine weitergeben und hofft, dass sie sich schnell wieder beruhigen wird.

Aber er täuscht sich. Zwei Tage lang bleibt Nadine in ihrem Mauseloch. Richard kann diesen Zustand kaum ertragen. Nur die Haushälterin hat Zutritt und darf ihr Getränke und Essen bringen. Claude stellt keine Fragen, wie es sich für eine diskrete Angestellte gehört. Sie informiert Richard, dass es Nadine besser gehe und sie bestimmt bald wieder an den gemeinsamen Mahlzeiten teilnehmen werde. Und sie hat Recht. Am dritten Tag wagt sich Nadine in die Küche, meidet aber noch die anderen Räume, um Richard nicht zu begegnen.

Voller Ungeduld stellt er sich eines Morgens einfach in den Türrahmen zur Küche, versperrt den Durchgang, und bittet Nadine mit Nachdruck, wieder an den gemeinsamen Tisch zu kommen. Und er möchte ihr seinen Vorschlag endlich unterbreiten dürfen.

Nadine ist klug genug, um zu wissen, dass sie diesem Gespräch nicht ausweichen kann, und so antwortet sie ihm mit ruhiger Stimme:

– Ja, ich komme und höre Ihren Vorschlag an.

In der Bibliothek, dem Ort für Klärungsbedarf, unterbreitet Richard ihr seine Absicht:

– Nadine, bitte haben Sie keine Angst und hören bis zu Ende an, was ich Ihnen vorschlagen möchte!

Nadine nickt, bleibt stumm, ihr Gesichtsausdruck ist ernst und ängstlich zugleich, als müsse sie augenblicklich eine folgenschwere Rüge einstecken.

Richard fährt fort:

– Ihre Schulgeldgeschichte hat mich viel nachdenken lassen. Ich bin von Ihrer Selbstlosigkeit stark beeindruckt und möchte Ihre Situation erleichtern.

– Was muss ich dafür tun?

Große Angst und Anspannung liegt in dieser Frage. Richard weiß genau, was sie damit andeuten will.

– Nein, Nadine, alles bleibt beim Alten. Ich möchte Ihnen vorschlagen, mit mir eine Ehe … .

Richard kann seinen Satz nicht beenden. Entschlossen springt Nadine vom Stuhl auf und will das Zimmer verlassen. Aber seine ausholende Armbewegung hindert sie daran, versperrt ihr den Weg zur Tür.

– Nicht doch, bitte bleiben Sie sitzen und hören mir weiter zu. Ich möchte Ihnen vorschlagen, mit mir eine Ehe einzugehen, damit Sie finanziell abgesichert sind.

Hier macht Richard eine lange Atempause, bevor er weiterspricht.

– Ihr Aufgabengebiet ändert sich dadurch nicht. Das Einzige, was sich ändert, ist, dass Sie Zugriff auf meine Konten erhalten und bei meinem Ableben auch erben werden.

Zögernd setzt sich Nadine wieder auf den Stuhl. Eine Ehe mit Richard eingehen? Bei diesem Gedanken zuckt sie zusammen. Sie fühlt sich gekauft, benutzt, wie eine Prostituierte, die ohne ihre Zustimmung und unter Druck ihrer Tätigkeit nachgehen muss. Nun fordert er doch ein, wovor sie sich immer gefürchtet hat.

– Ja, sagt Richard, ich verlange von Ihnen nichts – außer, dass Sie bei mir bleiben. Sie tun uns allen gut. Ich bin durch die Erbschaft von Madame Corneille ein reicher Mann geworden und möchte davon abgeben.

Nadines Blick wirft viele Fragen auf. Ihre Gedanken fliegen wie Geschosse durch ihren Kopf. Es ist unwahrscheinlich, dass ein solches Angebot völlig selbstlos gemacht wird. Dann wird sie verlegen, wird rot und fragt zögerlich:

– Wenn wir dann verheiratet sind, was ist mit den … .

– … .den ehelichen Pflichten? unterbricht Richard sie sofort. Nein, da brauchen Sie keine Angst zu haben. Sie sehen ja selbst, was mit meinem Körper los ist.

Richard verschweigt ihr seine unfallbedingte Impotenz.

Wie angewurzelt bleibt Nadine auf ihrem Stuhl sitzen. Selbstvergessen hebt sie ihren Kopf und wirft einen Blick gegen die Decke. Unfassbar ist dieser phantastisch klingende Vorschlag! Sollte er völlig selbstlos sein? Was könnte sie alles anfangen mit diesem vielen Geld? Endlich das lang ersehnte Kunststudium beginnen!? Ihre Phantasie ist losgetreten. Sie sieht sich plötzlich in einem spanischen Bergdorf, abgeschieden von jeglicher Zivilisation, mit andcrcn jungcn Künstlern vieler Nationen in einem Workshop, stehend vor einem Marmorblock in einem weiten, bequemen Kittel, grau geworden vom Staub des dröhnenden Meißelns, das in ihren Ohren wie Musik klingt.

Richards Hüsteln holt sie in die Wirklichkeit zurück. Vorsichtig antwortet sie:

– Bitte, Richard, ich brauche einige Tage, um gründlich darüber nachzudenken. Ist das für Sie in Ordnung?

– Ja, selbstverständlich, Nadine. Ich kann auf Ihre Antwort

warten. Nehmen Sie sich die Zeit, die Sie dafür brauchen. Ich möchte nur, dass Sie glücklich werden und Geldsorgen für Sie nicht weiter belastend sind. Vielleicht kommt dann ihre Unbeschwertheit wieder zurück und Sie können wieder fröhlich sein.
– Danke, Richard, vielen Dank.

Wie betäubt wankt Nadine aus der Bibliothek. Sie muss jetzt allein sein und schließt sich in ihrem Zimmer ein. Selbst tiefes Grübeln bringt keine Klarheit in ihre Gedanken. Wo ist der Haken bei diesem Arrangement? So etwas gibt es doch nur im Märchen! Sie schämt sich jetzt, dass sie Richard unsittliche Absichten unterstellt hat. Sie sucht noch nach der Schlinge, die sich mit Sicherheit zuziehen und ihr die Luft zum Atmen nehmen wird. Sie glaubt nicht an das absolut Gute im Menschen und schläft in den nächsten Nächten ruhelos.

Eine Woche ist vergangen, und Nadine hat immer noch keine Entscheidung getroffen. Sie quälen viele Fragen, die sie Richard nicht stellen kann. Seine Antworten wären subjektiv. Deswegen entschließt sie sich, Claude ins Vertrauen zu ziehen. Während Richard seinen Mittagsschlaf hält, unterhalten sich die beiden Frauen in der Küche.
– Wie lange arbeiten Sie schon für Richard? will Nadine wissen.
– Sehr lange, ich war schon hier angestellt, als der erste Monsieur Corneille noch lebte.
– War er nett?
– Sehr.
– Und Madame Corneille?
– Auch.
– Haben die beiden eine gute Ehe geführt?
– Nadine, darüber kann und darf ich als loyale Hausange-

stellte nicht mit Ihnen sprechen. Aber was möchten Sie wirklich von mir wissen?
– Darf ich Sie ins Vertrauen ziehen?
– Ich kann schweigen wie ein Grab.
– Sehr gut. Richard hat mir ein traumhaft großzügiges Angebot gemacht, und ich weiß nicht, wo der Haken liegt!

Nun erzählt Nadine Claude die ganze Geschichte und wartet gespannt auf ihre Antwort.
– Da brauchen Sie keine Befürchtungen zu haben. Richard ist ein äußerst liebenswürdiger und großzügiger Mann. Allerdings war er das vor seinem Unfall nicht immer. Dieser Unfall hat ihn verändert, und er ist jetzt für Ihre und unsere Hilfe sehr dankbar. Ich denke, dass Sie da kein Risiko eingehen und sich auf ihn verlassen können. Ich würde mich sehr für Sie freuen.

Spontan fällt Nadine ihr um den Hals und drückt sie wie eine gute Freundin. Leicht und kaum spürbar wehrt Claude sie ab, indem sie die Arme sachte von ihrem Hals löst und Nadine vorsichtig in Richtung Tür schiebt. Erleichtert stürmt sie aus der Küche und wartet ungeduldig darauf, dass Richard aufwacht.

Sie haben sich vorgenommen, am Nachmittag ein Museum zu besuchen, das Jacquemart André-Museum am Boulevard Hausmann. Ein von Kunst besessenes Ehepaar lebte in diesem prunkvollen Haus und sammelte Kunstschätze aus aller Herren Länder des achtzehnten Jahrhunderts. In dem beeindruckenden Stadtpalais werden Skulpturen, antike Möbel, Gemälde von italienischen und holländischen Meistern sowie Werke der französischen Malerei ansprechend präsentiert. Es ist ein Genuss, die Sammlung zu betrachten und das majestätische Gebäude zu durchlaufen. Durch die einzigartige Atmosphäre meint man, die Anwesenheit der Künstler zu spüren.

Im Erdgeschoss gibt es einen wunderschönen Raum mit Freskenmalereien. Er ist als Bistro eingerichtet. Das gute Essen und die köstlichen Torten machen das Verweilen in diesem Bistro zu etwas Besonderem.

Als Richard mit Nadine auf dem Weg in dieses Museum ist, bemerkt er sofort ihre Veränderung. Sie scherzt und lacht wieder mit ihm, ihre bedrückende Ängstlichkeit der letzten Tage ist wie weggeblasen. Er ist froh darüber, denn sie verleben zusammen endlich wieder unbeschwerte Stunden, die er so sehr vermisst hat.

Am selben Abend, als Claude Buchweizen-Crêpes serviert, die sich Nadine gewünscht hat, wagt Richard nicht zu fragen, wie und ob sich Nadine entschieden hat, mit ihm diese Formalehe einzugehen. Ein kluger Schachzug, denn mehr Zeit verschafft Nadine mehr Sicherheit, baut wieder Vertrauen zu ihm auf. Aber lange muss Richard nicht auf Antwort warten. Am nächsten Morgen nach einer ruhigen Nacht und tiefem Schlaf überbringt Nadine ihm ihre Zusage, formal seine Ehefrau zu werden. Um Missverständnisse zu vermeiden, wiederholt sie:

– Ja, Richard, ich habe lange über Ihr Angebot nachgedacht und möchte es annehmen unter der Bedingung: Keine zusätzlichen Arbeiten und keine … .

Erneut errötet senkt sie den Kopf.

– Ja, Nadine, alles wird, wie ich es vorgeschlagen habe. Wir können morgen schon die nötigen Schritte einleiten.

– Danke, Richard, ich vertraue Ihnen.

Obwohl sie die Worte des Vertrauens ausspricht, hegt sie in ihrem Innersten noch Zweifel über die Hintergründe dieses Arrangements. Und so bleibt sie weiter auf der Hut.

Die Papiere für die Eheschließung von Mademoiselle Nadine und Monsieur Richard Corneille werden im Standesamt des siebten Bezirks in Paris von beiden mit kühler Nüchternheit unterschrieben. Anschließend gehen sie im Museum Jacquemart-André in dem wunderschönen Freskensalon zu Mittag essen, da, wo Richard ihre positive Veränderung bemerkt hat. Er versteht das als gutes Omen für ihre beginnende Ehe.

Keine Heiratsanzeigen und keine Gäste, nur sie beide allein, das ist Nadines Bedingung gewesen.

Nun heißt sie nicht mehr Nadine Potatabac. Sie hat diesen Nachnamen ihr Leben lang gehasst. Wird er in drei Wörtern (Pot à tabac) geschrieben, bedeutet er Pummelchen, was absolut nicht zu Nadine passt. Sie ist bis heute gertenschlank und hat sich mit diesem Namen nie identifizieren können.

Am Abend, nach ihrer Rückkehr, werden beide von Claude und Anna mit einem bunten Blumenstrauß und einem liebevoll gedeckten Tisch empfangen. Nadine ist so viel Aufmerksamkeit und Wärme nicht gewöhnt und unterdrückt ganz schnell aufkommende Emotionen.

Sie bleibt weiter auf der Hut.

33

Bitte

Madeleine ist glücklich im Internat. Schon kurz nach ihrer Ankunft schließt sie Freundschaft mit Charlotte, die das Zimmer nebenan bewohnt. Die beiden Mädchen sind gleichaltrig und haben ähnliche Erfahrungen hinter sich. Der gegenseitige Austausch tut ihnen gut.

Madeleine kommt in der Schule gut mit und wird sogar

in einer kleinen Gruppe von Jüngeren als eine Art Tutorin eingesetzt. Ihr soziales Engagement ist den Lehrkräften sofort aufgefallen. Madeleine möchte allen helfen und erkennt auch kritische Situationen unter den Mitschülerinnen, wie zum Beispiel einen drohenden handfesten Streit, den sie mit ihrem rechtzeitigen Eingreifen und ständigem Wunsch nach Harmonie verhindert, noch bevor er richtig ausbrechen kann. Nachdem Madeleine schon mehrere Monate im Internat lebt, schreibt sie Nadine einen ersten Brief.

Liebe Nadine,
danke, danke, danke, dass du für mich das Internat bezahlst. Ich kann jetzt viel besser schlafen und habe nicht mehr so oft Albträume. Eine Freundin habe ich auch schon gefunden. Sie hat das Zimmer neben mir. Sie heißt Charlotte und ist genau wie ich froh, nicht mehr zu Hause zu wohnen. Morgen machen wir einen Busausflug nach Carnac, die Menhire anschauen. Sie sollen höher sein als ich groß bin. Darauf freue ich mich schon.
Zu Weihnachten fährt Charlotte zu ihrer Tante. Ich darf im Internat bleiben. Es gibt drei andere Mädchen, die auch hier bleiben können. Ich freue mich sehr darüber.
Mit dem Unterricht habe ich keine Probleme und kann alles sehr gut verstehen. Ich darf sogar einer kleinen Gruppe von jüngeren Schülerinnen bei den Schulaufgaben helfen. Das macht mir großen Spaß, und wir lachen oft zusammen.
Es geht mir wirklich gut hier. Ich bin sehr glücklich! Hoffentlich geht es dir auch gut.
Madeleine

Freudentränen laufen über Nadines Wangen. Einerseits ist sie glücklich über die positiven Nachrichten von Madeleine, andererseits stimmt sie der Brief traurig. Ist der Wunsch eines Mädchens in Madeleines Alter nicht absurd, das Weihnachtsfest im Internat der Feier in der eigenen Familie vorzuziehen? Was für eine verkehrte Welt!

Lange überlegt Nadine, ob sie Richard bitten soll, die nächsten Ferien mit Madeleine verbringen zu dürfen. Wie wird er reagieren? Wird diese Bitte ihn vielleicht beleidigen oder gar kränken? Sie will ihn auf keinen Fall verärgern und wartet einen günstigen Moment dafür ab.

Zwei Tage lang schleppt Nadine den Brief von Madeleine mit sich herum. Bei jeder Gelegenheit liest sie ihn, wieder und immer wieder, er stimmt sie wehmütig. Eines Abends traut sie sich endlich, ihre brennende Frage zu stellen.

Nadine und Richard haben einen entspannten Nachmittag im Kino verbracht. Sie haben sich den Film ‚West Side Story' mit Natalie Wood angesehen, der Nadines Herz berührt hat. Ein paar heimliche Tränen flossen sogar den Hals hinunter in ihren Blusenkragen. Bei einem anschließenden Spaziergang im Jardin du Luxembourg beobachteten sie mit viel Freude die spielenden Kinder. Nadine weiß von Claude, dass Richard zwei erwachsene Söhne hat. Nie spricht er von ihnen, und sie fragt nicht danach. Kinder haben sie nie wirklich interessiert. Aber sie bemerkt Richards Wehmut beim Anblick dieser fröhlich tobenden Rangen, die seine Enkelkinder sein könnten.

Beim Abendessen beginnt Nadine das Gespräch:
– Richard, ich möchte Sie um einen Gefallen bitten.
– Ja? Soll ich Ihnen ein Pferd kaufen?
Beide lachen herzlich, so dass eine lange Pause entsteht, bevor Nadine ihr Anliegen vorbringen kann.
– Nein, meine Bitte ist etwas heikel, und ich möchte Sie nicht enttäuschen oder kränken.
– Hätte ich denn einen Grund dazu?

Nadine hebt ihre Schultern, legt ihren hübschen Kopf in Schräglage und setzt ein zauberhaftes Lächeln auf:
– Es geht um Madeleine, meine kleine Schwester im Internat.
– Ja. Was ist mit ihr?
– Sie ist eines von vier Mädchen, die die Ferien nicht zu Hause verbringen können.
– Und wieso?
– Nun, ich habe Ihnen verschwiegen, dass meine Mutter vor kurzem gestorben ist und schon beerdigt war, bevor ich davon Nachricht erhielt.

Enttäuscht und gekränkt über ihr mangelndes Vertrauen erhebt sich Richard vom Stuhl und greift nach der Weinkaraffe hinter sich auf der Anrichte, obwohl sein Glas noch halb gefüllt ist. Er stellt die Karaffe wortlos neben sein Glas, setzt sich wieder und sagt:
– Nadine, das tut mir sehr leid. Warum haben Sie mich nicht informiert?
– Es hätte nichts geändert. Wir standen uns nicht nah, ich bin schon zu lange von zu Hause fort. Aber jetzt geht es um Madeleine. Mein Vater kann sich nicht um sie kümmern, und es wäre unverantwortlich, sie bei ihm zu lassen.

Richard versteht augenblicklich, was sie damit meint, und möchte wissen:
– Was schlagen Sie vor?
– Ich würde sehr gerne die künftigen Ferien zusammen mit Madeleine verbringen.

Eine lange, peinliche Pause entsteht. Der eitle Richard spürt ein eigenartiges Gefühl, das er noch nicht kannte: abgelehnt, ungewollt, sogar verstoßen. Sein Magen krampft, ihm wird übel. Die Missachtung seiner Person, wenn die Ferien ohne ihn stattfinden sollen, macht ihm zu schaffen. Um sicher zu sein, dass er es richtig verstanden hat, fragt er:

– Nur Sie und Madeleine?
– Ja.
Die Antwort kommt schnell, zu schnell. Er wusste, dass Nadine es so meinte, aber nun auf Nachfragen eine so eindeutige Antwort zu hören, schmerzt ihn noch mehr. Er wird blass. Einer Statue gleich versteinert sein Gesicht. Nadine bemerkt diese Veränderung. Ängstlich schaut sie ihn an und wartet auf seine Reaktion. Sie spürt, dass sie mit dem Wort aus zwei kleinen Buchstaben, das so leicht über ihre Lippen gekommen ist, einen schwerwiegenden Fehler begangen hat. Sein leichenblasses Gesicht spiegelt eine tiefe Enttäuschung wider. Nun tut es ihr leid, und sie ergänzt sofort ihre Antwort mit einem versöhnenden Satz und hofft, ihren faux pas damit wieder wettmachen zu können:
– Ja und nein, ich fürchte, dass Ihnen ein so junges Mädchen zu viel wird, zu anstrengend. Madeleine ist ein aufgewecktes Kind und sehr neugierig. Es würde ein sehr unruhiger Urlaub werden.
Richards Blick wandert durch den Raum und bleibt auf Nadines schönem Gesicht haften, als fände er dort die Antwort, die er sucht. Lange schaut er sie nachdenklich an. Die Stimmung ist gedrückt. Beide bleiben stumm und verschweigen einander ihre Gedanken und Gefühle, die unterschiedlicher nicht sein können. In der kurzen Zeit des einvernehmlichen Ehe-Arrangements ist beidseitig großer Respekt gewachsen. Richard hat sogar tiefe Gefühle für Nadine entwickelt. Er mag ihre unkomplizierte und natürliche Art, mit der sie allen Situationen, einfach oder heikel, meisterhaft gerecht wird. Nadine dagegen hegt keine Gefühle für Richard. Ihr Job ist eben nur ein Job, ein einfaches Lebensmittel, das sie ernährt und gut leben lässt. Richard wäre nie auf den Gedanken gekommen, ohne Nadine in den Urlaub zu fahren. Seine Eitelkeit, bei ihr nicht an erster Stelle zu stehen, verstärkt seine Enttäuschung.

Nadines Frage – nur aus Sorge um Madeleine – hat Richards Vertrauen ins Wanken gebracht. Sie wollte ihn nicht verletzen und kränken. Am liebsten würde sie diese Frage durch einen Zaubertrick rückgängig machen wollen. Während sie noch über eine Lösung nachdenkt, kommt ihr Richard zuvor und unterbreitet einen wunderbaren Vorschlag:

– Nadine, wir könnten doch Madeleine in unsere gemeinsamen Urlaube einbeziehen. Dann hätten Sie viel Zeit für Ihre kleine Schwester und ich würde meine Freizeit mit Lesen und Musik hören ausfüllen. Mir macht es wirklich nichts aus, tagsüber allein zu bleiben, und sie beide wären dann durch mich nicht eingeschränkt.

– Aber Richard, ich fühle mich in keiner Weise durch Sie eingeschränkt. Das ist doch Teil meiner Arbeit!

Teil meiner Arbeit! Nun hat sie ihn innerhalb kürzester Zeit zum dritten Mal gekränkt. Dass sie ihm den Tod der Mutter verschwiegen hat, und dass sie allein mit Madeleine die Ferien verbringen wollte, kann er noch verstehen, aber dass sie ihr angenehmes Leben bei ihm als ‚Teil meiner Arbeit' bezeichnet, beleidigt ihn. Das Leben mit ihm ist für sie also nur Pflichterfüllung. Bisher hat er angenommen, dass sie ihre Aufgaben bei ihm mit Freude verrichtet, weil es völlig zwanglos geschieht, weil sie mit allem so selbstverständlich umgeht, als sei sie für dieses Leben geschaffen. Aber da hat er sich getäuscht.

Wieder versteinert sein Gesicht, er verstummt. Er will nicht gekränkt sein und ist es doch. Nach vielen Jahren wird ihm erneut vor Augen geführt, dass er eine Last für andere Menschen bedeutet. Solange Nadine allein um ihn herum war, konnte er seinen Zustand leicht ignorieren und auch den Altersunterschied übersehen. Aber mit der sehr viel jüngeren Schwester treffen fast drei Generationen hart aufeinander. Dieses junge, frische Mädchen könnte seine Enkelin sein. Sinnlos zu leugnen:

sein Alter und seine Gebrechlichkeit. Ihm wird wieder einmal erschreckend klar, wie sehr er doch daran krankt.

Nachdem Richard weiter gedankenverloren stumm in den Raum blickt, übernimmt Nadine die Initiative und durchbricht die plötzlich entstandene Kälte und Stille im Raum:
– Danke Richard, das ist ein guter Vorschlag. Macht Ihnen das wirklich nichts aus, tagsüber allein zu bleiben?
– Nein, antwortet Richard sehr überzeugend nach einem bedrückend langen Moment, und starrt wie abwesend auf den Boden, bevor er weiterspricht:
– Nein, Nadine, das ist in Ordnung, so können wir es machen.

34

Geschenk

Das Leben mit Richard verläuft nach Plan. Sein Verhalten ist genauso höflich und freundlich wie vor der Eheschließung, ohne zusätzliche Forderungen und Nadines Gehalt zahlt er unverändert weiter.

Schon zwei Wochen nach dem Gang zum Standesamt ruft er sie in sein Arbeitszimmer und übergibt ihr einige Papiere. Vier voll bedruckte Blätter nimmt sie entgegen und kann nicht sofort erkennen, was sie bedeuten.
– Ja? Was fange ich damit an?
– Nadine, das hier sind die Bankvollmachten für Sie. Sie müssen nur noch unterschreiben. In den nächsten Tagen erhalten Sie dann eine Bestätigung und können ungehindert Geld von meinem Konto abheben.

– Danke, Richard, das ist nett von Ihnen, das ging ja schnell. Ich bin überrascht. Vielen Dank.

Nadine freut sich über Richards konsequentes Handeln und seine Zuverlässigkeit. Sie unterschreibt nun vier Blätter da, wo die Stellen für die Unterschriften durch Kreuzchen markiert sind. Sie hält es nicht für nötig, die vielen schwarzen Zeilen zu lesen. Sie will ihm vertrauen, doch ein kleines Restgefühl von Zweifel bleibt.

Doch in ihrem weiteren Leben werden alle Bedingungen von Richard eingehalten. Er stellt keine zusätzlichen Forderungen. Und Nadine geht mit Freude äußerst pflichtbewusst weiter ihren Aufgaben nach. Ihr Vertrauen zu Richard wächst, und sie genießt ihre finanzielle Unabhängigkeit. An ihren freien Tagen lässt sie sich oft nur durch die Straßen treiben, ohne ein bestimmtes Ziel zu haben. Einfach nur das Leben genießen, wovon sie früher so oft geträumt hat.

Auf dem Boulevard des Champs Elysées bleibt sie vor einem Dessous-Geschäft stehen und überlegt lange, ob sie sich etwas gönnen soll. Dann entdeckt sie in der äußersten Ecke im Schaufenster ein lind-grünes Negligé mit schwarzer Brüsseler Spitze am vorderen Ausschnitt. Wunderschön. Plötzlich steht sie im Laden. Die Verkäuferin lächelt sie freundlich an und erklärt ihr höflich die gute Qualität, die den hohen Preis rechtfertigt. Nadine streift das Negligé über und betrachtet sich im Spiegel, dreht sich nach rechts, dreht sich nach links. Dabei gleiten ihre Haare mit einem feinen Schleifgeräusch über die glänzende Seide. Im Spiegel sieht Nadine eine hübsche, verführerische junge Frau. Die Verkäuferin redet fortgesetzt auf Nadine ein, während sie das Negligé in Seidenpapier hübsch verpackt, und schiebt unbemerkt einen schwarzen Büstenhalter mit grüner Spitzeneinfassung auf den Tresen. Wie in Trance greift sie danach, probiert ihn an und ist hingerissen. Eine wunderbare Ergänzung zu dem Negligé. Sie gefällt sich darin und kauft beides. Lächelnd verlässt sie das Geschäft. Eine heiße

Schokolade im Café nebenan rundet ihren heutigen Ausflug in die Boutiquen ab. Richard rechnet ihr hoch an, dass ihre Ausgaben sich in Grenzen halten, obwohl er sie niemals einschränken würde.

Oft denkt Nadine darüber nach, wieder einen Malkurs zu besuchen, wie damals in der Bretagne. Und dann ihre Bilder vielleicht sogar in einer Galerie auszustellen?

Angeregt von diesem Gedanken macht sich Nadine auf den Weg zum Louvre. Wie so oft, spürt sie ein brennendes Verlangen, die Bilder der großen Meister auf sich wirken zu lassen. Aber als sie die ungewöhnlich lange Schlange von geduldigen Touristen, die nach Karten anstehen, sieht, vergeht ihr die Lust an Kunst. Schnell dreht sie sich weg und überquert entschlossen das Museumsgelände. Sie läuft zum Seineufer hinunter direkt zur Pont des Arts. Dort lehnt sie sich über die Mauer und schaut versonnen auf den Fluss. Langsam und friedlich strömt das Wasser vorbei, trägt Papierschnipsel und Blätter mit sich, auch kleine Reste von abgebrochenen Zweigen. Viele Schlepper und Touristenboote tuckern vorüber. Die Fahrgäste winken ihr zu. Sie winkt zurück.

Ihr Blick schweift über die Seine hinüber zum anderen Ufer auf das Gebäude ihrer Sehnsucht. Heute zögert sie keine weitere Sekunde und macht sich auf den Weg. Im Sekretariat herrscht ein unerwarteter Andrang. Geduldig reiht sie sich ein und wartet. Als Nadine dann endlich den Ausweis der Ecole Nationale Supérieure des Beaux Arts in Empfang nimmt und sich ab sofort Kunststudentin nennen darf, freut sie sich wie eine Schneekönigin, reißt ihre Arme hoch und springt sogar ein paar Schritte durch die Luft. Das beobachtet ein junger Mann auf dem Innenhof und ruft:

– Na, hast du's geschafft?

Erschrocken dreht sich Nadine um. Sie wähnte sich allein, was überhaupt nicht möglich sein konnte.

– Ja, ich habe es geschafft. Endlich. Und du, seit wann bist du hier?

– Ich, ich bin schon viele Jahre hier. Wann fängst du an?

– Moment Mal, das muss auf dem Zettel stehen. Ja, hier, ich kann immer nur abends. Ich fange nächsten Mittwoch um acht Uhr an.

– Wirst du dann nicht zu müde sein?

– Oh, nein, ich habe zwar eine Arbeit, aber sie macht mich nicht müde.

– Prima, dann sind wir im selben Kurs. Also bis Mittwoch.

In der Metro schmunzelt Nadine vor sich hin. Ihre Augen hält sie geschlossen und träumt von ihren Bildern, die in einer Galerie ausgestellt werden. Sie will Malerin werden, Zeichnen war immer ihre Leidenschaft. Sobald sie einen Stift in Händen hielt, vergaß sie alles um sich herum und tauchte ein in ihre eigene Welt. Dann fiel für eine kurze Zeit die hohe Verantwortung für ihre Geschwister von ihr ab und sie konnte frei atmen.

Zu Hause angekommen, erzählt sie Richard sofort von ihrer Entscheidung. Er ist begeistert und freut sich mit ihr. Aber Nadine hat noch eine weitere Überraschung.

– Hier, Richard, für Sie.

– Für mich?

– Ja, als ich es sah, habe ich sofort an Sie gedacht. Ich glaube, dass es Ihnen gefallen wird.

Sie streckt ihm die Überraschung entgegen. Als er zögert und das winzige Päckchen nicht gleich entgegennimmt, legt sie ihr Geschenk in seinen Schoß.

Mit großen Kinderaugen schaut er sie ungläubig an.

– Nein, ist das wirklich für mich?

Ihre Geste löst große Emotionen bei ihm aus, und seine Stimme zittert ein wenig bei dieser Frage. Behutsam greift er nun nach dem Päckchen. Er umschließt es fest, betrachtet es von allen Seiten und wagt nicht, es zu öffnen.

– Machen Sie es doch auf! bittet Nadine.

Ungeschickt fingert er an der Verpackung. Schließlich gelingt es ihm, das Geschenkpapier zu entfernen. Zum Vorschein kommt ein kleines Kästchen aus Elfenbein, leicht marmoriert, mit einem Deckel aus Ebenholz. Vorsichtig hebt er den Deckel an und ist überwältigt. Reflexartig schließt er den Deckel wieder, als müsse er einen seltenen Schmetterling am Davonfliegen hindern. Er schaut Nadine erneut ungläubig an. Seine Augen werden feucht. Sie nickt ihm zu, er möge sich doch das Geschenk näher anschauen.

In dem Kästchen liegen Manschettenknöpfe, ganz, wie er sie mag, von geschmackvollem Design. Regungslos schaut er auf die edlen Schmuckstücke.

– Gefallen Sie Ihnen nicht?

– Oh ja, Nadine, sie sind wunderschön. Danke. Das ist sehr nett von Ihnen. Danke.

Nadines Überraschung ist gelungen. Das kleine Geschenk hat Richards Stoizismus außer Kraft gesetzt. Wie gelähmt starrt er weiter auf das kleine Kästchen und rührt sich nicht. Doch in seinem Inneren führt er einen Freudentanz auf. Wieder fingert er unschlüssig an dem Kästchen. Er traut sich nicht, die Manschettenknöpfe anzufassen, als seien sie verzaubert, wie man es aus Märchen kennt, in denen ein Kamm beim Frisieren blonde Haare in schwarze verwandeln kann. Richard erinnert sich nicht, dass er im Erwachsenenalter jemals beschenkt worden wäre.

Nadine kommt ihm zu Hilfe:

– Wollen Sie sie nicht anprobieren?

Während sie diese Frage stellt, greift sie beherzt ins Kästchen, macht sich an seinem Hemdsärmel zu schaffen und wechselt die alten Manschettenknöpfe gegen die neuen aus. Er lässt es regungslos geschehen, genießt mit halb geschlossenen Augen ihre Nähe und ihren Duft aus weiblicher Wärme und Chanel No. 5. Er atmet tief durch. Entzückt betrachtet er nun die neuen Schmuckstücke. Elegant sehen sie aus, passen perfekt zu ihm und seinem Hemd.

Doch dann fordert Richard abrupt:
– Aber jetzt möchte ich in mein Zimmer, ich bin sehr müde. Bitte schieben Sie mich in mein Zimmer.

Nadine ist besorgt, weil Richard schon den ganzen Tag im Rollstuhl sitzt. Er lässt sich noch von ihr auf sein Bett helfen, möchte dann aber allein sein. Sofort, nachdem sie die Tür hinter sich geschlossen hat, verbirgt er sein Gesicht im Kopfkissen und weint leise hinein. Ein alter, kranker Mann weint und schämt sich dessen. Ein Mann, der viele Menschen immer wieder rücksichtslos verletzt hat, erfährt sehr spät in seinem Leben, wie wohltuend Fürsorge und Zuneigung sein können. Seine Gefühle schmerzen jetzt. Er denkt an die vielen Gemeinheiten, die er seiner Frau und zwangsläufig auch seinen Kindern angetan hat. Doch sein früheres Fehlverhalten kann nicht mehr korrigiert werden. Das stimmt ihn nachdenklich. Aber die Freude über Nadines Geschenk verscheucht schließlich seine trüben Gedanken. Er ist gerührt, dass er dieses große Glück, in seinem Alter noch beschenkt zu werden, erfahren darf.

Nach diesem Ereignis bleibt Richard zum ersten Mal dem Abendessen fern. Er ist nicht in der Verfassung, wie gewohnt mit Nadine ruhig am Tisch zu sitzen und eine Unterhaltung zu führen. Zu stark sind seine Emotionen. Es brodelt tief in ihm drin wie ein Erdbeben, das nicht zur Ruhe kommt. Das Geschenk dieser geschmackvollen Manschettenknöpfe deutet er als großen Liebesbeweis. Seine Gefühlswelt ist durch Nadines nette Geste ins Schlingern geraten. Er muss unbedingt seinen Kurs wiederfinden. Richard erinnert sich nicht, jemals so stark empfunden zu haben. Doch, vielleicht damals, als er noch jung war und ihm seine erste Liebe, die später seine Frau wurde, begegnet ist und er über beide Ohren verliebt war?

Wird seine jetzt entdeckte Liebe zu Nadine ihr gemeinsames Leben verändern?

35

Portrait

Nadines Halsschlagader ist angeschwollen, gefüllt mit pochendem Blut. Klopfenden Herzens schiebt sie die hohe, schwere Eingangstür auf. Sie muss ihre Schultern gegen das schwere Holz stemmen, um sie zu bewegen. Mit dumpfem Knarren fällt die Tür hinter ihr zu. Ihre Schritte über den Innenhof der Kunstakademie hallen wie Amboss-Schläge, fest und entschlossen.

Noch ist kein anderer Teilnehmer zu sehen. Sie ist die Erste. In der Mitte des hohen, dunkel anmutenden Raumes stehen stumme Staffeleien. Schüchtern streicht sie mit der Hand über die Leinwand. Es fühlt sich gut an. Die weiße leere Fläche flößt ihr großen Respekt ein. Ihre Hand zuckt zurück. In diesem Moment geht die Tür auf. Pfeifend erscheint ein Mann, der ungelenk mehrere Malutensilien mit sich schleppt. Eine Mappe gleitet ihm aus der Hand und fällt herunter. Viele Blätter rutschen heraus und breiten sich auf dem Boden aus. Nadine sprintet hin. Sie hebt die Blätter vorsichtig auf und reicht sie ihm.

– Guten Abend, herzlich willkommen zu Deinem ersten

Abend an der Akademie. Wir kennen uns ja schon von neulich auf dem Hof.

Der Mann ist jung, vielleicht ihr Alter? Und er sieht verdammt gut aus mit seinen dunklen fast schwarzen Augen und ebenso dunklem Haar, das zu einem lächerlich kleinen Pferdeschwanz zusammengebunden ist. Noch glaubt sie, dass dieser eben noch fröhlich pfeifende Mann auch ein Student ist. Aber weit gefehlt. Als nach und nach die anderen Teilnehmer eintreffen und alle sieben Staffeleien besetzt sind, stellt sich der Mann vor:

– Guten Abend, liebe Studenten. Ich freue mich, euch begrüßen zu können. Mein Name ist Lucien, ich bin euer Lehrer. In diesem Semester werden wir einmal wöchentlich zusammenkommen und arbeiten. Malerei ist ein Handwerk, wie jedes andere auch. In jedem Fall ist Talent Voraussetzung. Auch, wenn man Bäcker, Schneider oder Förster werden will, muss die Liebe zum Teig kneten, die Begeisterung für Mode und die Sehnsucht nach Natur selbstverständlich sein. Wenn all das nicht in einem steckt, kann man diese Berufe vergessen. Jeder von euch sollte ein Brennen in sich spüren, mit Malerei etwas ausdrücken zu wollen. Eine Stimmung, ein Gefühl oder dem Betrachter Rätsel aufgeben. Aber, wer Maler werden will, muss auch sein Handwerk verstehen. Er sollte sich mit Farben auskennen, sollte wissen, welche Techniken zu welchen Motiven am besten angewandt werden. Ob mit Kohle, Blei, Acryl oder ähnlichem gemalt wird, ist egal, es muss gut werden. Diesen Anspruch haben wir hier. Ist dir nicht gut? fragt er Nadine, die inzwischen auf ihrem Stuhl ganz klein geworden ist.

– Doch, alles in Ordnung.

– Gut, fährt er fort, dann fangen wir gleich bei dir an. Wie heißt du und warum willst du Maler werden und was hast du schon gemalt?

Nun wird sie blass. Innerliche Rebellion steigt in ihr auf. Hat er übersehen, dass sie weiblichen Geschlechts ist? Er hätte doch Maler*in* sagen müssen. Nachdem sie sich auf ihrem Stuhl zu einer Kerze aufgerichtet hat, räuspert sie sich laut und antwortet zaghaft und doch selbstbewusst:

– Ich heiße Nadine und ja, ich will *Malerin* werden. Ich habe schon als kleines Mädchen vor der Einschulung jedes Blatt Papier, das ich finden konnte, bemalt. Meistens waren es Fantasiegebilde. Dabei fühlte ich mich in eine andere Welt versetzt, konnte alles um mich herum vergessen und war glücklich. Die Familie und Freunde fanden meine kleinen Bilder toll und lobten mich dafür (was natürlich gelogen war, niemand beachtete ihre Kritzeleien). In der Bretagne besuchte ich vor längerer Zeit einen Malkurs. Meine Aquarellbilder liegen leider noch dort im Werkschrank. Bis heute hatte ich keine Gelegenheit, weiterzumachen. Ich bin bereit, alles zu lernen und hart zu arbeiten.

Ein dumpfes Raunen, ja sogar leises Gekicher erfüllt den Raum. Gott sei Dank überhört sie es. Ihr Fokus richtet sich nur auf die Malerei und auf nichts anderes. Ihre Antwort ist ehrlich, sie ist damit zufrieden.

– Danke, Nadine. Und, Lucien wendet sich dem nächsten Schüler zu, warum bist du hier?

– Ich heiße Leopold, komme aus einer talentierten Familie, die schon viele Künstler hervorgebracht hat. Mein Großvater war Bildhauer und meine Großmutter Schriftstellerin. Während sie still dasaß und schrieb, benutzte er sie als Modell und zeichnete sie. Die künstlerischen Fähigkeiten pflanzten sich in unserer Familie mehrere Generationen hindurch fort. Meine Mutter ist eine berühmte Opernsängerin und mein Vater Prominentenfotograf. Durch die ständige Nähe zum Theater ist meine Schwester Bühnenbildnerin geworden, was auch mit Malerei zu tun hat. Ich bin der einzige aus der Familie, der Maler werden will. Noch habe ich keine Bilder gemalt, möchte aber alles lernen und auch hart arbeiten, wie Nadine schon gesagt hat.

Diesmal geht kein Raunen durch den Raum. Es herrscht absolute Stille. Diese Selbstüberschätzung lässt alle nachdenken.

– Nun ja, sagt Lucien und bewegt sich im Schneckentempo zur nächsten Staffelei. Es ist sicher, dass er über Leopolds Ausführungen nachdenkt. Aber seine undurchdringliche Miene verrät keinen seiner Gedanken.

Als sich alle Teilnehmer bekannt gemacht haben, stellt sich Lucien an die große Stirnwand und setzt zu einer kleinen Rede an. Nadine senkt ihren Blick, würde am liebsten hinauslaufen und die ganze Sache aufgeben. Tief beeindruckt von den Ausführungen ihrer Mitstreiter fühlt sie sich nun noch kleiner als zuvor. Alle sind intelligenter und begabter als sie, kommen aus Familien mit Geld. Hat sie sich überschätzt? Ein tiefer Seufzer füllt unerwartet den Raum. Erschreckt schaut sie auf. Der Seufzer kam von ihr.

– Gut, sagt Lucien, ich habe nun von euch eine ungefähre Vorstellung. Näher kennenlernen werden wir uns in der nächsten Zeit. Aber eins kann ich heute schon sagen. Mir hat nur eine Begründung auf meine Frage, warum ihr Maler werden wollt, wirklich gefallen, voller kindlicher Phantasie, bescheiden und nicht nach Ruhm trachtend. Lernen und arbeiten. Das ist gut.

Lucien dreht sich in Richtung Nadine und schaut sie fest an:
– Du wirst es schaffen, Nadine.
Sie wird verlegen und läuft rot an.

Lucien verteilt nun einige Blätter. Auf ihnen steht das Material für die nächste Unterrichtsstunde. Als er Nadine das Papier aushändigt, lächelt er ihr anerkennend zu. Dann schwingt er sich auf den großen Tisch voller Farbkleckse, schiebt einige Farbtöpfe mit Pinseln zur Seite und schlägt seine Beine übereinander. Alle können ihn gut sehen.

– Nadine, Leopold, Daniel, Luc, Jean, Claude und Julien, ihr sitzt vor einer Staffelei mit einer leeren, weißen Leinwand, und vor euch liegt ein Kohlestift. Nun bitte ich euch, innerhalb von exakt zehn Minuten mich zu portraitieren. Ich schau auf die Uhr.

Nadine ist überrascht, dass Lucien alle Namen behalten hat und sie der Reihe nach nennt. Denn, als Leopold an der Reihe war und sich vorgestellt hat, rutschte ihr Selbstvertrauen in den Keller, von da an bekam sie nichts mehr mit.
Schnell greift sie nach dem Kohlestift und setzt ihn auf die Leinwand. Doch, wie soll sie anfangen? Noch nie hat sie ein Portrait gezeichnet. Sie schaut nach vorn und sieht die Umrisse von Lucien, dann sein Lächeln und seinen Blick auf ihr ruhen. Sie lehnt sich zurück, hält den Stift vor ihr Gesicht und kneift die Augen zusammen, als wolle sie die Entfernung messen, und betrachtet lange das Bild vor ihr auf dem beklecksten Tisch, das Bild des sitzenden Mannes. Es sind bestimmt schon kostbare Minuten verstrichen. Aber das kümmert sie nicht. Mit langen, schnellen Strichen skizziert sie nun die Figur vor sich. Es wird ein Bild der Striche. Kein Gesicht, keine Details der Kleidung, nur Umrisse. Ganz deutlich erkennt Nadine an ihrem Modell die leicht gebeugte Haltung, die übergeschlagenen Beine von seinen Händen umschlungen. Sein Kopf ist nach vorn geneigt, ganz nah am Publikum, als wolle er gleich einen humorvollen Witz erzählen.
Lucien klatscht drei Mal laut in die Hände und ruft:
– Stopp!
Heftiges Gemurmel ist zu hören: Das ist zu kurz. Wir brauchen mehr Zeit.
Nur Nadine lehnt sich zufrieden zurück. Denn die Zeichnung vor ihr auf der Leinwand ist exakt das Bild des Mannes auf dem Tisch voller Farbkleckse. Geübt rutscht Lucien von

der Tischkante und streift mit beiden Händen über seinen Hosenboden, als müsse er ihn von Farbe befreien. Dann läuft er langsam alle Staffeleien ab. Bei der letzten bleibt er stehen und fragt:

– Nadine, warum hast du kein Gesicht gezeichnet? Und meine Jacke hat doch Knöpfe und Falten?! Außerdem trage ich eine lange Hose und habe Schuhe an?

– Ja, das stimmt, antwortet sie selbstbewusst, mir kommt es aber hier nicht auf die Details an. Ich finde es wichtig, bei diesem Portrait zu erkennen, welche Haltung der Mensch beim Sitzen einnimmt. Daraus erschließt sich einiges.

– Gut, sagt Lucien, bitte kommt mal alle her und schaut euch Nadines Werk an.

Leopold ist als erster bei ihr. Bewundernd stößt er einige Laute aus. Sie klingen kindisch. Als alle versammelt um sie herum stehen, fragt Lucien:

– Claude, was hältst du von dieser Art zu malen?

– Nun, ich finde, dass Nadine doch mehr die Details hätte herausarbeiten sollen.

– Und du, Luc?

– Ja, das finde ich auch. Die Darstellung eines Gesichts ist wichtig und erfordert wirklich schon künstlerische Begabung.

Lucien hört sich weiter die Meinung der restlichen Teilnehmer an und erkennt, dass alle, außer Nadine, in seiner Fragestellung, warum kein Gesicht oder Falten und Knöpfe gemalt wurden, Kritik an der Kunst empfunden haben. Oder wollten sie das Fähnchen nach dem Wind hängen und sich bei ihm einschmeicheln?

– Gut, sagt Lucien, die Aufgabe war, in einem äußerst engen Zeitrahmen ein Portrait zu malen. Das kann sowohl nur Kopf mit Oberkörper sein, aber auch das ganze Erscheinungsbild. Leopold, du hast nur den Kopf geschafft, Daniel, bei dir sind noch Arme und die Sitzposition zu sehen, aber bei dir, lieber Luc, kann ich nicht erkennen, was du malen wolltest. Jean und Claude, ihr habt eine Figur geschaffen, die unvollkommen ist, sie sitzt haltlos in der Luft, Julien, du kommst ganz nah an Nadines Darstellung heran. Schaut euch eure Werke noch einmal an und urteilt jetzt selbst. Nadine ist die einzige, die die Aufgabe gelöst hat. Es kommt nicht darauf an, dass die Zeichnung perfekt ist, sondern dass ein Portrait mit Ausdruckskraft sichtbar wird. Hier ist der Kopf des Mannes leicht nach vorn geneigt, ganz nah am Publikum. als wolle er gleich einen humorvollen Witz erzählen.

Nadine lächelt und nimmt es als großes Lob, dass Lucien genau ihre Gedanken in Worte gefasst hat.

Er erklärt weiter:

– Aus diesem Portrait spricht die Erwartung, dass gleich etwas passiert. Vielleicht etwas zu hören? Das ist gut. So, für heute ist Schluss. Bitte bringt das nächste Mal mit, was auf dem Zettel steht. Dann fangen wir richtig an, die Malerei zu erlernen. Kommt gut heim.

Mit einem Gefühl der Schwerelosigkeit fährt Nadine nach Hause. Sie allein hat die Aufgabe gelöst. Was für ein Erfolg! Das übertrifft all ihre Erwartungen.

In der Bibliothek brennt noch Licht. Die Tür steht einen Spalt weit offen, und sie findet Richard eingenickt im Sessel vor. Als sie die Tür leise schließen will, räuspert er sich und ruft sie herein.

– Wie war es? Erzählen Sie. Ich bin gespannt auf Ihren Bericht.

– Toll! Toll! Toll!

Ihre Arme stehen nicht still, als sie ihm von ihrer ersten Unterrichtsstunde berichtet. Am Ende dreht sie sich übermütig mehrfach im Kreis und lässt sich dann auf die königsblaue

Couch fallen. Dort hat Richard sie einmal getröstet, als sie ihm den Tod ihrer Mutter beichtete. So ausgelassen hat er sie noch nie erlebt.

– Einfach toll! Ich kann es kaum glauben. Ich bin die einzige Frau in dem Kurs. Der Lehrer, Lucien, hat uns die Aufgabe gestellt, innerhalb von zehn Minuten von ihm ein Portrait zu zeichnen. Zuerst wusste ich überhaupt nicht, wo ich ansetzten sollte. Aber dann stürzte es mir aus der Hand wie ein wilder Wasserfall. Ach, ich bin so glücklich, ich möchte jetzt einfach nur schlafen gehen.

Sie schaut Richard mit einem flehenden Blick in die Augen und erhebt sich bereits von der Couch.

– Vielleicht erzählen Sie mir morgen mehr davon? Ich wünsche Ihnen eine gute Nacht, Nadine, schlafen Sie gut.

Auf ihrem Bett liegt sie noch eine Weile hellwach, bevor ihre Augen müde zufallen. Sie sieht den schummrigen Saal vor sich, alle Teilnehmer um sie herum bewundern ihr Werk. Lucien beugt sich über ihre Schulter, nimmt ihre Hand und führt sie langsam auf der Leinwand von rechts nach links und von unten nach oben. Dabei drückt er seinen Brustkorb gegen ihren Rücken. Sie empfindet den Druck als angenehm. Peu à peu entsteht auf der weißen Leinwand eine Zeichnung: zwei Menschen gehen zaghaft aufeinander zu, zögern aber noch. Wie in Zeitlupe dreht sich Nadine nach Lucien um. Ihre Blicke treffen sich, kommen nicht voneinander los. Seine Augen fragen, ob sie mit ihm gehen wolle. Sie nickt, steht auf, und gemeinsam verlassen sie das Gebäude.

36

Duktus

Die regelmäßigen Besuche an der Kunstakademie haben Nadine verändert. Wenn sie durch Paris schlendert, schaut sie nicht mehr wie früher so manches Mal Gedanken verloren vor sich hin, sondern beobachtet aufmerksam die Gesichter der Passanten. Ein strahlender Blick deutet auf ein glückliches Erlebnis hin, eine krause Stirn verrät Sorgen, eine Person in gebeugter Haltung zeigt Schwäche, vielleicht von der Last der Einkaufstaschen in ihren Händen. Nadine glaubt sogar zu erkennen, wenn ein junger Student vor Hunger nicht lernen konnte, oder wenn eine Studentin unausgeschlafen auf Zimmersuche durch die Straßen irrt.

Sie registriert jedes für die Malerei wichtige Detail.

In ihr hat sich regelrecht ein Automatismus entwickelt.

In den Unterrichtsstunden erfasst sie mühelos, worauf es ankommt. Lucien hatte noch nie eine Schülerin, die von einer Stunde zur anderen derart Fortschritte zeigte. Immer öfter schleicht er um ihre Staffelei herum und bewundert Nadine, wenn sie tief in sich versunken malt, ohne ihn wahrzunehmen. Jedem berühmten Maler ist eine Eigenart zuzuschreiben. Nadine entwickelt schon jetzt ihre. Fast könnte Lucien noch von ihr lernen.

Eines Abends, als alle Teilnehmer schon den Raum verlassen haben, ruft Lucien Nadine zurück.

– Ich bin beeindruckt, du kommst voran wie der kleine Däumling in seinen Siebenmeilenstiefeln. Faszinierend! Hättest du Lust, mir in meinem Atelier zu assistieren?

– Ja. Sehr gerne, antwortet sie schwärmerisch. Doch im nächsten Moment stockt sie und sagt:

– Das geht ja nicht, ich habe nur mittwochs frei.
– Ach, wie schade. Aber, könntest du nicht deinen Arbeitgeber bitten, dir noch einen zusätzlichen Abend zuzugestehen?
– Jaaaaaa, sagt sie zögerlich, ich kann es versuchen. Aber bin ich denn gut genug?
– Durchaus, ich sehe in deinen Arbeiten eine besondere Originalität, es ist dein Duktus, deine Pinselführung,. Sie ist anders als bei allen bisherigen Studenten, die ich kannte. Ich könnte sogar noch von dir lernen.

Dieses gutgemeinte Lob kommt bei Nadine nicht gut an. Ungläubig und irritiert wendet sie sich ab. Sie fühlt sich bespöttelt. Ohne ein Wort zu sagen, will sie den Saal verlassen. Da springt Lucien herbei und versperrt ihr den Weg.

– Nein, um Gottes Willen, ich habe es ernst gemeint. Du bist gut.
– Das glaube ich nicht. Wie kann ich in den paar Wochen besser geworden sein als du, der das Malen lehrt?
– Nein, das habe ich nicht gemeint. Du bist anders. Du malst in einer dir eigenen Art, die erstaunlich und neu ist. Bitte, überleg es dir.
– Auf Wiedersehen, bis nächsten Mittwoch.

Gekränkt verlässt Nadine den Saal, ohne sich noch einmal nach Lucien umzudrehen. Doch auf dem Heimweg schwirren seine Worte in ihrem Kopf herum und lassen sie gedanklich nicht los. Zurückgelehnt analysiert sie sich selbst. Die unbequemen Sitze in der Metro stören dabei nicht, auch nicht die vielen ein- und aussteigenden Fahrgäste. Sie muss Lucien Recht geben. Verglichen mit den anderen Studenten ist sie wirklich gut. Sie lächelt und sein Lob behagt ihr nun.

Unerträglich lang war die Woche. Der Gedanke an Luciens Angebot ließ sie nicht zur Ruhe kommen. Diese Unrast raubte ihr fast den Verstand. Fahrig und zerstreut war sie beim Schach-

spiel mit Richard. Am Abend vor ihrer Unterrichtsstunde an der Kunstakademie fasst sich Nadine ein Herz und trägt ihren Wunsch nach einem zusätzlichen freien Abend vorsichtig an ihn heran. Er strahlt sie an und sagt verständnisvoll:
– Ich habe mich schon lange gefragt, wann diese Frage kommen würde. Ich sehe doch, wie Ihnen diese Besuche an der Akademie gefallen und guttun.

Wohlwollend nickt Richard ihr zu, als Nadine überglücklich den Raum verlässt und sich in Kleinmädchenmanier mit einem Danke-schön-Knicks in die Nacht verabschiedet.

Sie verschweigt ihm jedoch, dass die Lehrstunden donnerstags im privaten Studio des Lehrers stattfinden werden.

37

Studioarbeit

Mit Leichtigkeit nimmt Nadine die steile Stiege in den zweiten Stock, ohne zu schnaufen. Wo sie wohnt, in dem vornehmen Haus bei Richard, verzichtet sie oft auf den Lift und benutzt das Treppenhaus bis in den fünften Stock hinauf. Spart Zeit und Kosten für ein Fitnessprogramm, die sie lieber der Kunst widmet, wenn auch viel zu oft nur in Gedanken. Beim Überqueren des Innenhofs, der rundum mit blühenden Topfpflanzen geschmückt ist, hat sie mit Blick nach oben schon geahnt, dass dort sein Studio sein muss. Halb ins Dach hinein schmiegt sich die Wohnung mit zwei schmalen, auffallend hohen Fenstern. Sie lassen nur wenig Tageslicht hinein. Nicht gut für einen Maler, denkt sie.

Lucien öffnet die Tür noch bevor Nadine klingeln kann.

Ein fröhlicher Mann mit ungekämmten, offenen Haaren steht barfuß vor ihr. Sein Hemd ist blau-weiß gemustert, halb offen und viel zu weit. Dahinein passen zwei Luciens. Seine schwarzen, gekrausten Brusthaare stechen ins Auge. Die verwaschene Hose mit einigen Rissen an den Knien flattert locker um seine dünnen Beine. Seine gut gepflegten Füße sind appetitlich anzuschauen, die Nägel geschnitten, keine Hornhaut an den Fersen. Er lächelt und begrüßt Nadine mit einem Wangenkuss. Dann zieht er sie am Arm in seine Wohnung.
– Bonjour, Nadine. Schön, dass du pünktlich bist. So können wir die Zeit voll nutzen. Hier, und er wirft ihr ein weißes Laken zu, zieh dich aus und knote es ab der Taille um dich.
– Ich soll was?
Entsetzen erfasst Nadine in Sekundenschnelle. Sie wird blass. Sie sieht ihren Vater, breitbeinig und mit forderndem Blick. Sie schlägt beide Hände vor ihre Augen und verweilt einen kurzen Moment in dieser Haltung. Dann besinnt sie sich. Maler brauchen Modelle. Es ist also ganz legitim, was Lucien von ihr verlangt. Luciens Stimme dringt an ihr Ohr.
– Knote es um dich, damit ich dich portraitieren kann.
Noch nie hat sie als Nacktmodell gearbeitet. Jetzt sieht er ihre Verlegenheit, ihr gerötetes Gesicht und die gesenkten Augenlider. Verständnisvoll lenkt er ein und fragt:
– Oder möchtest du zuerst anfangen zu malen?
– Ja, das ist mir lieber.
Sofort knöpft Lucien sein Hemd auf, wirft es achtlos über eine Stuhllehne. Routiniert öffnet er seine Hose und überlässt sie der Schwerkraft. Ein kleiner Slip umhüllt gerade noch so eben seine Männlichkeit.
– Nein, schreit Nadine, behalt ihn an. Das reicht.
– ok.
Lucien verliert keine Zeit mit Fragen. Er rückt einen krummbeinigen Hocker mittig in den Raum und setzt sich in Position.

Er lässt Nadine nicht aus den Augen. Verlegen mit hochrotem Kopf sucht sie nach einem Kohlestift. Auf dem Fensterbrett in der Senke des Doppelfensters, das erstaunlich wenige Farbkleckse aufweist, liegen seine Stifte, auch verschieden große Pinsel und Kreide. Als sich ihre Blicke treffen, lächelt Lucien ihr Mut zu.

– Wieviel Zeit habe ich heute?
– So viel du willst.

Erleichtert schaut sie ihn an. Nun ist sie doch froh, dass die schmalen Studiofenster nicht so viel Tageslicht herein lassen. Sein Blick wärmt, sie wird ruhiger.

Wie ein Jäger auf dem Hochsitz nimmt sie sich viel Zeit. Ihre zu Schlitzen zusammengekniffenen Augen fahren seinen Körper ab wie ein moderner Scanner, halten immer wieder inne und speichern seine Muskeln en suite in ihrem Kopf. Bewegungslos wie eine Marmorstatue sitzt er auf dem mit Farbe übersäten Hocker, fast ein eigenes Kunstwerk. Die gekrümmten Holzbeine flößen kein Vertrauen ein. Nadine bittet Lucien, seinen Oberkörper ein wenig nach links zu drehen, so wäre der Blick auf ihn perfekter. Noch nicht ganz ausgesprochen, bewegt er sich ruckartig nach links und fällt dabei mit einem dumpfen Knall zu Boden. Der Hocker fliegt über ihn hinweg. Reflexartig schnappt er sich ein Hockerbein und hält es mit seiner rechten Hand fest. Wie eine geschmeidige Katze springt Nadine herbei und will Lucien von dem Möbelstück befreien. Sie greift nach einem der Hockerbeine und zerrt daran. Unerwarteter Widerstand hält sie zurück. Durch die Zugkraft verliert sie ihr Gleichgewicht und fällt auf Lucien. Nicht das Hockerbein, sondern eine schöne, junge Frau hält er fest in seinen Armen. Sie fühlt sich warm an, nicht so mager, wie er dachte. Nadine spürt jeden seiner Muskeln, die sie in ihrem Kopf gespeichert hat, gut durchtrainiert, sie fassen sich gut an. Aber der Druck seiner Umklammerung nimmt ihr den Atem. Sie stemmt sich auf und möchte sich befreien. Ihre Haare kitzeln ihn am Hals. Da übermannt es ihn. Heiße, volle Lippen berühren einen eher schmalen Mund, der sich nicht wehrt. Ein heißer Kuss lässt sie verschmelzen und alles um sie herum vergessen. Erst kurz vor Mitternacht begleitet er sie zur Metro.

Voller Erwartung betritt Nadine am darauffolgenden Mittwoch den Saal. Sie freut sich auf Lucien. Aber er ist nicht da. Einer seiner Kollegen vertritt ihn. Warum, erfährt sie nicht. Sie fühlt sich verlassen und ist nicht in der Lage, eine vernünftige Arbeit auf die Leinwand zu bringen.

Nach dieser Unterrichtsstunde kommt Nadine niedergeschlagen nach Hause. Die Enttäuschung sitzt tief und ist ihr anzumerken. Richard wartet gespannt auf ihren Bericht, der sonst wie ein Wasserfall aus ihr heraussprudelt. Aber heute bleibt sie verschlossen und geht gleich in ihr Zimmer.

Der Gedanke an den morgigen Tag quält sie. Sie kann nicht schlafen. Abgemacht war *jeden* Donnerstag. Soll sie morgen trotzdem in sein Studio gehen? Warum hat er gefehlt? Wenn er nun krank ist, würde sie ihm helfen wollen, ein Süppchen kochen oder Medikamente von der Apotheke holen. Er hätte ihr doch wenigstens eine Nachricht zukommen lassen müssen. Diese Gedanken machen sie müde. Ohne Antworten auf ihre Fragen zu bekommen, fallen ihre Augen zu und sie schläft erschöpft ein.

Als Nadine am nächsten Abend dann doch bei Lucien klingelt, bleibt die Tür verschlossen. Keiner der Nachbar ist zu Hause, den sie hätte nach ihm fragen können.

Am darauffolgenden Mittwoch in der Kunstakademie fehlt Lucien immer noch. Noch drei Unterrichtsstunden bis zu der großen Sommerpause. Ihre Malbegeisterung hat einen Tiefstand erreicht. Lustlos sitzt sie vor der Staffelei, es gelingt ihr nichts. Immer wieder wird sie durch die Erinnerung an die Liebesnacht mit Lucien abgelenkt.

Am letzten Unterrichtstag wünscht der Vertretungskollege allen Teilnehmern eine schöne Sommerzeit und lässt offen, ob er oder Lucien den Unterricht weiterführen wird.

38

Transistorradio

Richard überlässt es Nadine, die Sommerferien zu planen, auch die Entscheidung wohin, diesmal zu dritt. Sie muss nicht lange überlegen. Schon immer verspürte sie den großen Wunsch, die Provence kennenzulernen, wo viele berühmte Künstler lebten und sich dort das klare Licht zunutze machten. Über eine Agentur findet sie schnell ein geeignetes Haus.

Das Feriendomizil liegt in der unmittelbaren Nähe des mittelalterlichen Dorfes Aubignan auf einer kleinen Anhöhe, umgeben von einem Pinienwald und Weinbergen mit Blick auf den Mont Ventoux, Traum aller Provençalen. Der Berg ist ein beliebtes Ziel für Ausflügler und Radfahrer. Das Haus hat zwei großzügige Ebenen. Das Obergeschoß ist ideal für Nadine und Madeleine, das Parterre bequem für Richard.

Die zwei Sommermonate mit Madeleine machen Nadine große Freude. Fast täglich unternehmen sie kleine Ausflüge und haben viel Spaß miteinander. Dabei vergisst Nadine keineswegs ihre Pflichten. Sie vernachlässigt Richard nicht, im

Gegenteil, ihre Fürsorge ist fast noch ein wenig gewachsen. Auch er hält sich an seine Abmachung und lässt Nadine alle Freiheiten. Und wenn sie dann abends zu dritt gemütlich zusammensitzen, erzählt Madeleine mit der Begeisterung eines Teenagers von ihren Tageserlebnissen, wobei häufig die Worte *meine große Schwester* fallen. Sie genießt offensichtlich die angenehm familiäre Atmosphäre. Das junge Mädchen ist begeisterungsfähig und an allem interessiert. Es ist gut, wenn ein junger Mensch neugierig ist, wenn ein junger Mensch ein waches Auge für die Dinge um ihn herum hat, Erfahrung sammelt und sie sich zunutze macht. Das gefällt Richard.

Die drei verbringen die Abende in völliger Harmonie. Sie begeistern sich für Mensch Ärgere-Dich-Nicht, und bei Frage- und Antwortspielen geht es hoch her. Madeleine läuft dabei zu Höchstform auf. Ihre oft komischen Kommentare lösen bei Richard und Nadine immer wieder spontane Lachsalven aus. Richard ist ein Künstler der Sprache, und fast väterlich beantwortet er mit einfachen und verständlichen Sätzen Madeleines Fragen. Er mag sie und versteht sich gut mit ihr. Vielleicht hat er selbst auch Enkelkinder in Madeleines Alter, aber er weiß es nicht. Er hat seit der Trennung von seiner ersten Frau keinen Kontakt zu seinen beiden Söhnen. Einmal hat er den Versuch gemacht, sie brieflich von seiner Heirat mit Madame Corneille und über seinen folgenschweren Skiunfall zu informieren. Aber eine Antwort darauf blieb aus. Ihr Stillschweigen und seine eigene späte Reue sind immer wieder schmerzliche Momente, die ihn quälen. Er ist dann tagelang deprimiert und denkt viel über seine früheren Fehler nach.

Eines Tages, als Nadine mit Madeleine zum Einkaufen fährt, langweilt sich Richard ein bisschen. Im oberen Stockwerk logieren die beiden jungen Damen. Dort ist er noch nie gewesen. Es liegt ihm fern, etwa ihre Sachen zu durchsuchen, nein, er interessiert sich nur für die Einrichtung der Eigentümer. Welcher Couleur sind die Vermieter? Mühevoll zieht er sich am Handlauf die zwölf Stufen nach oben. Die beiden offenstehenden Zimmertüren gestatten ihm einen flüchtigen Blick hinein in die Räume, ohne sie zu betreten. Die Zimmer von Nadine und Madeleine sind erstaunlich penibel aufgeräumt. In der Bibliothek nebenan hält er sich ein Weilchen auf und stöbert in ein paar Büchern. Einige kommen ihm bekannt vor. Derartige Literatur hat er bei seinem Problemsohn schon einmal gesehen. Es sind ausnahmslos psychologische Fachbücher. Richard blättert nur oberflächlich hinein. Dabei fallen einige Handzettel heraus auf den Boden. Er bückt sich schwerfällig und legt sie wieder in die Bücher zurück, schenkt ihnen aber keine weitere Beachtung. Diese Art Bücherbestand zeigt deutlich, dass der Besitzer dieser Bibliothek erhebliche Probleme mit sich und seinem Leben haben muss. Das beschäftigt Richard noch eine ganze Weile. Beim Verlassen des Stockwerks wagt er noch einen kurzen Blick ins Bad. Ihm stockt der Atem. Über dem Waschbecken auf der Konsole liegt ein Gegenstand, den er zu kennen glaubt. Wie ein Einbeiniger hüpft er näher heran. Zaghaft greift er nach dem Gegenstand, zuckt entsetzt zurück und lässt ihn sofort wieder fallen, als hätte ihn eine Giftschlange attackiert. Der Gegenstand ist schwer, und der dumpfe Aufprall in das Waschbecken ist unüberhörbar. Leichenblass geworden taumelt Richard. Mit der rechten Hand hält er sich am Beckenrand fest, mit der anderen schöpft er Wasser vom Hahn und kühlt sein Gesicht. Er wagt einen zweiten Blick auf das nass gewordene glänzende Schmuckstück. Auf dem Siegelring sind eindeutig die Initialen A.C. eingraviert. Genauso einen hat er vor langer Zeit einem seiner Söhne geschenkt. Aber nein, das wäre ein zu großer Zufall! Sorgsam wischt er den Siegelring mit dem Händehandtuch trocken und legt ihn wieder zurück auf die Konsole. Benommen hinkt Richard die Treppe herunter ins Parterre.

Als Nadine vom Einkaufen zurückkommt, findet sie Richard ganz verstört vor. Er entschuldigt sich und zieht sich in sein Zimmer zurück. Er möchte allein sein und bis morgen früh nicht gestört werden. Da Richard solche Wünsche immer häufiger äußert, schenkt Nadine dem keine weitere Beachtung und schmiedet Pläne für die nächsten Tage. Sie will zum Abschluss dieser Ferien zur Pont du Gard fahren. Dort überspannt in drei Etagen eine neunundvierzig Meter hohe Brücke das beeindruckende Flussbett. Sie liest ihrer kleinen Schwester aus dem Reiseführer vor: Dieses monumentale Aquädukt wurde im ersten Jahrhundert nach Christi von den Römern gebaut und diente zur Wasserversorgung bis in die heutige Großstadt Nîmes.

Am steinigen Flussbett entlang möchte sie mit Madeleine eine zweitägige Wanderung unternehmen. Madeleine ist begeistert, und freudestrahlend erzählt sie Richard davon beim Frühstück. Nein, sagt er ohne den leisesten Vorwurf, er käme nicht mit, er bleibe im Ferienhaus und ruhe sich aus. Phil, der Chauffeur, werde sich in der Zwischenzeit um ihn kümmern.

Am nächsten Morgen steht Phil wie immer mit seinem Wagen, stets fahrbereit, auf der Auffahrt des Ferienhauses. Die Hitze ist fast unerträglich. Kräftig wedelt er mit einem bunten Fächer frische Luft in sein offenes Auto. Den Fächer hat er in Paris von einer feurigen, spanischen Kundin geschenkt bekommen. Der künstlich erzeugte Wind tut gut, und der Gedanke an diese rassige Frau lässt ihn erneut erglühen. Jede Passantin, die er in Paris von seinem Taxiplatz aus sieht, verfolgt er mit seinen verführerischen dunklen Augen. Am liebsten würde er in diesen Momenten hinterherlaufen, aber die Pflicht ruft. Er muss auf seinen nächsten Fahrgast warten und rutscht stattdessen nur unruhig auf dem ledernen Fahrersitz hin und her.

Nie weiß er, wann Richard ausfahren möchte. Die lästigen

Wartezeiten nimmt Phil gelassen, denn er wird außerordentlich gut dafür bezahlt.

Seine Langeweile vertreibt er sich mit Steinchen Werfen. Von der Auffahrt hebt er kleinere und größere Kieselsteine auf. Damit unterscheidet er zwei Mannschaften, die dicke und die dünne. Aus diesem Sortiment wählt er den dicksten Stein aus und wirft diesen ungefähr zwei Meter vor sich auf die Auffahrt. Alle anderen Steinchen folgen diesem Spiel. Die Mannschaft, deren Steinchen am dichtesten um den größten herum liegen bleibt, hat gewonnen. Während des Spiels flattern oft genug ganz plötzlich Spatzen heran und hoffen auf leckere Krümel.

Gut gelaunt brechen Nadine und Madeleine zur Pond du Gard auf. Phil fährt sie zum Bahnhof. Der Zug rattert durch eine wunderbare Landschaft. Die Sonne scheint hell und die Kornfelder leuchten goldgelb. Ein leichter Wind vertreibt die stechende Hitze, ideal für diesen Ausflug.

Nach zweistündiger Wanderung an dem breiten Flussbett entlang, das im Sommer kaum Wasser führt, legen Nadine und Madeleine eine längere Pause ein. Das anstrengende Klettern zwischen den großen und kleinen Felsbrocken hat sie müde gemacht. Danach wandern sie nur noch ein kurzes Stück. Denn sie entdecken eine nette kleine Pension direkt am Ufer, wo sie übernachten können. Die Wirtsleute werden diese Woche von ihrem Sohn vertreten, der von Beruf Koch ist. Danach sieht er aber gar nicht aus. Eher könnte er ein Basketballer sein, groß und schlank, flink in seinen Bewegungen. Am Abend serviert er seinen Gästen ein landestypisches Gericht: Loup de mer au Fenouil, Seehund mit Fenchelgemüse, und reicht dazu einen Wein, der nach mehr schmeckt. Auch Nadine trinkt ein Glas.

Nachdem Madeleine zu Bett gegangen ist und die anderen Gäste in ihre Zimmer verschwunden sind, sitzt Nadine noch lange mit dem jungen Koch draußen in der Wärme. Auf einem Kissen im Gras machen sie es sich gemütlich. Zwischen ihnen liegt tief in Erde gebettet ein riesiger Felsbrocken. Auf ihm stehen zwei halbgefüllte Gläser mit Rotwein. Er erzählt Nadine Anekdoten aus seinen Erfahrungen mit Gästen, über die sie sich ungehemmt vor Lachen ausschüttet, als wolle sie die schweren Jahre in ihrer Familie damit kompensieren.

Zu vorgerückter Stunde holt der junge Wirt noch den in Südfrankreich sehr beliebten Pastis, einen Anisschnaps, der 1:4 oder 1:5 mit Wasser aufgefüllt wird. Heute Abend kommt es nicht so sehr auf das richtige Mischverhältnis an, und er schenkt Nadine großzügig ein. Wider Erwarten schmeckt ihr der Schnaps. Sie trinkt selten Alkohol, und wenn, doch nur ein Glas. Warum macht sie heute Abend eine Ausnahme?

Spontan springt der junge Mann auf, läuft ins Haus und kommt mit einem kleinen von Soßenspritzern übersäten Transistorradio zurück. Vorsichtig stellt er das Radio auf den Findling und drückt zielsicher auf den Knopf, wo sein Lieblingssender eingestellt ist. Sofort ertönt schwungvolle Musik. Nadine legt den Zeigefinger auf ihre Lippen:

– Stell doch den Ton leiser, sonst werden deine Gäste wach. Aber die Gäste schlafen fest, und der junge Mann ignoriert ihren Wunsch. Stattdessen streckt er Nadine einladend seine Arme entgegen. Sacht und gefühlvoll zieht er sie zu sich hoch, ganz dicht an sich heran. Der Blick aus seinen leuchtend blauen Augen macht jedes Mädchen schwindelig, auch Nadine. Mit der rechten Hand umfasst er behutsam ihre Taille, mit der anderen ihre Schulter, seinen Kopf neigt er zur Seite und legt ihn vorsichtig in ihren Nacken. Heiße Lippen berühren ihren Hals. Nadine gefällt diese Umarmung, die sie sich so sehr von Albert gewünscht hatte. Bereitwillig lässt sie sich führen. Ihre Augen bleiben geschlossen und sie genießt die wiegenden Tanzbewegungen nach der Musik, die jetzt langsamer geworden ist.

Wie lange sie schon aneinander geschmiegt durch den Garten schweben, weiß sie nicht. Mit kleinen Schritten drehen sie sich im Kreis und werden abrupt durch einen Widerstand zum Stehen gezwungen. Ein dicker Baumstamm gibt ihnen Halt, denn beide taumeln vor Glücksgefühl. Ihre Blicke treffen sich und verschmelzen zu einem langen, heißen Kuss. Eng umschlungen sinken sie langsam ins Gras.

Die Wirkung von Wein und Pastis beeinflussen den weiteren Verlauf dieser glühenden Nacht.

39

Nachbarskind

Du glaubst nicht, was ich alles erlebt habe, berichtet Madeleine ihrer Freundin, als sie aus den Ferien wieder zurück im Internat ist.

– Meine große Schwester ist toll. Sie hat mich überallhin mitgenommen und mir schöne Dinge in der ganzen Gegend gezeigt. Und ihr Mann ist großzügig und seeeehr nett!

Dabei dreht sich Madeleine mit erhobenen Armen einmal im Kreis, als wollte sie die ganze Welt umarmen. Ihre Begeisterung ist kaum zu bremsen. Das erste Mal in ihrem jungen Leben ist sie so richtig glücklich!

Charlotte berichtet nun auch von ihren Ferienerlebnissen und muss feststellen, dass sie verglichen mit denen ihrer Freundin Madeleine eher langweilig gewesen sind. Sie saß hauptsächlich mit der alten Tante zu Hause und stickte oder half in der Küche. Ab und zu kam mal ein Nachbarskind herüber, aber es blieb nicht lange, denn im Haushalt der Tante gibt es keine Spiele oder andere Dinge zum Zeitvertreib. Aber Charlotte war damit zufrieden. Es war auf jeden Fall besser, als zu Hause bei ihren Eltern zu sein.

Dieser Bericht stimmt Madeleine traurig und sie wünscht ihrer Freundin fürs nächste Mal schönere Ferien. Sie denkt sogar für einen Moment daran, ihre Schwester zu bitten, die nächsten Sommerferien zu viert zu verbringen.

40

Heirat

Nadine erhält Post, zum ersten Mal adressiert an Nadine Corneille. Sie erkennt die Schrift, ungeduldig reißt sie den Umschlag auf. Mit einem zufriedenen Lächeln auf den Lippen beginnt sie zu lesen.

Liebe Nadine,
von Madeleine habe ich von deiner Heirat erfahren und gratuliere herzlich. Sie schreibt mir, dass sie die schönsten Ferien ihres Lebens mit dir und deinem Mann verbracht hat. Ich freue mich sehr darüber.
Nun möchte ich dir mitteilen, dass ich Henri heiraten und dann mit ihm zu seinen Eltern nach Roscoff ziehen werde. Sie besitzen dort eine große Gärtnerei und haben hier meinen Arbeitgeber mit Pflanzen beliefert.
Ich wünsche dir alles Gute und danke dir für alles, was du für Madeleine tust.
Marie

Diese Nachricht erleichtert Nadine. Ihre Schultern sacken nach unten, sie atmet tief ein und lange aus. Ein warmes Glücksgefühl durchströmt ihren Körper. Sie spürt deutlich die Erleichterung, nur noch für Madeleine verantwortlich zu sein, und streckt sich auf ihrem bequemen Bett aus. Lange bleibt sie so liegen und starrt an die Decke. Dann liest sie den Brief noch einmal. Der Brief von Marie sollte der letzte Kontakt zwischen den beiden Schwestern bleiben.

Als Marie in dem Brief von ‚deinem Mann' spricht, muss Nadine schmunzeln. Was denn für ein Mann? Bisher hat sie nichts vermisst in ihrer Zweisamkeit mit Richard. Aber nachdem sie sich einen kurzen Moment wieder an Lucien und an die aufregende Nacht in der kleinen Pension im Pont du Gard erinnert, verstärkt sich ihre Sehnsucht nach Nähe und Wärme.

41

Salzige Wangen

Die Sommerferien haben allen gutgetan. Richard hatte fast immer ein Buch in der Hand, manchmal las er im Garten, manchmal auf dem Sofa, er ging damit sogar in den Park und setzte sich auf eine Bank. Aber er kam nicht zum Lesen. Dort beobachtete er die Menschen, die ihn anlächelten und grüßten, manchmal entwickelte sich daraus auch ein kleiner Plausch. Und er schaute den spielenden Kindern nach, fast immer mit Wehmut. Vielleicht sogar in Gedanken an seine eigenen Enkelkinder?

Den Stapel der mitgebrachten Bücher hat Richard vollständig abgearbeitet, hat seine Zeit gut mit Lesen gefüllt. Und Nadine, sie war abgelenkt durch die gemeinsamen Unternehmungen mit Madeleine, die ihr viel Spaß gemacht haben. Aber nach diesen langen Wochen freut sie sich auf die Kunstakademie und auf Lucien. Wird er da sein? Diese Ungewissheit beschäftigt sie schon seit vielen Tagen bis in die Nacht hinein.

Als Lucien schließlich den Saal betritt, löst sich augenblicklich Nadines Anspannung. Sie lächelt.
Mit äußerst ernstem Gesichtsausdruck holt Lucien ein Blatt Papier aus seiner Aktentasche, legt es beiseite, räuspert sich und fängt sofort an, über die Kunst zu referieren. Dabei guckt er ins Leere. Seine Konzentration ist schwach, er verliert oft den Faden und schaut häufig in sein Manuskript. Die Studenten wundern sich. Denn vor der Sommerpause hatte er meistens zu Beginn des Unterrichts einen Scherz auf Lager und erkundigte sich über die Arbeiten und Fortschritte der Teilnehmer. Nun scheint ihn nichts zu interessieren. Wie ein miserabler Schauspieler leiert er seinen Text herunter.
Nadines Enttäuschung wird unerträglich, Bauchschmerzen plagen sie, ihr Magen krampft, Übelkeit steigt hoch. Ein bitterer Geschmack breitet sich in ihrem Mund aus. Und der pochende Schmerz auf ihrer Stirn verhindert das Zuhören. Aber den Saal verlassen will sie nicht. Sie fängt an zu kritzeln, irgendetwas. Von Lucien kommt kein Blick, kein Zeichen der Zuwendung, nichts. Hat er sie vergessen und nur benutzt? Die Gefühle, während sie sich liebten, nur vorgespielt? Nein, sie kann sich nicht so sehr getäuscht haben!
Und richtig. Am Ende dieser ersten Unterrichtsstunde nach der Sommerpause hält Lucien Nadine zurück, als sie als letzte den Raum verlassen will. Sein ernstes Gesicht macht ihr Sorgen.
– Nadine, es tut mir so leid. Ich konnte dich nicht benachrichtigen. Es ging alles so schnell.
– Was ist denn passiert?
– Ich bekam einen Anruf von zu Hause, einer Nachbarin. Sie

sagte, meine Mutter spreche verwirrt und rufe immerzu nach ihrem Sohn. Daraufhin bin ich sofort zu ihr gefahren.

– Geht es ihr jetzt wieder besser?

Lucien senkt seinen Kopf, es fließen ein paar Tränen über seine Wangen. Mit dem Handrücken wischt er sie schnell weg. Dann nimmt er Nadines Hand.

– Komm, lass uns zu mir gehen. Ich erzähl dir alles in meiner Bude.

In seinem kleinen Studio setzt er Teewasser auf, wirft hastig ein paar herumliegende Kleidungsstücke in den Schrank und holt aus einer Schublade weich gewordene Kekse. Als sie sich an dem kleinen Küchentisch gegenüber sitzen und auf das Kochen des Teewassers warten, nimmt Nadine seine Hand und sagt:

– Bitte, Lucien, erzähle mir alles. Ich habe dich so sehr vermisst.

Er will sprechen, aber seine Stimme versagt. Er schluckt und würgt. Wieder fließen Tränen. Nadine nimmt ihn behutsam in ihre Arme und küsst seinen Nacken. Da bricht er zusammen. Unter Schluchzen – immer wieder seine Tränen trocknend – erzählt er von seinem Erlebnis.

– Nadine, meine Mutter ist gestorben. Als ich ankam, lag sie schlafend da. Sie ist nicht mehr aufgewacht. Aber ich habe pausenlos zu ihr gesprochen: Mutter, ich bin da, dein Sohn. Es wird alles gut. Wir haben doch schon so viele Krisen durchgestanden, diese werden wir auch überwinden. Weißt du noch, als Papa plötzlich nicht mehr da war, wir nicht wussten, was wir am nächsten Tag essen sollten, geschah ein Wunder. Ich fand Arbeit in einem Hotel als Page, obwohl ich erst dreizehn Jahre alt war. Die Gäste waren großzügig mit dem Trinkgeld. Ich verdiente genug für uns zwei. Von da an ging es aufwärts. Ich bleibe jetzt bei dir, bis du wieder zu Kräften kommst. Ich koche dir deine Lieblingssuppe, Puy-Linsen mit Zwiebeln und Speck, so wie du sie magst.

Es zischt. Das sprudelnde Teewasser tropft auf die heiße Emailplatte des Gasherds. Nadine steht auf und kümmert sich um den Tee.

– Lucien, bitte, erzähl weiter.

– Ja, einmal dachte ich, sie drückt meine Hand. Es war Dankbarkeit, dass sie nicht allein war. Ja, so war es. Aber dann regte sich nichts mehr. Ich streichelte ihr Haar. Es fühlte sich steif an, vom Haarspray. Vielleicht war sie tags zuvor beim Friseur gewesen. Ich nahm ihre Hand, sie war kalt und dünn, wie ein Stöckchen im Winter, brüchig und ohne Saft. Ich habe noch gesagt, dass ich ihr für alles in meinem Leben dankbar bin, für die uneingeschränkte Mutterliebe, für die Fürsorge in allen Lebenslagen, für die Unterstützung, als ich mich in einer schiefen Finanzlage befand, und auch für die vielen Zurechtweisungen, wenn dumme Jungenstreiche mich vom Weg abbrachten. All das habe ich ihr noch gesagt. Aber … .

Wieder schluchzt er laut und schlägt beide Hände vor sein Gesicht.

– Ja, Lucien, sie hat es bestimmt gehört.

Nadine tritt näher und zieht ihn an sich. Ihre Küsse bedecken seine nassen, salzigen Wangen. Sie liebkost ihn, streichelt sein Haar, wie eine Mutter, die ihr Kind tröstet. Die Erinnerung an ihre eigene Mutter kommt zurück, als sie verstört und gefühlskalt in eine Kirche flüchtete. Hatte sie auch Trost gebraucht oder nur jemanden, der zugehört hätte? Zuhören musste ihre tote Mutter, als sie sich ihren Frust von der Seele redete.

Lucien wird ruhig, schaut ihr warm und tief in die Augen, während er ihre beiden Hände in seinen hält, dann sagt er:

– Danke Nadine, ich liebe dich.

– Ich dich auch.

42

Vertrauensverlust

Die nächsten vier Wochen verstreichen im Nu. Der Unterricht an der Akademie verändert sich. Lucien verlangt mehr als von den Studenten erwartet. Er überzieht die Zeit und diskutiert die Arbeiten intensiv nach jeder Stunde, selbst dann, wenn ein müdes Gemurmel hörbar ist und er genau weiß, dass alle lieber den Heimweg antreten würden. Aber er ignoriert deren Aufmüpfigkeit und zieht seinen Plan durch. Inzwischen sind Leopold und Luc nicht mehr dabei. Sie haben dem Tempo und den Anforderungen nicht standhalten können. Vielleicht fehlte ihnen auch nur Talent?

Am Donnerstag, dem Tag ihrer Studioarbeit bei Lucien, hinterfragt Nadine seine Vorgehensweise, warum er dieses Tempo an den Tag legt. Ihr war auch aufgefallen, dass nur die Fleißigen, die viel malen und ihre Werke mitbringen, bei ihm eine Chance haben, weiter an der Akademie zu bleiben.

Lucien ist nicht auf eine Diskussion vorbereitet. Noch nie hat jemand seine Pädagogik in Frage gestellt. Er ist leicht verletzt und weicht der Antwort aus. Stattdessen umfasst er Nadine und zieht sie lächelnd an sich. Aber sie stemmt sich ihm entgegen und fordert mit ihrem strengen, fragenden Blick eine Erklärung. Schnell küsst er sie auf die Lippen, noch bevor sie weitere Fragen stellen kann. Beide taumeln Richtung Bett. Lucien setzt sie matt.

Wie von Sinnen reißt er ihre Bluse auf und vergräbt sein Gesicht zwischen ihren zarten Brüsten, gleitet langsam weiter nach unten bis zum Bauchnabel. Seine feuchte, warme Zunge dringt in diese kleine Höhle und saugt an der Schnittstelle zwischen Mutterleib und Außenwelt wie ein Neugeborenes an der Mutterbrust. Es kitzelt. Elastisch wie ein Aal windet er sich wieder nach oben und erstickt mit seinen vollen Lippen ihr Lachen. Durch den warmen, schmalen Mund züngelt Lucien und findet, was er sucht. Lustvoll erwidert Nadine sein Tun. Sie merken nicht, wie schnell die Zeit verrinnt.

– Das war mein längster Kuss, den ich je hatte, sagt Lucien und wälzt sich auf der Bettdecke, die durch ihr Liebesspiel ordentlich gelitten hat.

– Komm, Lucien, lass uns arbeiten.

– Ach, das habe ich doch glatt vergessen!

Diesmal malen sie kein Portrait oder einen Akt, sondern begutachten ihr Stillleben, das sie vor kurzem in der freien Natur gemalt haben. Ein roter Apfel, blaue Weintrauben und eine grüne Birne liegen auf einer flachen Kristallschale. Diese Schale hatten sie auf eine niedrige Seine-Mauer platziert. Ein Kutter fuhr vorbei, und schmutziges Flusswasser veränderte durch eine kräftige Welle im Nu das Bild. Ein Stillleben besonderer Art, mit Bewegung im Hintergrund. Bei den Spaziergängern hatte das für Aufsehen gesorgt.

– Nadine, wie kriegst du das hin, dass z.B. die Trauben auf deinem Bild zum Greifen nah aussehen? Sie sind tropfnass, sehen frisch gepflückt aus und machen Appetit. Ein trompe l'oeil.

– Lucien, tadelt sie ihn, du selbst hast uns Studenten immer wieder gepredigt, dass wir plastisch malen sollen.

– Ja, aber nicht alle machen das. Du hörst zu und setzt es 1:1 um. Wie geht das?

– Ich bin eben gut! scherzt Nadine und gibt ihm mit ihrer zierlichen Faust einen kleinen Schubs in seinen Bauch.

– Nein, Nadine, ich meine es Ernst. Erkläre es mir bitte.

– Das kann ich nicht. Es kommt aus meinen Fingern, aus meinem Bauch, nicht aus dem Pinsel oder meinem Kopf.

– Wie kommt es, dass dein Talent nicht schon früher bemerkt wurde?
– Es hat sich niemand für mich interessiert. Bis ich dich traf. Du hast alles in mir geweckt.

Sie schenkt ihm ein zauberhaft mädchenhaftes Lächeln. Überwältigt von ihrer Natürlichkeit und der Wärme in ihrem Blick hebt er sie vom Stuhl und trägt sie aufs Bett. Es wird eine lange Nacht.

Für die letzte Metro ist es zu spät. Um sechs Uhr früh steht sie auf und trinkt eine Tasse Kaffee mit Lucien auf der Bettkante. Dann fährt sie pflichtbewusst nach Hause, um ihren Dienst bei Richard rechtzeitig anzutreten.

Als Nadine die Haustür aufschließt, ist es sieben Uhr früh. Ihr Dienst fängt erst um acht Uhr an. Aber Richard sitzt schon angezogen in der Bibliothek und wartet auf sie. Normalerweise frühstückt er im eleganten, seidenen Morgenrock. Nadine ist überrascht, dass sie Richard in seinem Rollstuhl vorfindet.

– Guten Morgen, Richard, geht es Ihnen nicht gut? Warum sind sie so früh auf?
– Guten Morgen, Nadine. Ich habe die ganze Nacht auf Sie gewartet und mir Sorgen gemacht. Eine junge Frau allein in Paris ist zu gefährlich. Wo waren Sie?
– Ääääähhhh, Richard, Verzeihung, aber das geht doch nur mich allein etwas an. Finden Sie nicht?
– Aber Sie stehen unter meiner Obhut, Sie sind doch meine Frau.

Wie ein Löwe brüllt er diese Worte in den Raum. Sein Brustkorb hebt sich dabei. Es sieht aus, als wolle er augenblicklich auf Nadine losgehen und sie als seine Beute verspeisen.

Nadine antwortet ruhig und selbstbewusst:
– Ja, ich bin Ihre Frau. Aber nicht im üblichen Sinn. Wir haben doch ein Arrangement.

– Wenigstens anrufen hätten Sie können und erklären, warum, wo und mit wem Sie die Nacht verbringen.
– Nein, Richard. Ich bin erwachsen und ein eigenständiger Mensch. Ich bin nur Ihre Formalehefrau und keinem Rechenschaft schuldig. Ja, ich hätte vielleicht eine Nachricht geben können, aber ich wusste ja selber nicht, wie die Nacht verlaufen würde.
– Wo zum Teufel waren Sie? brüllt er sie wieder an.
Nun kann Nadine Richards Eifersucht nicht mehr tolerieren. Sie erzählt ihm die ganze Geschichte in allen Einzelheiten und, dass eine junge Frau wie sie einen Anspruch auf Liebe hat.
Rot vor Wut schreit er:
– Das ist Ehebruch, das ist Vertrauensbruch und Ausnutzung der Situation.
– Nein, Richard, das glaube ich nicht. Es ist kein Ehebruch, weil ich gar nicht ihre ‚Ehefrau' bin. Das ist kein Vertrauensbruch, da ich niemandem Rechenschaft schulde, und von Ausnutzung der Situation kann keine Rede sein. Ich bleibe pflichtbewusst und vernachlässige nicht meine Arbeit. So gesehen bleibe ich Ihnen treu.
Richard kocht vor Wut. Sein Gesicht ist ganz rot geworden. Er schiebt mit den Händen seinen Rollstuhl an und fährt in den Salon. Sein Frühstück will er allein einnehmen.
Während der nächsten Tage hat er sich beruhigt und entschuldigt sich sogar bei Nadine für seinen Ausbruch. Er spricht von Verständnis und verhält sich wie früher, ruhig, tolerant, und nicht mehr eifersüchtig wie ein betrogener Ehemann.

Am nächsten Donnerstag, der Tag ihrer Studioarbeit bei Lucien, wünscht Richard ihr sogar einen angenehmen Abend. Aber sie kommt wider Erwarten früher zurück als sonst. Sofort verschwindet sie in ihr Zimmer und lässt sich zu keinem Gespräch überreden. Was ist geschehen?

Nun kann Nadine von Vertrauensbruch sprechen. Als sie ins Studio kam, standen zwei gepackte Koffer neben der Tür. Ein heftiger Kuss, eine traurige Auseinandersetzung. Bereits seit drei Wochen wusste Lucien, dass er Paris verlassen würde. Das erklärt auch sein hohes Unterrichtstempo. Nadine ist wütend und kann es kaum glauben. Er hat ihr tatsächlich verschwiegen, dass er nach Rom gehen wird, in die Villa Medici. Ein französisches Studienzentrum, wo italienische Kunstschätze gelehrt werden. Dort wird er ein halbes Jahr die Studenten betreuen und dann wieder nach Paris zurückkommen, zu ihr?

43

Trotzreaktion?

Seit einigen Tagen fühlt sich Nadine müde und abgespannt, sie sieht blass aus. Das bemerkt sogar Richard und spricht sie darauf an:
– Geht es Ihnen nicht gut, Nadine?
– Ja, doch.
– Ich mache mir Sorgen.
 Warum?
– Sie sind blass und so häufig müde. Mute ich Ihnen etwa zu viel Arbeit zu?
– Nein, aber vielleicht muss ich in meiner freien Zeit weniger unternehmen und dafür mehr ausspannen.

Nadine hält sich an ihren Vorsatz, merkt aber schnell, dass ihr Allgemeinbefinden sich nicht bessert. Schließlich sucht sie einen Arzt auf. Seine Diagnose versetzt sie augenblicklich in einen Schockzustand. Für sie stand immer fest, kinderlos zu bleiben. Eine Mutterrolle kommt für sie nicht infrage. Diesen Entschluss hatte sie schon gefasst, als sie noch ein Teenager war. Schnellstens muss dieses Malheur behoben werden.

Nadine kennt Situationen, wie übel volle Windeln riechen, oder wenn Kinder Hunger haben und nach ihrem Brei weinen, sie hat nicht vergessen, wenn sie ihre kleinen Geschwister, die kaum laufen konnten, aus dem Dreck hob und tröstete, sie weiß noch genau, dass bei erkälteten Kleinkindern der grüne Schnodder von deren Rotznasen gewischt werden musste, bevor sie aus der Zunge ein Schnupftuch machten. Und sie erinnert sich auch nur zu genau noch daran, wenn sie abends ihre Geschwister in einem Zuber mit Brunnenwasser badete, welches sie vorher erst in Eimern heranschleppen musste und davon Rückenschmerzen bekam. Wenn es doch nur eins gewesen wäre, aber es waren drei kleine Geschwisterkinder, die sie versorgen musste, als sie – selbst fast noch ein Kind – gerade erst sechzehn Jahre alt war. Die hohe Verantwortung ließ kaum Raum für Gefühle. Nadine liebkoste ihre Geschwister nur selten.

Diese Erfahrung möchte sie nicht noch einmal machen, auch nicht mit einem eigenen Kind.

Entsetzt über ihre Schwangerschaft bittet Nadine Richard um ein paar freie Tage, sie möchte sich irgendwo ein wenig erholen. Ihren Zustand verschweigt sie ihm. Er stimmt sofort großzügig zu.

Entschlossen fährt sie nach Amsterdam, wo es gang und gäbe ist, solche *Missgeschicke* problemlos zu lösen. Vor ihrer Abreise erkundigt sie sich genau, in welchem Krankenhaus die besten Ärzte in Holland sind. Sie wählt eine Klinik am Stadtrand, die einem kleinen und gemütlichen Hotel gleicht. Dort hat sie an einem herbstlichen Regentag ihren Termin.

Der Empfang an der Rezeption ist freundlich. Nadine wird

von einem prallen Mädchen für alles in einen kleinen, gemütlich eingerichteten Besucherraum geführt. Sie ist allein. In völliger Diskretion wartet sie auf den Arzt. Ihr Puls schlägt ruhig.

An den Wänden hängen wunderschöne Fotographien. Nadine erkennt sofort deren künstlerische Qualität und fühlt sich in ein Museum versetzt. Neugierig geworden tritt sie näher an die farbenfrohen Fotos heran. Zu sehen sind Kinder aus verschiedenen Ländern.

Auf dem ersten Foto hält ein Eskimokind einen Stockfisch in der Hand. Es sitzt im blauweißen Schnee, eingepackt in dicke Felle, die die klirrende Kälte von ihm fernhalten. Es lacht aus vollem Herzen in die Kamera. Nadine lächelt zurück.

Auf dem zweiten Foto spielt ein dunkelhäutiges Mädchen im heißen Wüstensand. Nackt und schutzlos sitzt es da und lacht wie das Eskimokind in die Kamera. In ein tiefrotes Tuch gehüllt steht neben ihm eine Frau, vermutlich seine Mutter, teilnahmslos in die Ferne blickend. Das Mädchen streckt dem Betrachter weißen Sand zum Spiel entgegen, der aus seiner Hand rieselt. Es lädt ihn ein mitzuspielen. Nadine tritt einen Schritt näher heran und streckt ihre Hand dem Foto entgegen. Am liebsten würde sie den Sand auffangen und dem Mädchen in seine Hand zurückgeben. Ein einfaches Spiel mit der Natur, das der Kleinen offensichtlich großen Spaß bereitet.

Nadine wendet sich dem dritten Foto zu. Es zeigt zwei kleine Japaner, vielleicht gerade zehn Jahre alt, die bis zu den Knien im Meer stehen. Ihre Arme hochgestreckt, als wollten sie die karminrote Abendsonne vom Himmel holen. Ein roter Ball, der menschliches Leben auf unserem Planeten erst möglich macht.

Diese farbenfrohen Fotos gefallen Nadine. Sie strahlen Lebensfreude aus. Nadine erinnert sich an ihre Zeichnung aus Kindertagen. Eine kleine heile Familie, Vater-Mutter-Kind, gemalt auf einen Zettel, den die Mutter auf dem Sterbebett in Händen hielt. Auf dieser Zeichnung hatte Nadine auch die Sonne in einen knallroten Ball verwandelt. Sie kommt nicht mehr dazu, sich noch weitere Gedanken darüber zu machen.

Leise wird die Tür aufgeschoben, ein sympathischer Arzt begrüßt sie freundlich, fast ein bisschen zu freundlich, und führt sie in sein Behandlungszimmer. Zu ihrer großen Überraschung spricht er gutes Französisch:

– Bonjour, Madame, bitte nehmen Sie Platz.

Nadine glaubt, einen alten Bekannten vor sich zu haben. Die Atmosphäre gleicht einem Treffen vertrauter Freunde.

– Was kann ich für Sie tun? fragt der Arzt mit warmer Stimme.

– Oh, ich dachte das wissen Sie bereits.

– Sie müssen mir schon ihren Wunsch erklären.

– Nun ja, ich bin schwanger und möchte nicht Mutter werden.

Der Arzt schaut sie lange besorgt an und schweigt. Ganz ruhig holt er dann aus seiner Schublade einen Prospekt in französischer Sprache und reicht ihn ihr:

– Hier, bitte nehmen Sie das mit nach Hause und lesen Sie alles aufmerksam durch.

Als sie ihn verständnislos und überrascht anschaut und gerade protestieren will, fährt er fort:

– Sie sind sehr jung, noch nicht einmal dreißig Jahre alt. Es gibt Situationen, wo junge Frauen keinen anderen Ausweg sehen als diesen. Aber das ist nicht richtig. Wenn Sie lange genug darüber nachdenken und genügend über neues Menschenleben lesen, bekommen Sie vielleicht eine andere Sicht auf die wirklich wichtigen Dinge im Leben.

Nadine ist ärgerlich, als sie dem Arzt widerspricht.

– Nein, ich möchte diesen Eingriff unbedingt.

– Ich sage das allen Frauen, die zu mir kommen. Überlegen Sie sich bitte ganz genau, ob Ihr heutiger Wunsch nach einer

Schwangerschaftsunterbrechung wirklich ein Wunsch oder nur eine Trotzreaktion auf eine schwerwiegende Veränderung in Ihrem Leben ist.

– Ich glaube kaum, dass Sie beurteilen können, warum eine junge Frau wie ich unbedingt einen Abbruch will.

Nadines Stimme überschlägt sich fast bei diesen Worten. Sie ist verärgert und kann nun keine Sympathie mehr für diesen Arzt herbeizaubern. Die Stimmung im Raum hat sich verändert, ist eisig geworden. Aber Nadine darf es sich nicht mit ihm verderben. Die Woche, die ihr Richard freigegeben hat, muss reichen, um ihr Problem zu lösen. Deswegen lenkt sie ein und ergänzt ganz schnell:

– Aber vielleicht haben Sie Recht. Darf ich im Warteraum nebenan die Broschüre durchlesen und Ihnen dann meine Entscheidung mitteilen?

– Das ist gut, dass Sie die Broschüre lesen wollen, sagt der Arzt. Nein, ich kann wirklich nicht Ihren Wunsch nach einem Abbruch beurteilen, gibt er zu, aber viele Frauen bedauern hinterher ihren schnellen Entschluss und wären doch gern Mutter geworden. Der postoperative psychische Druck, der über Jahre hinweg anhalten kann, ist oft belastender für die jungen Frauen, als Mutter zu werden und sich dieser Lebensaufgabe zu stellen.

Nadine hat genug gehört, sie erhebt sich und will zurück in den Warteraum. Aber der Arzt reicht ihr die Hand und verabschiedet sie mit den Worten:

– Allen jungen Frauen gebe ich zwei Tage Bedenkzeit für diese schwerwiegende Entscheidung. Auf Wiedersehen! Wir sehen uns dann übermorgen zur gleichen Zeit in meiner Praxis.

Nadine schnaubt vor Wut und Enttäuschung, als sie die Klinik verlässt. Wieder an der frischen Luft irrt sie durch unbekannte Straßen. Jäh wie ein Kartenhaus ist ihre Lebensplanung eingestürzt. Sie ist zu aufgewühlt, um ins Hotel zu gehen, sich einfach aufs Bett zu legen und nachzudenken. Lesen will sie die Broschüre ohnehin nicht, denn ihr Entschluss steht fest, unumstößlich fest, wie ein Fels in stärkster Brandung. Nichts kann sie umstimmen, und niemand wird sie umstimmen.

In einer Gasse entdeckt sie ein kleines Café, geht hinein und setzt sich an einen Tisch in der hintersten Ecke. Dort will sie allein sein und nur etwas trinken. Kaum dass sie ihren Mantel über die Stuhllehne gehängt hat, bringt ihr der Ober ein Glas, halb gefüllt mit einer klaren Flüssigkeit. Er stellt es nicht auf den Tisch, sondern drückt Nadine das Glas direkt in die Hand. Intuitiv nimmt sie es entgegen, schaut ihn überrascht an und fragt:

– Für mich?

– Ja, trinken Sie, das tut gut!

Der Ober nickt ihr ermutigend zu. Nadine trinkt ohne abzusetzen das Glas leer und zischt ein lautes:

– Aaaahhhh! Bitte noch eins.

– Wirklich?

– Ja, bitte.

– Na gut, weil Sie es sind.

Nun fühlt sie sich viel besser. Ihr gefällt, dass der Ober so verständnisvoll ihre Situation zu meistern versteht. Als sie nach einem dritten Glas verlangt, schickt sie der einfühlsame Ober nach Hause, ins Hotel. Er wiegelt ab, als Nadine bezahlen will. Stattdessen begleitet er sie an die Tür und sagt:

– Das ist ein Geschenk von mir. Gute Nacht! Und alles Gute!

Traurig schaut er ihr mit feuchten Augen hinterher. Nadine hat nie erfahren, was dieser Mann ihr zu trinken gegeben hat, aber es war genau das, was sie gebraucht hat.

Die folgenden zwei Tage sind unerträglich. Die Worte des Arztes bohren sich immer wieder in Nadines Gehirn. Sie denkt sogar darüber nach, ob seine Auffassung vielleicht doch richtig sei, dass Frauen nach einem solchen Eingriff ihren Entschluss bereuen könnten. Sie glaubt, dass es richtig sein kann für junge Frauen, die wankelmütig sind: heute die Schwangerschaft bejahen, morgen sie wieder ablehnen. Aber für sie selbst trifft das nicht zu. Ihr Entschluss steht von Anfang an fest, und sie verliert keine weitere Sekunde, über eine andere Lösung nachzudenken.

Um sich abzulenken, läuft Nadine durch die umliegenden Parkanlagen. Dort toben Kinder und machen viel Lärm. Ein kleines Mädchen rutscht direkt vor ihren Füßen auf dem Kiesweg aus und fällt auf die Knie. Das Kind schreit. Sofort hebt Nadine die Kleine hoch und trägt sie der herbeistürzenden Mutter entgegen. Als die sie das Kind übernehmen will, klammert sich die Kleine an Nadine und legt ihren blonden Lockenkopf an deren Brust. Sofort verstummt das Mädchen. Nadine streicht dem Kind liebevoll übers Haar und sagt beschwichtigend:

– Na, das war doch gar nicht so schlimm. Deine Hose ist sogar heil geblieben. Wollen wir versuchen, ob du noch laufen kannst?

Das Mädchen nickt und lässt sich von Nadine bereitwillig auf den Weg setzen. An der Hand der Mutter geht es fort. Nadine schaut ihnen noch lange nach.

Albträume quälen sie die nächsten beiden Nächte. Ihre Geschwister stehen vor ihr und beschimpfen sie laut. Sie sei ihnen keine gute *Große Schwester* gewesen, habe immer nur gearbeitet und nie mit ihnen gespielt. Daraufhin holt sie geschwind Karten und verteilt sie auf den Tisch. Doch keiner will sie aufnehmen, die Geschwister laufen davon und drehen sich dabei hämisch lachend nach ihr um. Dann schreit Nadine und wacht schweißgebadet auf.

Diese Albträume machen sie unruhig und nachdenklich. Aber als sie nach zwei Tagen wieder in der Praxis des Klinikarztes sitzt, bestätigt sie ihren Entschluss und lässt keinen Zweifel aufkommen, dass sie wirklich diesen Abbruch will.

Doch da gibt es noch ein kleines Problem, mit dem sie nicht gerechnet hat. Der Arzt begrüßt sie wieder sehr freundlich und sagt:

– Bonjour, Madame, bitte nehmen sie Platz.

– Danke.

– Madame Nadine Corneille. Wie haben Sie sich entschieden?

Um den Arzt etwas zugänglicher zu stimmen, benutzt sie eine kleine Notlüge und antwortet:

– Nun, ich habe sehr gründlich darüber nachgedacht. Ihre Broschüre ist gut, erklärt alle Wenn und Aber, zeigt neue Wege auf und kann bestimmt vielen Frauen bei der Entscheidung helfen.

– Das freut mich.

– Aber mein Entschluss, fährt Nadine fort, steht fest. Trotz langer Überlegung möchte ich diesen Abbruch.

– Gut. Haben Sie die schriftliche Zustimmung Ihres Mannes mitgebracht?

Nadine sackt kreidebleich auf ihrem Stuhl zusammen. Der Arzt reicht ihr sofort ein Glas Wasser. Es sieht genauso aus wie das Getränk von dem Ober im Café. Sie trinkt in großen Schlucken alles auf einmal aus. Dann, wieder gefasst, fragt sie:

– Ist denn solch ein Papier erforderlich?

– Absolut.

– Das wusste ich nicht, sonst hätte ich es bestimmt mitgebracht.

– Ist Ihr Mann denn damit einverstanden?

– Selbstverständlich, er ist viel älter als ich und hat schon zwei erwachsene Söhne. Es ist seine dritte Ehe mit mir. Und für mich stand immer fest, kinderlos zu bleiben aus Gründen, die ich hier nicht näher erklären möchte.

Misstrauisch schaut der Arzt Nadine über seine Brillengläser hinweg an. Sie hält seinem prüfenden Blick stand und setzt ihr ehrlichstes Gesicht auf. Dann räuspert er sich, schreibt etwas auf ein Blatt Papier und nickt:

– Gut, ausnahmsweise.

Nadine fällt ein zentnerschwerer Stein vom Herzen. Ihre Schultern fallen erleichtert herab und ein hörbarer Atemstoß verrät fast ihre kleine Notlüge. Gern hätte sie den Arzt aus Dankbarkeit umarmt. Dann geht alles ganz schnell und unbürokratisch. Sie bekommt ihren OP-Termin für morgen früh um sieben Uhr dreißig.

– Madame, seien sie eine Stunde vorher in der Klinik, aber pünktlich, bitte.

Das macht Nadine gern. Sie ist erleichtert und tänzelt – eine Kindermelodie summend – aus dem Gebäude, ins Hotel, um ihre Sachen zu packen.

Am nächsten Morgen geht sie beschwingt zu ihrem Termin und kommt innerhalb ihres Zeitrahmens erleichtert wieder zu Richard zurück.

Hoffentlich wird ihr Geheimnis nie aufgedeckt.

44

Vermutung

Da es Richard in dem großzügigen Ferienhaus so gut gefallen hat, schlägt er Nadine vor, auch die kommenden Sommer dort zu verbringen. Sie ist sofort damit einverstanden, auch Madeleine ist darüber mehr als glücklich.

Aber als Richard dann eines Tages die kleine Pension kennen lernen möchte, in der Nadine mit Madeleine bei ihrer Wanderung übernachtet hat und von der Madeleine immer wieder schwärmt, erstarrt Nadine vor Schreck. Sie vermutet, er wäre hinter ihr Geheimnis gekommen, und versucht, ihn umzustimmen. Aber es gelingt ihr nicht. Richard quält eine böse Vermutung. Er besteht darauf, die Pension kennenzulernen, von wo Nadine so verändert zurückgekehrt war. Er hat Phil schon den Auftrag erteilt, sich morgen bereit zu halten.

Auf der Fahrt dorthin ist Nadine schweigsam und hofft, dass der junge Aushilfskoch fort ist. In Gedanken stellt sie sich vor, wie es wohl wäre, ihn wiederzusehen und ihm gestehen zu müssen, dass sein Sohn chancenlos war, auf diese Welt zu kommen? Ein Mädchen hätte sie auf keinen Fall gewollt. Nie ist ihr in den Sinn gekommen, dass ihr Kind auch von Lucien hätte sein können.

Als sie die Pension erreichen, steht der alte Wirt mit blauweißgestreifter Schürze im Eingang, lässig an den Türrahmen gelehnt, und begrüßt die neuen Gäste. Gleich darauf erscheint seine viel jüngere Frau, die sofort eine Informationsflut von Ausflugsmöglichkeiten in der näheren Umgebung über die Ankömmlinge ergießt. Dann hören sie den stolzen Vater sagen:

– Unser Sohn, der auch Koch ist, hat ein lukratives Angebot

in New York angenommen und arbeitet dort seit sieben Monaten in einem renommierten Hotel. Es gefällt ihm ausgezeichnet. Wir sind so glücklich darüber.

Nadine freut sich zu hören, dass der junge Koch weit weg und sogar außer Landes ist.

Auf der Rückfahrt zum Ferienhaus drückt Nadine ihren Kopf erlöst von jeglichem Druck in die Rückenpolster. Sie schließt die Augen. Sie ruft sich noch einmal die unvergessliche, romantische Nacht mit dem jungen Koch ins Gedächtnis. Zu gern erinnert sie sich an den Mann, bei dem sie die größte Lust verspürte. Sie muss lächeln. Obwohl das Auto gerade auf einer schlechten Wegstrecke durch einige Löcher rumpelt und die Insassen ordentlich durchrüttelt, nickt sie zufrieden ein.

Zurück im Ferienhaus, als Madeleine fest schläft, stellt Richard Nadine eine Frage, die ihm schon lange auf der Seele brennt:
– Nadine, glauben Sie, dass Sie eines Tages für mich mehr als nur eine Gesellschafterin sein könnten, die mit mir nicht nur formal verheiratet ist?

Nadine, plötzlich von einer Starre befallen, schaut ihn lange an und ist unfähig zu antworten. Nun hält er doch nicht die Bedingungen ein, denkt sie, das war immer meine Befürchtung. Ihre Restzweifel bestätigen sich jetzt, denn letztlich ist auch er nur ein Mann, wenn auch mit einem erheblichen Handicap. Dann besinnt sie sich schnell und gibt eine sehr kluge Antwort:
– Wer weiß? Aber wir haben ja eine feste Abmachung! Diese Frage stellt sich nicht.

Richard lächelt und gibt sich mit dieser Antwort zufrieden, obwohl er sich über dieses Thema eine längere und ausführlichere Unterhaltung gewünscht hätte. Seit Nadine ihm ein Geschenk gemacht hat, quält ihn die Sehnsucht nach mehr

Nähe und Wärme. Wer weiß, hat sie erwidert. Den zweiten Teil ihrer Antwort verdrängt er. Geht es ihr vielleicht genauso wie mir? Eine wunderbare Vorstellung!

Am Abend kann Nadine nicht schlafen. Sie stellt sich immer wieder die Frage, ob Richard etwa hinter ihr kleines Geheimnis gekommen ist. Warum kommt er auf den Gedanken, sie könne mehr als seine Gesellschafterin für ihn sein? Nein, sie kann sich nicht verraten haben. Sie war immer vorsichtig in ihren Gesprächen, hat die Erinnerung an ihr romantisches Erlebnis an der Pont du Gard in einen tür- und fensterlosen Raum gesperrt, unmöglich von dort zu entrinnen. Vergessen will sie diesen wunderbaren Abend nicht. Sie braucht diese Erinnerung, an der sie sich in manch traurigen Momenten wärmen kann.

Eines Tages, zurück in Paris, erinnert sich Richard an sein letztes Gespräch mit Nadine in dem Ferienhaus. Es quält ihn der Gedanke, sie könnte doch nicht ganz aufrichtig gewesen sein. Bisher hatte er zwar keinen Grund, an einen wiederholten Verrat seines Vertrauens zu denken, doch nagt dieses Gefühl immer wieder an seinem Ego. Auf einem Spaziergang durch den Jardin Luxembourg will er Gewissheit. Aber Nadine verneint und beruhigt ihn mit den Worten:
– Wie könnte ich das tun? Ich würde doch meine Stellung aufs Spiel setzen.
Richard ist mit dieser Antwort nicht zufrieden. Seit der Auseinandersetzung wegen der Beziehung zu Lucien hat er erwartet, dass sie ehrlich zu ihm ist und nicht nur deshalb, weil sie mit einer weiteren Heimlichkeit ihre Stellung gefährden würde. Auf der anderen Seite haben sie vor ihrem Ehe-Arrangement nicht darüber gesprochen, ob Nadine andere Männer treffen darf. Nie ist ihm das auch nur ansatzweise in den Sinn gekommen, und ihr Verhalten ließ auch nicht darauf schließen, dass

sie es gewollt hätte. Ihm ist sehr wohl bewusst, dass sie eine junge, schöne Frau mit Bedürfnissen ist, die er nicht erfüllen kann, aber es würde ihn zum Wahnsinn treiben und seinen Stolz verletzen, wenn er ein zweites Mal hintergangen worden wäre.

45

Fischeranzug

Nach einigen Wochen, als schon die Herbststürme einsetzen, erhält Nadine erneut einen Brief aus ihrer Heimatstadt. Diesmal mit dem Absender einer Nachbarin. Ihr Vater hat einen Schlaganfall erlitten und befindet sich im Krankenhaus. Nadine bleibt unbeeindruckt und legt den Brief achtlos zur Seite auf ihren Schreibtisch, als hätte sie ihn nie erhalten. Sie empfindet nicht das geringste Mitleid mit dem kranken Mann und verdrängt diese Nachricht schnell.

Aber in ihren Träumen taucht jetzt wieder immer häufiger seine kräftige Gestalt vor ihr auf. Er steht breitbeinig in seinem stinkenden Fischeranzug vor ihr, die Arme in die Hüften gestemmt, zwei, drei Schritte auf sie zukommend, ein breites Grinsen auf dem Gesicht.
    Dann schreit sie und wacht auf.
    Sie kann diesen Albtraum nicht loswerden.
    Er ist da, wie ein unerfüllter Kinderwunsch.

46

Streit

Heute sucht Richard seinen Steuerberater und Notar auf. Es geht um die Steuererklärungen der letzten zwei Jahre. Nadine begleitet Richard bis zur Bürotür und soll ihn Stunden später zu einer vereinbarten Zeit wieder abholen.

In der Zwischenzeit besucht sie eine kleine Ausstellung im Rathaus des 1. Arrondissements. Nadine braucht lange mit der Metro dorthin. Nie nimmt sie ein Taxi, das empfindet sie als zu verschwenderisch, obwohl sie sich finanziell überhaupt nicht einschränken muss. Gerade diese Bescheidenheit hinterlässt bei Richard starken Eindruck, und er achtet sie deswegen umso mehr.

Die Ausstellung zeigt Bilder und Skulpturen zum Thema Tanz von verschiedenen Künstlern aus dem In- und Ausland. Eine weiße Marmorskulptur gefällt Nadine besonders gut. Sie zeigt eine Tänzerin in gebeugter Haltung, die Arme den Boden berührend, der duftig wirkende Marmor-Tüll verhüllt den geneigten Körper bis zu den Knöcheln, die kleinen Füße in ihren Ballettschuhen halten sie fest auf dem Sockel. Obwohl der schwere, weiße Marmor dominiert, strahlt die Skulptur eine gewisse Leichtigkeit aus, die Tänzerinnen eigen ist.

Nadine ist derart begeistert von der Ausstellung, dass sie entgegen ihrer sonst Pünktlichkeit die Zeit völlig vergisst. Seit sie für Richard arbeitet, ist es das erste Mal, dass sie zu spät kommt. Aber sie quält kein schlechtes Gewissen.

Er hat nicht warten wollen und sich schon ein Taxi nach Hause genommen, er sei ganz verstimmt gewesen, sagt der Notar.

Nadine nimmt die Stufen in die fünfte Etage etwas schneller als sonst. Leicht außer Atem erreicht sie die Wohnungstür. Richard steht schon da, gestützt auf seinen eleganten Stock mit Elfenbeinknauf, wie damals, als sie sich vorstellen kam. Sein Blick ist finster und Unheil verheißend. Zögernd tritt Nadine ihm entgegen und begrüßt ihn unverkrampft:

– Entschuldigung, Richard, ich habe mich leider verspätet. Die Ausstellung war so interessant, dass ich die Zeit darüber vergessen habe. Das wird bestimmt nicht wieder vorkommen. Die Ausstellung hätte Ihnen sicherlich auch gut gefallen.

Richard antwortet nicht und deutet mit erhobenem Kinn an, in die Bibliothek zu gehen. Nur dort führen sie Gespräche mit Klärungsbedarf.

– Setz dich!

Oh, denkt Nadine. Ein strenger Befehl in Duz-Form. Sie widersetzt sich und bleibt stehen. Denn so spricht keiner mit ihr, auch nicht ihr Gönner und Formalehemann.

– Setz dich! wiederholt Richard streng.

In der Ausstellung hat Nadine lange gestanden, und in der Metro hatte sie auf der Heimfahrt keinen Sitzplatz bekommen. Tatsächlich sind ihre Beine müde. Nur aus diesem Grund würde sie sich setzen wollen. Aber sie setzt sich nicht. Trotzig bleibt sie stehen und wartet einfach ab. Sie möchte ihm auf Augenhöhe begegnen, denn sein Blick verheißt nichts Gutes.

– Ich dachte, wir vertrauen einander, beginnt Richard.
– Jjjjaaaa, worum geht es denn?
– Tu nicht so, du hast mich betrogen und belogen!
– Bitte Richard, können Sie etwas deutlicher werden?
– Ja, du hast in Amsterdam einen Abort veranlasst.
– Warum behaupten Sie das?
– Ich weiß es.
– Woher?
– Das muss ich dir nicht erklären.

Richards Notar und Steuerberater hat ihm einige Rechnungen vorgelegt, damit er sie abzeichne. Alle Belege sowie Kontobewegungen aus dem Ausland bespricht er zuerst mit seinem Mandanten, bevor er bilanzieren kann. Eine Buchung fiel besonders auf. Sie war ungewöhnlich hoch, eine Barabhebung in Amsterdam am Tage von Nadines Ankunft. Richards dauerhafter Verdacht wegen Untreue und nun seine Vermutung eines Krankenhausaufenthalts bestätigt sich. Denn er kann sich nicht erinnern, dass Nadine größere Einkäufe aus den Niederlanden mitgebracht hätte.

Richards Ansprache in Duz-Form ist erniedrigend. Diesen Tonfall kennt Nadine nur zu gut und will ihn nicht zulassen.
 – Bitte, Richard, können wir nicht wie zwei vernünftige Erwachsene miteinander sprechen?
 – Ist dir meine Großzügigkeit nicht genug? Musst du mich auch noch belügen und betrügen? herrscht er sie weiter an.
 – Bitte, schreien Sie nicht so.
 – Nein, du bist ruhig!
 – Ich verbitte mir diesen Ton.
 – Das musst du gerade sagen.
 – Wenn Sie nicht anständig mit mir sprechen wollen, werde ich den Raum verlassen und erst wiederkommen, wenn Sie sich beruhigt haben.
Während Nadine diese mutigen Worte spricht, hat sie die Tür erreicht und trifft auf Claude, die gerade anklopft und nach dem Rechten sehen will. Richards laute Stimme hat sie aufgeschreckt.
 – Ist alles in Ordnung?
Nadine drängelt sich an Claude vorbei und verlässt den Raum, Claude bleibt im Türrahmen stehen und wartet auf Richards Anweisung.
 – Claude, bitte holen Sie Nadine sofort zurück.

– Ja, Monsieur.

Claude wendet ihre ganze Überredungskunst auf, Nadine möge doch die Auseinandersetzung fortsetzen, damit er sich nicht noch mehr aufrege.

Widerwillig betritt Nadine erneut die Bibliothek. Doch Richard wettert sofort wieder los und schreit sie förmlich an:

– Nadine, ich bin von dir bitter enttäuscht und denke, dass dieser Vorfall Konsequenzen für dich haben wird.

– Nein, bitte nicht, Richard, schluchzt sie flehend. Es wird nicht wieder vorkommen. Das verspreche ich Ihnen.

Nadine fürchtet um das Schulgeld für Madeleine. Es wäre eine Katastrophe, wenn ihre kleine Schwester das Internat verlassen müsste. Richard gefällt sein Erfolg, denn wimmernd und unterwürfig steht sie vor ihm. Er glaubt nun, von ihr die reine Wahrheit erzwingen zu können.

– Wie kann ich einem Menschen trauen, der mich betrogen hat?

– Ich werde es Ihnen beweisen, antwortet Nadine schnell und überzeugend.

Nadine ist sich nicht sicher, ob sie von Richard unter Druck gesetzt wird oder ob sie gerade dieselbe Taktik anwendet. Es trifft wohl beides zu. Er kann nicht ohne ihre Hilfe auskommen, und Nadine ist von seinem Geld abhängig. Also lenkt sie klugerweise ein und ergänzt:

– Bitte, Richard, bestrafen Sie mich.

Diese Antwort kommt unerwartet. Fassungslos schaut er sie an, wird stocksteif und ist unfähig zu reagieren. Seine Augen irren durch den Raum und finden kein Ziel. Panisch streicht er mit der rechten Hand sein noch fülliges Haar nach hinten, sogar mehrfach. Das verschafft ihm Zeit nachzudenken. Verlegen kratzt er sich jetzt am Hals. Seine Unsicherheit verbergend, reibt er beide Hände gegeneinander. Nadines kluge

Antwort hat sein inneres Gleichgewicht ins Wanken gebracht, sein Denkvermögen außer Kraft gesetzt. Entmachtet und unter Schock steht er vor ihr und schaut sie weiter fassungslos an, denn so überlegen ist ihm noch niemand entgegengetreten. Es ärgert ihn, dass ihm die Situation entgleitet. Nur schwer kann er das ertragen. Da steht ein junger Mensch, zudem noch eine Frau, in einem Streitgespräch vor ihm, der klüger argumentiert als er.

Er möchte nicht besiegt werden! Deshalb entscheidet er:
– Wir sprechen morgen weiter. Gute Nacht!

Erleichtert verlässt Nadine die Bibliothek und hört noch, dass Richard sofort ein Telefongespräch führt. Mit wem bekommt sie nicht mit.

In der Nacht hat Richard plötzlich starke Schmerzen in der Brust, bekommt kaum noch Luft und ruft Nadine. Sie informiert sofort den Notarzt, der nach kürzester Zeit eintrifft. Die Prozedere kennt sie bereits von seinem Anfall in Nizza. Aber diesmal muss Richard ins Krankenhaus. Als Nadine ihn im Rettungswagen begleiten will, verweigert er ihr die Mitfahrt.

Claude bereitet schon das Frühstück zu, als ein Anruf aus dem Krankenhaus kommt. Auf dem Weg zum Telefon befällt Nadine eine Ahnung, dass etwas Ernstes passiert sein könnte. Ihr Gefühl trügt nicht. Der Dienst habende Arzt teilt ihr nüchtern mit knappen Worten mit:
– Es tut uns Leid, Madame, ihr Mann ist letzte Nacht verstorben. Er hat einen schweren Herzinfarkt erlitten, wir konnten nichts mehr für ihn tun.

Benommen legt Nadine den Hörer auf die Gabel. Nicht einmal das Unterbrechungsgeräusch der Verbindungsleitung ist zu hören. Bedächtig bewegt sie sich in die Bibliothek und setzt sich in den bequemen Sessel, den Richard so sehr geliebt hat. Sie wollte keinen Streit. Aber sie hat sein Vertrauen missbraucht und müsste sich schuldig fühlen. Aber wofür? Sie erkennt keinen Grund, der Schuldgefühle rechtfertigen würde. Sie bedauert Richards Tod, anders, als damals bei ihrer Mutter, als sie im ersten Moment nichts und dann nur Erleichterung empfand. Jetzt ist sie persönlich betroffen und denkt sofort an ihre Schwesternpflicht. Gern hätte sie Richard noch viele schöne Jahre gegönnt. Sie hatten nie Streit und verstanden sich gut. Schade, dass es so kommen musste.

47

Familienverhältnisse

Mit Claude und Anna bespricht Nadine, was zu tun ist. Dann informiert sie Richards Notar und Steuerberater. Sie holt sich bei ihm Rat. Er erklärt ihr den Ablauf solcher Ereignisse und übernimmt für sie die Benachrichtigungen an Familie und Freunde.

Die Beerdigung wird zeitlich so festgelegt, dass seine Söhne, Familienmitglieder und Freunde an der Trauerfeier problemlos teilnehmen können. Der Notar offenbart Nadine, dass Richard *drei* Söhne hatte, einer davon außerehelich. Richard selbst hatte aber keine Kenntnis davon. Dieser außereheliche Sohn ist vor langer Zeit von seinem Bruder Paul und dessen Frau Claire, die später bei einem Autounfall umgekommen sind, adoptiert worden.

Schau an, denkt Nadine, wer im Glashaus sitzt, soll nicht mit Steinen werfen.

Mit verquollenen Augen laufen Claude und Anna umher. Sie trauern um Richard. Nadine empfindet keine Trauer, allenfalls Bedauern. Sie hat ihre Stellung bei ihm nüchtern betrachtet.

Zwischen ihr und Richard bestand ein schlichter Arbeitsvertrag, ein Lebensmittel, das sie ernährte und am Leben hielt mit all den Annehmlichkeiten in diesem Haushalt. Nie hat sie für Richard Gefühle entwickelt. Sie fand ihn sympathisch und angenehm im Umgang, mehr nicht. Claude und Anna trauern, nicht zuletzt auch deswegen, weil ihr Arbeitsverhältnis in Gefahr ist. Aber Nadine beruhigt sie und will im Moment keine Veränderungen vornehmen.

48

Hohn

Albert kommt zufrieden, aber erschöpft nach einem erfolgreichen Arbeitstag heim. Die Concierge überreicht ihm seine Post und grüßt freundlich. Noch im Lift überfliegt er die Umschläge. Ein Trauerbrief ist dabei.

Nachdem er mit einem Glas Rotwein auf seinem bequemen Ohrensessel Platz genommen hat, öffnet er zuerst den Brief mit der schwarzen Umrandung und liest die Anzeige:

> **Monsieur Richard Corneille verstarb plötzlich und unerwartet an einem Herzinfarkt. Die Trauerfeier findet kommenden Mittwoch auf dem Friedhof Père Lachaise statt. Er wird im Familiengrab beigesetzt.**

Albert lehnt sich zurück und ist erschüttert. Obwohl ihm der Name Corneille nichts sagt, spürt er ganz deutlich, dass es sich hier um seinen Vater handelt. Er erinnert sich an den Brief, den er vor einigen Jahren von ihm erhalten und nie geöffnet hat. Er trägt dieselbe Absenderadresse wie heute der Trauerbrief. Albert braucht jetzt keinen Wein, er holt sich einen doppelten Whisky und schüttet ihn hastig in sich hinein. Es brennt in der Kehle. Schmerzt so der Tod?

Von Neugier gepackt durchwühlt Albert auf seinem Schreibtisch den Berg ungeordneter Papiere. Ganz unten findet er den noch ungeöffneten Brief. Zögernd betrachtet er den zerknüllten Umschlag von allen Seiten wie damals, als er ihn erhalten hatte und nicht lesen wollte. Seine Hand zittert. Es gelingt ihm nicht, den Umschlag mit dem Brieföffner aufzuschlitzen. Schließlich reißt er ihn mit seinen Fingern auf und fängt an zu lesen.

Lieber Albert,

viele Jahre haben wir nichts voneinander gehört. Es klingt für dich wahrscheinlich wie Hohn, wenn ich dir sage, dass ich oft und intensiv an dich gedacht habe. Viele Fehler habe ich in meinem Leben begangen und bereue sie heute. Besonders diejenigen dir gegenüber. Es war nicht recht, dir nicht zu glauben und dich zu verletzen, indem ich dich zu Dingen gezwungen habe, die dir zuwider waren. Heute weiß ich, dass das falsch war. Bitte verzeih mir, wenn du kannst.

Ich möchte dir auch mitteilen, dass ich wieder verheiratet bin und in sehr guten Verhältnissen lebe. Falls du Nöte hast, kannst du dich immer an mich wenden. Es würde mir Freude bereiten, dir helfen zu dürfen.

Ich hatte vor einigen Jahren einen sehr schweren Skiunfall und bin seitdem gehbehindert und im täglichen Leben stark eingeschränkt, was mich aber nicht abhalten würde, dich, wenn du es willst, zu treffen.

Ich hoffe, dass es dir gut geht, und würde mich sehr freuen, wenn du dich durchringen könntest, mir einmal zu schreiben.

Dein Vater

Diese Nachricht schlägt bei Albert ein wie ein Blitz, der einen Baum spaltet. Er ist einerseits ergriffen von dem Inhalt dieses Briefes und dem späten Verständnis seines Vaters, andererseits zweifelt er, dass sich ein Mensch so grundlegend ändern kann. Er glaubt nicht daran, schon gar nicht glaubt er es von diesem Verstorbenen. Zu viele Verletzungen haben sich in seine Seele eingebrannt, wie eingeschnitzte Erinnerungen in Baumrinden. Die Narben bleiben, werden blasser, mehr nicht.

Nachdenklich faltet er den Brief zusammen und steckt ihn mit der Todesanzeige in seine Jackentasche. Dabei übersieht er in dem Briefumschlag noch ein Schreiben vom Anwalt. Morgen, in der Galerie, wird er Pierre den Brief zeigen.

Albert ist jetzt auch nicht mehr in der Lage, seine restliche Post zu lesen.

49

Zu spät

Guillaume kommt spät und missgelaunt von der Arbeit nach Hause. Er ist müde und unzufrieden. Seine beiden Kinder umringen ihn und betteln um Geld. Sie verschwinden ins Wochenende. Im Entré zieht sich seine Frau schon den Mantel an, deutet mit erhobenem Kinn auf seine Post und verlässt wortlos die Wohnung.

Guillaume greift nach dem Stapel und schaut sich Umschlag für Umschlag an. Ein schwarz umrandeter Brief fällt ihm auf. Er öffnet ihn und liest:

> **Monsieur Richard Corneille verstarb plötzlich und unerwartet an einem Herzinfarkt. Die Trauerfeier findet kommenden Mittwoch auf dem Friedhof Père Lachaise statt. Er wird im Familiengrab beigesetzt.**

Guillaume kann mit dem Namen Corneille nichts anfangen. Er entdeckt den beigefügten Brief des Anwalts und erfährt, dass sein Vater wieder verheiratet war und ihm eine winzige Handnotiz hinterlassen hat.

Lieber Guillaume,
du bist wie ich. Aber es lohnt sich nicht, so zu sein. Achte deine Familie und sorg dich um deine Kinder so, wie ich es nie gemacht habe. Das tut mir heute sehr leid!
Dein Vater

Allein und nachdenklich sitzt Guillaume in der komfortablen Wohnung, seine Kinder vergnügen sich auf einer Party, seine Frau ist außer Haus, wer weiß wo.
Hier macht jeder, was er will.
Emotionslos erkennt er, dass der Rat des Vaters für ihn zu spät kommt.

50

Schock

Pierre kommt zufrieden, aber erschöpft nach einem erfolgreichen Arbeitstag heim. Die Concierge überreicht ihm seine

Post und grüßt freundlich. Noch im Lift überfliegt er die Umschläge. Ein Trauerbrief ist dabei.

An seiner Hausbar holt er ein Glas Rotwein und macht es sich in seinem Lieblingssessel bequem. Dann liest er:

> **Monsieur Richard Corneille verstarb plötzlich und unerwartet an einem Herzinfarkt. Die Trauerfeier findet kommenden Mittwoch auf dem Friedhof Père Lachaise statt. Er wird im Familiengrab beigesetzt.**

Pierre versteht nicht, was er mit diesem Verstorbenen zu tun hat. Ein weiteres Schreiben liegt im Umschlag, das er jetzt entdeckt. Es stammt von einem Anwalt aus Paris. Er liest und ist schockiert. Er liest die Nachricht ein zweites Mal, um sie besser zu verstehen. Ja, da steht ganz deutlich, dass er, Pierre, ein außerehelicher Sohn von Richard Corneille ist.

Dieser Richard Corneille soll sein leiblicher Vater gewesen sein? Er ist also nicht bei einem Autounfall umgekommen, sondern lebte all die Jahre in Paris? Oft genug hat sich Pierre vorgestellt, wie es wohl wäre zu wissen, wer seine leiblichen Eltern waren. Jetzt kennt er wenigstens seinen Vater, wenn auch nur den Namen.

Weiter teilt ihm der Anwalt mit, dass er erben wird.
Er hat doch genug, wozu ein zweites Mal erben?

Pierre wird nachdenklich, denn der Anwalt erklärt ihm am Ende des Schreibens auch, dass sein leiblicher Vater vor seiner Ehe mit Madame Corneille eigentlich Richard Costa hieß und der Bruder seines Adoptivvaters war. Das Baby von damals,

Pierre, wurde ohne Wissen des Vaters, Richard, von der leiblichen Mutter direkt nach der Geburt zur anonymen Adoption freigegeben. Durch einen unglaublichen Zufall kam die Identität des leiblichen Vaters ans Licht. Nämlich, als Paul, der Bruder von Richard, und seine Frau Claire beim Jugendamt vorsprachen und einen Antrag auf Adoption stellten. Die Beamtin hatte einen nicht unerheblichen Berg Akten auf dem Tisch vor sich liegen. Einige lagen aufgeschlagen da, als sie von einem Kollegen dringend in eine andere Abteilung gerufen wurde. Sie entschuldigte sich kurz bei Paul und Claire und war Hals über Kopf für ein paar Minuten verschwunden. Paul nutzte diese Gelegenheit und wagte einen flüchtigen Blick auf die offenen Akten, ohne sie zu berühren. Dabei entdeckte er zufällig den Namen Richard Costa mit dem Vermerk: ‚Vater von Pierre… Die Mutter zog die Aussage zurück, als sie die Papiere zur Adoptionsfreigabe unterschrieb'. Und weiter stand auch geschrieben: ‚Ein sehr unauffälliger und freundlicher Junge'.

Die entdeckte Identität des leiblichen Vaters von Pierre verschwieg Paul seinem Bruder Richard aus gutem Grund. Paul sorgte dafür, dass diese Nachricht bis zu Richards Tod streng vertraulich beim Notar unter Verschluss blieb.

Pierre ist erschüttert über diese Neuigkeit. Er kann nicht glauben, dass dieser unsympathische Mann, dieser ungeliebte Bruder von Paul sein leiblicher Vater gewesen sein soll. Bei dem Gedanken muss er würgen, als stecke ihm eine bittere Pille im Hals. Nie hat sich Pierre einen imaginären Vater erschaffen, wie er wohl zu sein hätte. Aber jetzt, nachdem er weiß, dass dieser Richard sein leiblicher Vater war, wünscht er sich, einen anderen gehabt zu haben.

Die Nachricht ist ein harter Brocken, der verdaut werden muss. Lange sitzt Pierre nachdenklich in seinem Sessel. Es fällt ihm schwer, diese Wirklichkeit zu akzeptieren. Er starrt ins Leere und will diese Neuigkeit einfach nicht wahrhaben.

Wenn seine Adoptiveltern ihn doch nur eingeweiht hätten, wäre vielleicht, aber nur vielleicht, in seinem Leben einiges anders verlaufen. Vielleicht hätte er den Kontakt zu seinem Onkel und Vater gesucht. Er hätte herausgefunden, dass er, Onkel und Vater, möglicherweise auch gute Charakterzüge hatte. Wer weiß!

Aber Pierre hat die persönlichen Angriffe von Richard nach dem Tod seiner Adoptiveltern nicht vergessen. Er hat noch im Ohr, wie Richard ihn als Bastard beschimpft hat, als Paul und Claire starben, und er, Pierre, die Galerie plötzlich übernehmen musste.

Schließlich ist Pierre heilfroh, dass er diese schlechten Eigenschaften seines Erzeugers nicht geerbt hat. Denn nur das ist er, nichts anderes.

51

Geheimnis

Am nächsten Morgen sind Pierre und Albert weit vor der Öffnungszeit in der Galerie. Sie wundern sich darüber. Beide sind aufgewühlt. Es liegt ein Knistern in der Luft. Pierre hält es nicht mehr aus und ergreift als Erster das Wort:

– Albert, ich muss dir etwas Unfassbares zeigen. Hier, schau, ich habe eine Nachricht erhalten, dass mein leiblicher Vater gestorben ist. Stell dir vor, er hat all die Jahre hier in Paris gelebt!

– Nein! Zeig!

Albert schaut flüchtig auf die Todesanzeige, dann auf den Anwaltsbrief mit der Information über Pierres Herkunft. Er wird kreidebleich und muss sich setzen. Pierre eilt davon und bringt Albert ein Glas Wasser. Er trinkt es ohne abzusetzen aus. Nachdem er sich ein wenig gefangen hat, greift Albert in seine Jackentasche und reicht Pierre wortlos seinen Trauerbrief. Pierre liest voller Spannung die Todesanzeige und schaut seinen Freund irritiert an. Noch immer ist Albert leichenblass. Kein Wort kommt über seine Lippen, stumm ist er geworden, stumm durch ein kleines Blatt Papier.

Gerade sind Ruhe und Zufriedenheit in Alberts Leben getreten. Das alles droht jetzt zusammenzubrechen. Albert, immer noch unfähig zu reden, streckt Pierre das leere Glas entgegen, er möchte ein zweites Glas Wasser. Pierre fragt:

– Soll ich das Fenster öffnen?
– Danke, das ist eine gute Idee.
– Was ist mit dir?
– Kannst du dir das nicht denken?
– Überhaupt nicht!
– Wieso habe ich wohl dieselbe Todesanzeige erhalten?

Pierre schaut nachdenklich auf die beiden Trauerbriefe und kann noch nicht ganz die Zusammenhänge erfassen. Doch plötzlich schreit er:

– Nein, das ist doch nicht möglich! Das ist ja ein und derselbe Mann, der gestorben ist.
– Verstehst du jetzt?
– Nein.
– Das ist mein Vater.
– Nein, das ist mein Vater.
– Doch, es ist wahr, er ist auch mein Vater.
– Du veräppelst mich!

Pierre muss bei seiner unüblichen Wortwahl lächeln und ergänzt:

– Der kann doch nicht auch dein Vater sein, du heißt ja nicht Costa, sondern Costalette mit Nachnamen!

Jetzt wird auch Pierre bleich und holt sich ein Glas Wasser aus der Teeküche. Als er zurückkommt, hat Albert seine natürliche Gesichtsfarbe zurückgewonnen und erklärt:

– Pierre, ich habe dir nie erzählt, dass ich meinen Nachnamen ändern ließ, nachdem ich mein Elternhaus verlassen habe. Ich wollte alles Vergangene ablegen und vergessen. Dazu gehörte auch der Familienname. Ich finde, dass der Name Costalette besser zu mir passt, und ich bin damit mehr als zufrieden.

Pierre ist von dieser Neuigkeit überrascht und nimmt Albert dieses gut gehütete Geheimnis nicht übel. Schließlich bemerkt er:

– Ja, Albert, wenn sich das so verhält, dann, dann sind wir beide ja tatsächlich … . Halbbrüder! Und warum nimmt uns das so mit?

Pierres eindeutige Frage bewegt Albert aufzustehen. Er geht langsam durch den Raum auf seinen Bruder zu, so langsam, als müsse er auf dem Weg dahin noch prüfen, ob kein Irrtum vorliege. Dann umarmen sie sich wortlos und halten einander lange fest.

Der Tod des gemeinsamen Vaters macht zwei Menschen unsagbar glücklich!

Endlich haben sie wieder eine Familie.

52

Familientreffen

Ein Taxi bringt Nadine, Claude und Anna zum Friedhof Père Lachaise. Dort, vor der Kapelle, versammeln sie sich und werden Richard gemeinsam verabschieden. Die drei Söhne, Guillaumes Ehefrau und deren zwei Kinder sind schon eingetroffen. Auch der Notar und einige Freunde sind unter den Trauergästen.

Als Nadine die Kapelle erreicht, will sie die Menschen, die ihr alle fremd sind, nicht begrüßen. Deshalb geht sie gesenkten Blickes an ihnen vorbei und sofort in die Kapelle hinein. In der ersten Reihe nimmt sie Platz. Sie hält ihren Kopf nach unten geneigt und schaut niemanden an. Aber sie spürt deutlich, wie sie von allen Seiten angestarrt wird. Wenn diese Neider wüssten, welchen Pakt sie mit Richard geschlossen hatte! Er bedeutete immerhin auch Verzicht auf ein Stück eigenes Leben.

Der zuständige Priester hält eine Trauerrede, der man anmerkt, dass er sich kaum mit dem Leben des Verstorbenen befasst hat, nüchtern und wenig aussagekräftig. Er tut hier nur seine Pflicht. Während die Trauermusik spielt, trocknen Claude und Anna schluchzend mit einem gestärkten, schneeweißen Taschentuch ihre Tränen. Nadine benötigt kein Taschentuch, aber sie ist sehr ernst. Als die Musik aussetzt, wird der Sarg lautlos in die Senke gelassen und zur Verbrennung gefahren.

Der Priester begleitet Nadine an den Kapellenausgang, wo die traditionelle Beileidszeremonie beginnt. Jeder will ihr kondolieren. Die Trauergäste reihen sich auf und reichen ihr die Hand.

Dabei schauen sie Nadine an, sprechen ihr Beileid aus und wünschen alles Gute und viel Kraft.

Als plötzlich Pierre vor ihr steht, traut sie ihren Augen nicht. Er ist verlegen und ergreift unsicher ihre Hand. Nadine erkennt ihn sofort und erinnert sich an den Abend im Lido, als sie sich so abrupt von ihm verabschiedet hat. Genauso wie jetzt, hat er sie damals flüchtig angeschaut, war verlegen und unsicher. Er erkennt Nadine nicht wieder, wie auch, mit ihren veränderten, langen und schwarz gefärbten Haaren.

Dann tritt Albert vor. Wieder traut sie ihren Augen nicht. Er drückt ihr voller Mitgefühl lange die Hand. Als sich ihre Blicke treffen, schaut sie schnell weg. Sie will nicht die Vergangenheit aufleben lassen und an den letzten Spaziergang mit ihm in Montmartre, als er ihre Annäherung zurückwies, erinnert werden. Schlimm genug, dass sie auch ihn hier treffen muss. Ihre Verlegenheit macht sie unsicher. Man könnte fast meinen, dass sie immer noch in ihn verliebt sei. Auch Albert erkennt sie nicht wieder. Gott sei Dank! Seine Nadine trug keine elegante Kleidung und hatte rotblondes Haar. Außerdem schützt sie ein kleiner dezenter Trauerschleier vor tieferen Blicken.

Guillaume ist derjenige, der sie mit einem langen, stechenden Blick fixiert und erwartungsvoll ihre Hand festhält. Aber sie entzieht sie ihm sofort und wendet sich schnell dem Nächsten zu. Guillaume oder Marcel, was macht das noch für einen Unterschied. Sein penetranter Blick gleicht eher einer Kampfansage. Sein damaliges Verhalten, auf Beute aus sein, tritt wieder zutage. Er hat sich nicht geändert. Gott sei Dank hat auch er sie nicht wiedererkannt.

Die letzte, die Nadine ihr Beileid ausspricht, ist Guillaumes Frau, vornehm gekleidet und ein falsches Lächeln im Gesicht. Als sie Nadine die Hand reicht, zieht sie die Witwe leicht an sich heran, zwinkert ihr verheißungsvoll zu und flüstert ihr ins Ohr:

– Mein Beileid. Glück im Unglück? Wir können uns ja mal treffen, wenn Sie mögen.

Wie unsympathisch, denkt Nadine, und wendet sich angewidert ab. Aber sie werden sich bestimmt noch einmal begegnen müssen, wenn das Testament verlesen wird.

Nadine bekommt weiche Knie, sie schwankt. Sie war nicht darauf vorbereitet, dass sie hier alle drei Männer aus ihrem Leben treffen würde, die auch noch Richards Söhne sind. Sie ist erleichtert, unerkannt geblieben zu sein. Schnell wendet sie sich dem Priester zu, hakt ihn sogar ein, und verlässt mit ihm das Friedhofsgelände, als gehörten sie zusammen.

53

Schulgeld

Heute wird das Testament verlesen.

Nadine ist gezwungen, den drei Söhnen noch einmal zu begegnen. Sie hat sich lange überlegt, wie sie weiterhin unerkannt bleiben kann. Der schützende Schleier, den sie bei der Beerdigung getragen hat, wäre heute fehl am Platz. Sie erscheint in einem eleganten, schwarzen Kostüm und wählt eine strenge Frisur, alles nach hinten hochgekämmt, was sie viel seriöser und älter wirken lässt. Dazu eine schwarzumrandete Hornbrille mit getönten Gläsern. Eine Testamentseröffnung legitimiert das Tragen einer dunklen Brille, und es ist nicht unhöflich, die *verweinten Augen* auf diese Art und Weise zu verdecken. Mit diesem Äußeren verkörpert Nadine einen Typus Frau, der von ihrer sonstigen Erscheinung völlig abweicht. So fühlt sie sich sicher.

Nachdem alle Beteiligten Platz genommen haben, verliest

der Notar das Testament, den letzten Willen von Richard Corneille alias Costa.

Meine Söhne Guillaume und Albert sollen zu gleichen Teilen meine Wohnung an der Allée Adrienne sowie mein gesamtes Barvermögen erben. Die angelegten Wertpapiere gehen an eine Stiftung für misshandelte Kinder. Meine Frau Nadine soll nur ihren Pflichtteil erhalten.

Wie auf einem Tennisplatz drehen sich plötzlich alle Köpfe in eine Richtung, zu Nadine. Sie schaut nach unten und fingert verlegen an ihrer Handtasche.

Der Notar macht eine lange Pause. Dann ergänzt er:
– Der Verstorbene, Richard Corneille, spricht in seinem Testament von nur zwei Söhnen. Aber er hatte drei. Der dritte, ein außerehelicher Sohn, von dem Herr Costa selbst keine Kenntnis hatte, erbt selbstverständlich zu gleichen Teilen.

Absolute Stille herrscht im Raum. Keiner der Erben rührt sich, als seien sie zu Wachsfiguren mutiert. Nadine wird bleich, fast taumelt sie und droht zu fallen, doch sie bewahrt mit letzter Kraft Haltung. Keiner soll ihr nachsagen können, sie hätte Richard aus Kalkül geheiratet.

Der Notar liest nun den letzten Satz aus dem Testament vor:

Das Schulgeld für Madeleine Potatabac ist bis zu ihrem Abitur gesichert.

Nadines Anspannung löst sich augenblicklich, sie sackt nun doch auf ihrem Stuhl zusammen. Sofort stürmt Albert auf sie zu und will sie stützen. Aber sie wehrt seine Hilfe mit einem schnellen Handzeichen ab und nimmt sofort wieder eine straffe Haltung an.

Dass Richard an das Schulgeld gedacht hat!

Vielleicht deswegen, weil er so kläglich bei seinen eigenen Söhnen versagt hat? Von seiner späten Reue profitiert nun Madeleine. Seine letzte noble Geste rechnet sie ihm hoch an.

Nadine ist Richard außerordentlich dankbar dafür und hegt keinen Groll gegen ihn, weil er ihr nur den Pflichtteil als Erbe zugedacht hat.

Die Söhne schauen den Notar fragend an, und der erklärt ihnen:

– Madeleine ist die jüngste Schwester von Madame Nadine Corneille.

54

Heimat

Nach vier Wochen erhält Nadine Post. Ein Brief vom Notar informiert sie, wie viel ihr Pflichtteil an Bargeld ausmacht und, dass ihr nur drei Monate Zeit bleiben, um sich von der Etage zu verabschieden. Keiner der Söhne will dort wohnen. Sie wollen einvernehmlich ihre geerbte Immobilie verkaufen. Nadine muss ausziehen.

Diese gravierende Veränderung wirft die Wohin-Frage auf. Nadine erinnert sich an ihren Wunsch nach einer kleinen Wohnung in der Rue Fondary, als sie sich nach dem Tod ihrer Mutter durch die Straßen treiben ließ. Vielleicht ist es jetzt möglich, ihren damals unrealistischen, kurzen Traum zu verwirklichen? Ihre Einkäufe würde sie dann in der so beliebten Rue du Commerce machen können.

Richard hat ihr genug Geld hinterlassen, um bequem leben zu können, Gott sei Dank! Das Erbe kann sie mit gutem Gewissen annehmen, denn sie hat sich ehrlich und gern für ihn eingesetzt und sein Leben versüßt.

Aber die Überraschungen sollen nicht abreißen. Sechs Wochen nach der Beerdigung erhält Nadine wieder Post. Diesmal ist es ein Brief von der Sozialbehörde aus Ploumanach. Sie wird aufgefordert, als älteste der drei Töchter von Monsieur Maurice Potatabac sich um den Vater zu kümmern. Die häusliche Pflege könne nicht vom Amt übernommen werden, dafür seien die Familienangehörigen verantwortlich. Ein Schlaganfall hat den Vater beidseitig gelähmt und ihm die Sprache genommen.

Das wusste Nadine nicht.

Viel Zeit verbrachte ihr Vater nach seinem schweren Schlaganfall im Krankenhaus und anschließend in einer Rehabilitationsklinik. Nachdem aber keine Besserung eintrat und keine Hoffnung auf vollständige Genesung vorlag, haben ihn die Ärzte nach Hause entlassen, wo er nun von der Nachbarschaft abwechselnd versorgt wird. Die hat sich nach vielen Wochen verständlicherweise an die Behörde gewandt.

Nadine zögert nicht lange. Ihr Pflichtbewusstsein ist derart stark, dass sie gleich am nächsten Tag nach Ploumanach fährt, um sich einen Eindruck von der Situation zu verschaffen.

Ihr Elternhaus ist verwahrlost, und der Vater liegt regungslos im Bett. Nur seine Augen sind lebendig geblieben und verfolgen dürstend jede Bewegung seiner verschollen geglaubten Tochter.

Aber für sie steht fest: Dieser Mann hat sich nicht geändert. In seinem Blick liegt neben seiner Begierde auch etwas wie Bitte um Vergebung. Doch Nadine kann nicht anders, sie zeigt ihm die kalte Schulter. Nur zum Allernötigsten, ihn füttern und nicht verdursten lassen, kann sie sich überwinden. Dabei gönnt sie dem Vater keinen Blickkontakt, keine Ansprache, zeigt kein Mitgefühl. Die pflegerischen Aufgaben am Körper übernimmt eine Krankenschwester, die zwei Mal täglich ins Haus kommt.

Wenn Nadine dem bewegungslosen Vater zu essen oder zu trinken bringt, zieht sie absichtlich immer wieder dieselbe hässliche Bluse von damals an, langärmelig und hochgeschlossen, mit den längst aus der Mode gekommenen und stark verwaschenen Streifen. Darüber bindet sie die älteste Schürze, die sie im Haushalt finden kann, verschlissen bis zur Abscheulichkeit. So kann er sich nicht an ihrer noch immer jungen und seidigen Haut erfreuen, die er so oft und gern gestreichelt hat, bevor er zu anderen Dingen übergegangen war. Nadine hat vergessen, dass ihr Vater genau diese Streifenbluse mochte.

Auch wenn seine Lähmung jetzt keine Berührung mehr zulässt, verweigert sie ihm dennoch jeglichen ästhetischen Anblick, nicht aus Rache, obwohl ihr Verhalten es vermuten lässt und doch so gar nicht zu ihrem Charakter passt, sondern aus mangelndem Empfinden für die leiseste Menschlichkeit in dieser Situation. Seine Stummheit und Bewegungslosigkeit verschaffen ihr ein Gefühl der Übermacht, das Gefühl, den Kampf gewonnen zu haben. Sie schwelgt in dem Gefühl größter Genugtuung.

Bis zu seinem Tod wird sie ihre Haltung nicht ändern.

Am nächsten Tag schafft Nadine Ordnung im Haus. Als erstes sortiert sie alle Papiere und Briefe, die sich in der Zwischenzeit zu einem beträchtlichen Berg angesammelt haben. Es sind Rechnungen dabei für Strom, Wasser und Müllabfuhr. Das Konto des Vaters ist leer, die Krankheit hat alles verschlungen. Nadine regelt mit ihrem Geld alle Außenstände.

Ein anstrengender und umfassender Hausputz verwandelt ihr gehasstes damaliges Zuhause in eine neue gemütliche Bleibe. Erschöpft aber zufrieden setzt sie sich am Abend hinter das Haus mit einem Glas Rotwein in der Hand auf die Bank, die offensichtlich schon viele Male einen neuen Anstrich bekommen hat. Es hat den Anschein, als hielte die hellblaue Farbe das alte Holz zusammen. Ihr Blick schweift weit hinaus auf die vor ihr liegenden Felder und Weiden. Einige Kühe und Schafe grasen friedlich. Lange schaut sie in die fast unendliche Weite, saftig grün und wohltuend still. Nadine spürt ein tiefes Wohlbehagen, springt plötzlich von der Bank auf, breitet ihre Arme aus und schreit so laut sie kann:
– Mein Gott, ist das schön hier! Wie im Paradies!

Erst jetzt merkt sie, wie sehr sie in den letzten Jahren ihre Heimat vermisst hat. Nicht ihre Mutter, nicht ihren Vater oder die Geschwister, sondern die raue Natur, das Meer und das einfache Leben. Ein zufriedenes Lächeln huscht über ihr schönes aber gezeichnetes Gesicht.

Am nächsten Morgen geht Nadine in den Garten und versucht, des Unkrauts Herr zu werden. Jetzt macht es ihr sogar Spaß. Sie hat schon immer die Natur geliebt, konnte es sich aber nie eingestehen. Die harte Arbeit unter der strengen Aufsicht der Mutter ließ ihre kindliche Seele niemals zur Ruhe kommen. Bänglich und nervös blieben ihre Nächte.

Die Gefahr ist jetzt gebannt, endlich kann sie ein friedvolles Leben führen.

So macht sie es. Sie kehrt nicht mehr nach Paris zurück. Ein paar Kleider und persönliche Dinge lässt sie sich nachschicken. In einem Abschiedsbrief erklärt sie Claude und Anna ihre Entscheidung. Die drei haben sich stets gut verstanden, und Nadine ist beiden nachträglich außerordentlich dankbar für ihr Entgegenkommen, dankbar für die Hilfe in Bezug auf den doch so manches Mal auch schwierigen Richard. Zu seinen Söhnen sucht Nadine keinen Kontakt, weder zu Pierre noch zu Albert aus gutem Grund, und zu Guillaume alias Marcel schon deshalb nicht, weil der ihr auf der Beerdigung in dreister Art und Weise wieder Avancen gemacht hat.

Der Abschiedsbrief ist ihr letzter Kontakt zu Paris. Akkurat faltet sie ihre zwei eleganten Taschentücher mit den Monogrammen P. C. und R. C. zusammen und legt sie in den Umschlag hinein. Sie sollen wieder ihrem rechtmäßigen Besitzer zugeführt werden. Auf diese kuriose Weise erhält Pierre nicht nur sein eigenes Taschentuch zurück, sondern auch zum Gedenken das seines Vaters. Nadine trennt sich leicht von diesen Tüchern, sie hat keine Tränen zu trocknen. Sie kehrt dieser Stadt, die ihr nicht das erhoffte, aber ein anderes Glück gebracht hat, ohne Wehmut den Rücken.

Trotz der aufwendigen Pflege ihres Vaters lebt sich Nadine schnell zu Hause ein, fühlt sich frei und wohl. Sie spürt, dass ihre Suche nach – was auch immer es war – hier in Ploumanach ein Ende gefunden hat. Nun lauert keine Gefahr mehr, sie ist befreit von allen Ängsten und endlich ihr eigener Herr. Jeden Morgen, bevor der Tag beginnt, tritt sie wie ein schützender Engel mit ausgebreiteten Armen vors Haus und atmet tief die wohltuende Land- und Seeluft ein. Sie blüht auf, kann wieder lächeln und verrichtet mit Freude die Hausarbeit. Die Nachbarschaft kommt Nadine besuchen, heißt sie willkommen, bewundert ihren Mut und ihre Aufopferung. Schließlich hat die große Liebe zur Heimat ihr Bleiben bewirkt. Und was die Pflege ihres Vaters angeht, kann sie sich jede Hilfe finanziell erlauben. Nadine versteht, wenn die Nachbarschaft sie für ihren Einsatz bewundert. Aber sie braucht keine Bewunderung. Der Triumph, gewonnen zu haben, unabhängig zu sein, genügt ihr.

Ihre beiden Schwestern sind in Sicherheit, Marie verheiratet und Madeleine im Internat. Das beruhigt und macht zufrieden. Madeleine studiert nach dem Abitur Jura in Montpellier und wird Anwältin für sexuelle Straftaten. Das kleine Mädchen von damals wird nie wieder in ihr Heimatdorf zurückkehren.

Nachdem zwei Wochen ins Land gegangen sind, besucht Nadine die direkte Nachbarin zur Linken. Sie besitzt einen Hühnerstall mit acht Hennen und einem Hahn. Madame Duval spricht liebevoll mit ihren Hühnern, jedes hat einen eigenen Namen. Es ist ihre einzige Unterhaltung am Tag seit dem Tod ihres Mannes vor fünf Jahren. Deshalb ist sie in der Dorfgemeinschaft als schrullig verschrien. Nadine findet sie nicht schrullig, sie mag Madame Duval und möchte bei ihr frische Eier kaufen. Aber Madame Duval ist verstört, als sie Nadine kommen sieht.
– Geht es Ihnen nicht gut?
– Doch, danke. Wollen Sie hereinkommen?
– Gern. Ich wollte ein paar Eier kaufen, wenn Sie welche haben.
– Ja, bestimmt!
Aufgeregt läuft Madame Duval sofort hinters Haus und kommt außer Atem, als hätte sie ein böser Geist verfolgt, mit fünf frischen Eiern zurück.
– Hier, mehr habe ich heute nicht.
Sie reicht die Eier Nadine und ergänzt:
– Vielleicht ein anderes Mal. Auf Wiedersehen.
Nadine schaut Madame Duval verwundert an und denkt: Früher war sie freundlicher. Was hat sie nur?
Schließlich wagt sie die Frage:
– Madame Duval, wollen Sie mir nicht offen sagen, was Sie bedrückt?
Die alte Frau fängt sofort an zu weinen, holt eilig ein stark zerknülltes Blatt Papier aus ihrer Anrichte und reicht es unter Schluchzen Nadine.

– Das hat Ihr Vater in seinen Händen gehalten, als er seinen Schlaganfall bekam.

Zögernd faltet Nadine das Blatt Papier auseinander und beginnt zu lesen. Regungslos starrt sie auf dieses zerknüllte, weiße Blatt Papier mit nur einem Satz. Es ist eine Nachricht von See. Ihr Bruder Paul ist bei einem Orkan über Bord gegangen. Seine Leiche wurde nie gefunden.

Nadine ist still und nachdenklich. Ihre Knie sind weich. Ganz schnell setzt sie sich auf einen Stuhl. Sie hatte ihren Bruder gern. Ganz leise flüstern ihre Lippen:

– Wie viel kann ein Mensch ertragen?

Für einen Sekundenbruchteil verspürt Nadine Mitleid mit ihrem Vater, verschließt sich aber sofort wieder und wendet sich ihrer Nachbarin zu, die weinend vor ihr steht und leicht zittert. Bedächtig erhebt sich Nadine. Die beiden Frauen fallen sich wortlos in die Arme und halten einander lange fest. Es beginnt eine wunderbare Freundschaft.

Am nächsten Tag entrümpelt Nadine ihr Haus, streicht alle Wände in einem frischen Lindgrün und richtet die Zimmer minimalistisch ein: ein kleiner Tisch, zwei Stühle, ein Bücherbord, eine ruhige Leseecke, nichts lenkt ab.

Ganz wichtig ist ein Studio, gleich der erste Raum neben dem Eingang. Er ist der größte Raum, bietet genug Platz für mehrere Staffeleien und genug Platz für ausreichend Malutensilien. Sie liebt es, parallel zu malen. Spontan wechselt sie von einer zur anderen Staffelei, wenn ihr ein Gedanke, eine Vision kommt, die es gilt, sofort zu verwirklichen. Nadine muss nicht von ihren Bildern leben. Dank Richards Erbe kann sie bequem und entspannt arbeiten und ihrer Leidenschaft sorglos nachgehen.

Nadine malt Landschaften. Landschaften im Morgengrauen, bei Nebel oder aufkommendem Sonnenlicht, sie malt Landschaften in der Abenddämmerung, wenn der rote Ball langsam und ruhig am Horizont ins Nichts versinkt. Sie malt die Flut, wenn der pfeifende Wind die Wellen ans Ufer peitscht. Manchmal malt sie auch klassische Stillleben: Vase mit bunten Sommerblumen auf einem Tisch, selbst gepflückt am Wegesrand. Aber am liebsten malt sie spielende Kinder am Strand, wenn sie sich in die Wellen stürzen, sich sonnen oder im Sand buddeln. Mit diesen Kindern entflieht sie der realen Welt und verbringt viele Stunden in ihrem Studio.

Nadines Hände tragen Farbspuren. Wasser und Seife genügen nicht mehr, um sie sauber zu schrubben. Sie malt unermüdlich mit großer Freude. Von ihrem Arbeitsplatz aus kann sie durch das große Fenster jeden Besucher kommen sehen. Ihr Haus ist jetzt eine Galerie, und sie stellt in allen Räumen ihre Werke aus. Sie freut sich über jeden Besucher, auch wenn er nichts kauft.

Beim Bäcker, in der Bücherei und im Büro für Touristik hat Nadine einen vielfach kopierten handschriftlichen Zettel ausgelegt mit dem Hinweis, ihre Galerie sei ein offenes Haus und Besuche seien erwünscht. Das zeigt Wirkung. Die Menschen kommen zu den unmöglichsten Zeiten zu ihr und bewundern ihre Bilder. Sie arbeitet währenddessen weiter. Durch nichts lässt sie sich ablenken. Interessierte schauen ihr so manches Mal über die Schulter, wenn sie malt, und stellen Fragen, die sie nur zu gern beantwortet. Ab und zu verkauft sie ein Bild. Ihre Preise sind moderat. Eigentlich lässt sie sich nur das Material bezahlen. Sie will nicht reich werden, sondern den Spaß an der Arbeit behalten. Mit der Zeit sind ihre Bilder gefragt und sie wird eine erfolgreiche Künstlerin.

Eines Tages, als sie vertieft an einem neuen Bild arbeitet, übersieht sie den nahenden Besucher in ihrem Vorgarten. Die Tür

steht offen, jeder kann jederzeit eintreten. Der Mann bleibt einen Moment regungslos stehen und schaut sich interessiert um. Dann räuspert er sich und ruft vom Eingang her:
– Guten Tag. Schön haben Sie es hier.
– Ja, bitte schauen Sie sich schon mal um. Ich bin noch beschäftigt.
Nadine arbeitet intensiv an einem Bild ganz anderer Art. Ein Phantasiebild soll es werden, wie in ihrer Kindheit. Breite rote Streifen ziehen aus der Mitte der Leinwand nach oben und verwandeln sich in dünne helle und dunkle Fäden zu einem Halbkreis, wie zu einem aufgespannten Regenschirm. Ein Schutzschirm? Die Fäden lösen sich schließlich auf und sind kaum noch zu sehen. Wo enden sie?

Der Fremde nähert sich von hinten, umfasst sanft Nadines Schultern und zieht sie behutsam etwas näher an sich heran.
– Diesen Duktus habe ich nie hinbekommen, so sehr ich mich auch bemühte.

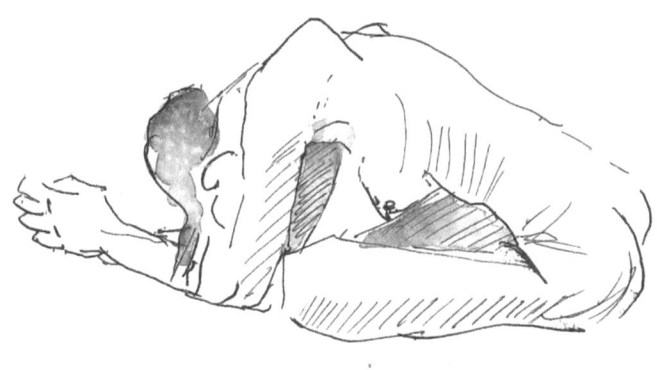

Ende